사랑하는 사람 가지지 마라

어느 해 늦가을의 필자
최남단 마라도의 뽀르찌운꼴라(Porciunclal) 성당

국립중앙도서관 출판시도서목록(CIP)

사랑하는 사람 가지지 마라 : 이영운 수필집 / 지은이: 이
영운. -- 서울 : 선우미디어, 2014

　　p. ;　　cm

ISBN 978-89-5658-361-7 03810 : \12000

한국 현대 수필[韓國現代隨筆]

814.7-KDC5

895.745-DDC21　　　　　　　　　　　CIP2013027531

사랑하는 사람 가지지 마라

1판 1쇄 발행 ｜ 2014년 1월 6일

지은이 ｜ 이영운
발행인 ｜ 이선우
펴낸곳 ｜ 도서출판 선우미디어
　　　　등록 ｜ 1997. 8. 7 제300-1997-148호
　　　　110-070 서울시 종로구 내수동 75 용비어천가 1435호
　　　　☎ 2272-3351, 3352 팩스: 2272-5540
　　　　sunwoome@hanmail.net
　　　　Printed in Korea ⓒ 2014. 이영운

값 12,000원

※ 이 도서의 국립중앙도서관 출판시도서목록(CIP)은 서지정보유통지원시스템
홈페이지(http://seoji.nl.go.kr)와 국가자료공동목록시스템(http://www.nl.go.kr/kolisnet)에서
이용하실 수 있습니다. (CIP제어번호:2013027531)

ISBN 89-5658-361-7 03810

사랑하는 사람 가지지 마라

이영운 수필집

선우미디어 sunwoomedia

청륜(清潤)한 글 속에 청신(清新)한 삶을

"일 년을 행복하게 살려면 결혼을 하고, 영원히 행복하려면 정직해야 한다는 말이 있습니다. 정직이 언제나 최선의 정책입니다. 저는 거짓말을 해본 적이 없습니다."

"선생님, 거짓말 마세요. 그 말이 거짓말입니다."

나는 학생들과 가끔 이렇게 정직에 대한 이야기를 풀어가곤 했었다. 세상에 거짓말을 한 번도 안 하고 살아온 사람은 없을 것이다. 그러나 나는 이 농담 같은 고백에 나의 진실이 담겨 있고, 그렇게 살아왔다고 생각한다.

세상엔 글의 종류가 많다. 시든 소설이든 허구와 상상을 많이 포함한다. 그러나 수필은 정직과 진실을 뿌리로 한다. 촛불 앞에서의 고백성사이기도 하고, 맑은 가을 하늘이기고 하고, 바위틈에 뿌린 내린 난방초이기도 하다. 그 곁을 흐르는 생명의 물줄기는 항상 사랑과 연민이다. 그래서 나는 정직한 글인 수필을 사랑하고, 오랜 시간 외로운 영혼과의 대화와 사색을 모색해왔다.

소박한 글을 써온 지 사반세기가 흘렀다. 그리고 이제 그 첫 묶음 책을 내게 되었다. 나는 지금 몹시 떨린다. 처음 학교에 입학할 때, 처음 초승달 같은 여인을 만났을 때, 첫 아이의 울음소리를 들었을 때, 첫 출근할 때, 혼배 미사 때의 설렘과 두려움이 다시 밀려온다. 그러나 일단 용기를 내고 첫 걸음을 내딛기로 하였다.

나는 제주 섬에서 태어나 제주에서 자라고 제주에서 배우고 일하며, 지금도 이곳에서 바람과 돌과 파도를 벗하여 살고 있다. 가끔은 우물 밖 세상과 사람들은 어떻게 살고 있는지 궁금하여 섬 밖을 기웃거리지만, 관심과 머무름이 오래 유지되지는 않는다.

요즘 '신상털기'를 많이 한다. 사람 사이에 인간적인 정보를 공유하고 상이점을 찾아내 그 극간을 좁히려고 노력하는 통섭이다. 나는 지금의 제주중앙여고 맞은편인 구남동, 즉 독지골에서 태어났다. 아마도 지금 생각으로는 근대화의 선각자 박영효가 일본에서 건너와 그 곳에 과수원을 대대적으로 일구었는데 우리는 그 곳에서 터를 잡아 일손 돕기를 한 게 아닐까 생각한다. 아버지는 워낙 일을 열심히 또 깔끔히 하는 성격이었고, 당시에 많은 소들을 키우고 있었다. 그러나 4,3으로 집도 불에 타고 소들도 잃게 되고, 결국 시내로 이사를 하게 되었다. 그리고 제주남초등학교 부근 소용내[小龍川] 부근에 조그만 집을 짓고 생활을 시작했다.

할머니와 부모님, 그리고 3남 2녀의 여덟 가족은 그 좁은 세 칸 집에서 어떻게 여유롭게 생활했는지 지금은 몹시 궁금하다. 놀이와 벗에 빠져 집과 집안 사정은 아마 관심거리 밖이었을 것이다.

작은 형은 유난히 작문 능력이 뛰어났다. 시도 잘 쓰고 산문도 일품이었다. 나는 형 밑에서 주변을 기웃거리며 글 동아리에 가입해 어설픈 작품을 내기도 했고 가끔은 운 좋게 상을 받기도 하였다. 지금 생각하면 참으로 부끄럽고, 지워버리고 싶은 경험이다. 하기는 현재도 마찬가지이다. 단지 생각과 마음이 조금 교만해져서 얼굴이 두꺼워졌을 뿐이다. 미술을 전공한 큰 형은 독특하면서도, 난해한 시인으로 한국 문단을 빛내고 있다.

고등학교, 대학 시절을 통해 나는 조금 말재간을 부릴 줄 아는 청년으로 대학신문 편집장이 되었으나, 어느 날 이런 일은 알맹이 없는 껍데기라는 사실을 알게 되었다. 큰 형이 항상 나에게 하는 '빈 깡통이 요란하다'는 말에 따라 행동을 진중히 하고, 가능한 입을 닫으려고 노력하게 되었다.

교직 생활은 직간접적으로 글과 벗하게 되었다. 시와 운문은 항상 나의 관심사이고 작업 거리였다. 젊은 시절 내가 작시를 하고, 친구 교수가 작곡을 하여 젊음의 갈증을 풀어내던 추억들은 하나의 돌파구이기도 했다. 얼마 전에도 친구와 함께 우리학교 찬가를 만들었고 학생들은 부르며 행복해 하고 있다.

첫 부임지에서 존경하는 어르신의 도움으로 평생 동반자를 만나게 되었다. 백수건달 같은 나를 만나 가정을 일구게 된 집사람은 항상 방황하는 내 영혼을 안정시키고, 질서 속으로 정착하도록 이끌어준 구심점이었다. 그래서 자주 내 글에 등장하기도 하지만, 글 속에 나타날 때 마다 자기를 끌어들이지 말하고 핀잔을 준다. 그러나 수필을 자기 고백서이고 자서전이고 영혼의 산책임을 안다면 내가 가끔씩 안겨주는 그림자의 고통을 인내하리라 믿고 있다.

사랑하는 아들 동근이와 딸 진솔이는 이제 모두 성장하여 일터에서 제몫을 다하고 있다. 약간의 일탈이야 없었으련만, 그것은 향기 짙은 장미의 가시와 같은 것으로, 가시가 없었다면 장미는 향기와 그 고고함을 지켜내지 못했을 것이다. 부모의 생각을 햇빛인양 단비인양 바라고 마시면서 자라왔으니 더 바란다면 부모의 과욕이리라.

나는 '구르는 돌에는 이끼가 끼지 않는다'는 말을 항상 명심하여 한 길을 걸어왔다. 영어라는 과목은 힘들지만 세상의 이야기와 철학과 지혜가 담겨있는 얘깃거리가 가득하니, 아이들과의 대화와 교육은 재미와 활기가 넘치는 일이었다. 또 전문직으로서 학교 경영자로서 시행착오와 고통도 있었지만 결실도 많았다.

내 생활의 중심과 생각은 사랑과 연민이다. 부모님이 가톨릭신자였고, 나는 유아세례를 받았다. 따라서 나의 관심, 생활, 관조의 대상은 종교적 사랑이며 자비였다. 생활 중심은 이리저리 헤매이다가 결국 이 곳에 정착한다. 삶의 우선순위가 인간적인 판단과 기준에 의해 흐트러지는 경우가 많았다. 그러나 많은 성직자들과 스승들이 나를 이끌고, 지켜보고, 또 능력을 과분히 평가해 격려해 주었다. 그 분들은 낯선 세상으로의 디딤돌이었고, 암흑을 가르는 빛이었고, 표류 중에 내민 큰 손이었다.

20여 년간 쓴 글들을 뒤적이며 많은 생각이 정리되었다. 수필의 범주를 지키지 못하고, 크기나 내용이나 형식에서도 많은 시행착오가 있었다. 요즘 비평가들은 피천득 선생의 말을 인용하여 '수필은 몸맵시 날렵한 여인이요, 중년고개를 넘어선 사람의 글이며, 심오한 지성을 내포하지 않은 문학으로, 인생의 향기와 여운이 스며있는 글'에 반기를 들고 있다.

피와 땀이 서린 참회록, 진지한 인생론과 종교론이 오히려 수필이 아닌가하고 얘기한다. 자기 고백적 문장, 소재의 유동성, 생활의 예지와 철학, 인격과 교양, 인생관과 사회관, 그리고 풍부한 사색이 요구되는 수필은 분명 또 다른 문학의 향기요 관조임에 틀림없다. 이런 관점에서 나도 나의 현재를 정리하고 조금은 먼 앞을 내다보게 되었다.

오래 전 사군자에 곁눈질하며 구입한 책 중에 개자원화보가 있다. 화가가 그림을 그리는 법하고 수필가가 글을 쓰는 법이 너무도 유사하여 여러 사람들이 그 정서와 정신을 함께 익혀 지침으로 삼아 정진하고 있다. 나는 그 중에 청윤(淸潤)과 청신(淸新) 그리고 청아(淸雅)에 글쓰기 마음을 두고 있다.

청윤은 글에 풍기는 느낌이 맑고 깨끗하고 부드럽다는 뜻이고, 청신은 남의 것을 모방함이 없이 맑고 새롭다는 뜻이며, 청아는 글이 맑고 우아한 느낌이 든다는 뜻이다. 또한 이 서책이 강조하는 우미직세(優美織細)는 아름답고 섬세하다는 뜻이고, 호고박학(好古博學)은 고전과 경전을 좋아하며 배운바가 두루 넓다는 뜻이니, 글쟁이들에겐 머릿속 문방

사우라 아니할 수 없을 것이다.

청신한 삶과 생각을 청윤한 틀 속에 새기고 싶은 것이 나의 욕심이다. 인생을 관조하되, 항상 자신을 반추하며, 삶의 진면목을 드러내되 깨끗하고 향기롭게 드러내고 싶다. 난이 아닌 난방초 속에서도, 생활의 진실을 발견하고, 본질을 탐구하며, 그 의미를 창출하는데 더욱 힘쓰기를 소망한다. 소박한 글 속에 깊은 영성을 담고 싶다.

2013년 초겨울
이 영 운

제6부 기적은 당신 안에

사랑하는 사람 가지지 마라

잘 익은 단감

"여보세요? 이 선생님댁이지요?"

"네, 그렇습니다."

"아, 안녕하세요. 저 서귀포 미선이 엄마예요. 기억하시겠어요?"

"네. 기억하지요. 미선이는 학교에 잘 다니고 있나요?"

"물론이죠. 지금은 인턴을 하고 있어요. 아, 그리고 얼마 전에 결혼도 했어요. 신랑은 공인회계사인데요, 큰 회사에 다녀요."

"아, 그래요. 축하해요. 미리 알려 주지시 그랬어요? 그런데 어떻게 전화하셨어요?"

"방 청소를 하다가 선생님 전화번호가 나왔어요. 그래서 아직도 이곳에 계신가 하고 전화했지요. 선생님 저희 과수원에 단감이 잘 익었어요. 단감을 보니까 선생님들 생각이 나요." 그녀는 그 무덥고 후줄근한 초가을의 열기를 헤치고, 가끔씩 3학년 교무실에 단감을 한 바구니씩 갖다 놓곤 했다.

고향이 서울인 그녀는 참으로 사심과 세상의 오염을 모르고 순수하게 사시는 분이셨다. 열심 있는 기독교 신자였고, 모시는 어머니와 딸, 그렇게 셋에서 과수원 농사를 했다. 서귀포시 중심지의 금싸라기 땅을 교회 지으라고 거저 내 놓기도 했고, 어려운 학생들에겐 학비도 대주고 자기 딸처럼 돌봐주던 분이었다. 외동딸인 미선이는 그녀의 보물로서 전혀 손색이 없었다. 성적이 뛰어나기도 했지만 생각이 깊고 마음이 따뜻했다.

그녀는 이화여대를 졸업했고 어떤 일로 서귀포에 정착하여 살고 있었다. 아마도 너무도 일찍 하늘로 떠나보낸 남편을 잊기 위해, 또 가족이 함께 여행 왔던 서귀포, 남국의 햇살이 너무도 따뜻하여 닻을 내렸으리라 추측하고 있다. 딸은 서울의대도 넉넉히 들어갈 성적이었으나, 어머니는 자기가 졸업한 학교를 딸이 이어 가기를 원했다. 미선이도 그녀의 소망을 들어주고 싶었기 때문에 엄마 학교를 선택했다. 나도 서울대에 보내려는 욕심을 접고 그들의 뜻을 따랐다.

"그애는 정말로 착해요. 인턴으로 받는 월급 중에서 달마다 10만원씩 할머니에게 보낸답니다. 그리고 아직 아이를 갖지 않아서 겉으로 보면 처녀나 마찬가지예요." 그녀에게 딸 미선이는 신앙이며 남편이었고 하늘이었다.

이제 자랑거리가 하나 더 생겼다. "게 남편은 얼굴도 잘 생기고 또 명문대 출신이예요. 미선이를 손에 물도 묻히게 못하게 해요. 시장도 다 보고, 밥도 반찬도 그 애가 해요. 청소와 설거지는 말할 것도 없어요. 둘이는 당분간 아이를 갖지 않을 거예요. 서로 바쁘고 또 딸애는 일도 공부도 해야 하니까요."

이 정도의 자랑은 물론 그녀의 당연한 권리다. 혼자 살면서 세상의 유혹과 역경을 인내롭게 이겨냈고, 하나뿐인 분신을 너무도 잘 키웠으니까. 언젠가 다시 들려올 전화 벨 소리를 나는 벌써 들을 수 있다.

"선생님, 우리 아이 미선이가 애를 낳았어요. 너무 예쁘고 똘똘한 게 엄마를 꼭 빼 닮았어요. 아이가 너무 착해요. 미선이가 공부할 때는 울지도 않는대요!"

(1994.)

고운이 어머니께!

고운이 어머니 !

남국의 따뜻한 햇살이 며칠만 더 사과나무에 머무르기를 기도하며, 삶에 힘겨운 사람들의 그림자가 유난히 길게 드리운 계절이 다가 왔습니다. 고운이 어머니가 그토록 곱게 키우시던 딸을 우리학교에 맡겨 주신 지도 벌써 세 해가 지나서, 몇 달만 지나면 고운이를 또 당신만의 품속으로 보내 드릴 수 있게 되었습니다.

고운이가 갓 입학했을 때의 일이 생각납니다. 선생님을 만날 때는 항상 한복을 입어야 한다는 당신은, 그날도 화사한 한복을 입으시고 새 선생님들에게 인사를 드리려고 학교에 찾아 왔습니다. 새로운 정부가 금방 들어섰던 때라 학교에서는 학부형의 방문을 부담스럽게 여기고 있었습니다. 학교의 높으신 분은 정부의 뜻을 전하려는 듯, 학부모가 자주 학교를 찾는 일은 자기 자식을 잘 봐 달라는 이기적 발상이라는 말에 당신은 마음에 큰 상처를 입었을 것 입니다. 아무래도 고운이를 전학시켜야 하겠다는 말과 함께 당신은 히말라야시다 나무 아래서 눈물을 흘리고 계셨습니다. 한참 동안의 위로와 설득 끝에야 당신은 집으로 향했습니다.

한 해가 지난 뒤에 당신은 큰 수술을 받았습니다. 담임과 함께 댁으로 문병을 갔었습니다. 너무도 가벼워진 모습에 놀라움이 너무도 컸습니다. 당신은 이미 사시는 곳을 달리 정한 분처럼 말했습니다. 주변도 정리했고, 엊그제 쓸만한 옷가지들은 모두 싸서 불우이웃 돕는 데 보냈다고 했습니다. 끊이지 않는 눈물 속에, 고운이가 대학에 들어가는 모습이나 볼 수 있다면 한이 없겠다는 말을 했습니다. 고운이도, 아빠도 얼굴만 쳐다보고 있었습니다. 오는 길에 당신의 쾌유와 새로운 희망을 기도했습니다. 그 후로 고운이, 때로는 아빠의 수혈을 받으며 힘겨운 투병을 벌이고 있는 당신을 보았습니다. 아빠가 의사여서 한 밤중이거나 또 혈액 수급에 어려움이 있으면 수시로 자신과 딸의 피를 뽑아 그녀를 치료했던 것입니다.

와병 중에도 주일마다 전화를 주시고 또 스승의 날에는 모든 선생님에게 일일이 격려와 위로의 서신을 주셨습니다. 어머니처럼 고운이는 고운 심성을 지녔을 뿐만 아니라, 어려운 친구에게는 친절한 이웃으로 또 뛰어난 성적은 모두를 기쁘게 해주고 있습니다.

고운이가 3학년이 되자 당신은 진학실 선생님들을 위해서 1년간 김치를 담아오겠다는 얘기를 했습니다. 일어서기도 힘든 몸으로 그런 일을 하시겠다니 저희들은 건강을 생각해서 제발 그만 두시도록 말렸습니다. 만류에도 불구하고 매달 두 번씩 갖가지 김치를 담아 오셨고, 또 한증막의 8월에는 식해를 직접 만들어 갖다 주셔서, 시원히 목을 축이며 삼복을 쉽게 넘길 수 있었습니다. 며칠 전에도 몸도 제대로 가누지 못하면서 힘겹게 계단을 올라, 김치를 들고 오셨습니다. 그러나 김치를 담그다 보니 몸도 건강해지고 기운도 난다는 말엔 저희들도 힘이 났습니다.

사실 선생님들은 김치가 필요합니다. 그러나 대개 집에서 갖다 놓고 함께 먹곤 합니다. 아침을 먹지 못하고 출근하는 경우가 많기 때문에

라면을 많이 먹고, 도시락을 싸서 다니기도 하지만 밥만 갖고 오는 경우가 많습니다. 따라서 김치는 요즘이 아니라도 금처럼 가치 있는 음식입니다.

오늘도 선생님들은 진학실에서 저녁을 들면서 그 맛있는 김치를 먹고 있습니다. 집에서는 맛도 보지 않는 선생님들도 이렇게 잘 드는 걸 보면 아마도 그 솜씨와 정성이 지극한 모양입니다.

교실 마다 붙어 있는 대입 카운트다운 달력은 이제 43일을 펄럭이고 있습니다. 이제 한 달하고 며칠만 지나면 다시는 그 김치 맛을 못 볼 생각을 하니 마음이 괜히 서운해집니다. 고마우신 고운이 어머니! 이 싱그러운 결실의 계절에 건강하시고 또 김치 맛처럼 상큼하고 즐거운 일들이 많이 많이 생기시길 빕니다.

(1992.)

어느 아버지의 이야기

그 편지를 읽고 또 다시 고개를 떨구었습니다. 도대체 이 아내의 빈자리는 언제나 채워질까요? 아니, 영원히 채워지지 않는 이 자리는 나의 눈물로만 채워야 하는 걸까요? 얼마 전 읽은 어느 아버지의 이야기는 이렇게 시작되고 있었습니다.

유치원아이에게 또 한 차례 매를 들었습니다. 아이가 그 날 유치원을 오지 않았다는 것이었습니다. 너무 떨리는 마음에 조퇴하고 온 동네가 떠나갈 정도로 이름을 부르며 애타게 아이를 찾았습니다. 그런데, 그놈이 놀이터에서 혼자 신나게 놀고 있더군요. 너무 화가 나서 아이에게 매를 들었습니다. 그런데 아이는 단 한차례의 변명도 하지 않고, 잘못을 빌더군요. 나중에 안 일이지만 그 날은 유치원에서 부모님을 모셔놓고 재롱잔치를 한 날이었습니다.

1년 후에 우체국에서 전화가 왔습니다. 우리 아이가 우체통에 주소도 쓰지 않고 우표도 부치지 않은 편지 300여 통을 넣는 바람에 바쁜 연말에 막대한 지장을 끼치고 있다는 것입니다. 하늘의 엄마에게 한 해 동안 쓴 편지를 한꺼번에 부쳤다는 것입니다. 서둘러 집으로 간 나는, 아이가 또 일을 저질렀다는 생각에 다시는 들지 않으려던 매를 또다시 들었습니다. 그러다 편지 하나를 읽어 보았습니다.

'보고 싶은 엄마에게! 엄마, 지난주에 우리 유치원에서 재롱잔치를 했어. 근데 난 엄마가 없어서 가지 않았어. 아빠가 엄마 생각날까 봐 아빠한테 얘기 안 했어. 아빠가 나 찾으려고 막 돌아다녔는데 난 일부러 아빠 보는 앞에서 재미있게 놀았어. 그래서 아빠가 날 마구 때렸는데도 난 끝까지 얘기 안했어. 나 매일 아빠가 엄마 생각나서 우는 거 본다. 근데 나 엄마 생각 이제 안나. 꿈에 한번만 엄마 얼굴 보여줘. 알았지?'

어느 아버지의 이야기 속에 우리 가족 이야기가 숨겨있는 듯합니다. 너무 일찍 떠나가신 어머니. 어머니는 내가 초등학교 2학년 때 갑자기 세상을 뜨셨습니다. 올망졸망한 3남 2녀를 남겨두고 눈이 채 감기지 않았을 것입니다. 그 부담을 송두리째 껴안은 것은 할머니셨습니다. 그리고 줄곧 혼자 살면서 가족을 부양한 아버님과 헤어진지도 이미 많은 세월이 흘렀습니다. 평생 매를 든 적도, 공부하라 한 적도 없었던 아버지. 그러나 마지막 모습은 지금도 선명합니다.

아버님은 임종을 앞두고 있었습니다. 가톨릭 신자들은 임종하기 전에 신부님께 병자성사를 받아 종부를 미리 준비하게 됩니다. 다음 날이 병자성사를 받을 날이었습니다. 그런데 아버님은 갑자기 그날 오후에 성사를 받아야겠다고 했습니다. 그래서 하루를 앞당겨 신부님을 모시고 병자성사를 받았습니다. 물 한 모금 넘기지 못하던 아버님이 마른 빵인 성체를 아무 고통 없이 경건히 받아 모시는 것을 보고 모두 놀라워했습니다. 그리고 그 날 늦은 밤 우리 곁을 떠나셨습니다. 우리의 생각대로 했다면 참으로 큰 불효와 평생 후회를 할 뻔했습니다.

오늘 미사에서 학생들과 함께 파견 성가로 어머니 은혜를 따라 불렀습니다. 양주동 선생님이 쓰신 글에 이흥렬 선생님이 곡을 붙이신 2절과 3절이 더욱 가슴을 적십니다.

'어려선 안고 업고 얼려주시고, 자라선 문 기대어 기다리는 맘, 앓을 사 그릇될 사 자식 생각에, 고우시던 이마 위에 주름이 가득…. 사람의 마음속엔 온 가지 소원, 어머님의 마음속엔 오직 한 가지, 아낌없이 일생을 자식 위하여, 살과 뼈를 깎아서 바치는 마음, 하늘아래 그 무엇이 넓다 하리오. 어머님의 사랑은 그지없어라.'

부모님, 나이가 얼마 되든, 지금 상황이 어찌 하든, 부모님을 모시고 사는 사람들은 정말로 행복한 사람들입니다.

(2008.)

사랑하는 사람 가지지 마라

요즘 혼자 장보러 다니느라 장바구니 물가에도 조금 익숙해졌다. 쌀 7Kg이 22,000원이고, 꽁치 통조림이 2,500원, 우유 1000ml가 1,200원, 생우동 한 봉지가 2,500원, 구운 김이 1,800원이다. 포도가 500g에 5,000원, 작은 사과 5개 들이가 5,000원이다. 한번 장보기에 5,6만원이 지출된다.

주말엔 밀린 빨래를 한다. 세탁기는 쓰지 않는다. 시간이 많이 걸리고 전기소비가 많아 보인다. 밥은 1주일에 한 번하고, 많이 짓는다.

집사람이 몇 달간 집을 비웠다. 아이들도 모두 외지에 있으니, 홀로서기 할 수밖에 없다. 총각 시절에 잘 버티던 홀로 생활도, 다시 돌아 만나니 낯설고 힘들다. 나이든 남자 석 달만 혼자 살면 폐인된다는 말이 이해될 듯싶다. 사랑하는 가족과 둥지를 잃은 기러기의 공허와 괴로움을 절감한다. 그래선지 오늘 문득 청봉 스님 말씀이 스쳐 지나간다.

삶의 고통을 완전히 버리지 못한 양녕대군이 청봉 스님을 찾아갔다. 청봉스님은 다음과 같이 말했다. "사랑하는 사람 가지지 마세요, 미운 사람도 가지지 마세요. 사랑하는 사람은 못 만나서 괴롭고, 미운 사람은 만나서 괴로운 법입니다."

"그러면 괴로움을 어떻게 벗어날 수 있겠습니까?"

"옛날에 네 동물이 세상에서 가장 큰 괴로움에 대해서 이야기 했습니다. 새는 배고프고 목마른 것이 가장 큰 고통으로, 이를 얻기 위해 그물에 몸을 내던지기고 하고, 화살이 겁나지도 않는다고 했습니다. 비둘기는 음욕으로, 음욕은 몸을 위태롭게 하고 목숨을 죽이는 것이라고 했습니다. 뱀은 성내는 것으로, 화가 남도 나도 죽인다고 했습니다. 사슴은 두려움으로, 사냥꾼이나 늑대가 오면 어찌나 겁이 나는지 마음이 떨고 있고, 어미와 자식이 서로 갈리어 애를 태우는 것도 두려움이라고 했습니다."

"저는 수모와 굴욕으로 마음에 원한이 가득 차, 항상 괴롭습니다. 이 네 가지가 없으면 괴로움이 사라지는 것입니까?"

"아닙니다. 그들은 뿌리를 모르고 있습니다. 천하의 고통은 몸이 있기 때문입니다. 능히 고통의 근원을 끊어야 열반에 들 수 있습니다. 열반의 도는 형용할 수 없을 만치 고요하고, 근심 걱정이 영구히 끝나 그 이상의 편안함이 없는 것입니다."

성현의 설법처럼, 사람 사랑하는 것도 미워하는 것도 괴로움이다. 그러나 사랑하는 사람 만나서 행복하고 미워하는 사람 만나지 않아서 행복한, 아니 미워하는 사람 만나도 행복한 길이 어딘지를 생각해 본다.

(2008.)

비파를 나누며

"오늘 아침은 뭐예요?"

"비파 즙이예요."

얼마 전 과일즙 내는 기구를 사들인 집사람이 요즘 쥬스 만들기에 열심이다. 그래선지 며칠간 아침 식사는 야채나 과일 쥬스다. 눈뜨면 비파를 몇 송이 따다가 사과, 토마토와 함께 즙을 낸다. 그것이 아침 식사다. 싱싱하고 상큼하다.

집에는 서른 살쯤 된 비파가 한 그루 있다. 비파의 속성이 그런지 그냥 내버려 두어도 스스로 잘 크고 잘 자란다. 해마다 늦봄에 가지가 찢어질 만큼 결실한다. 약간의 신맛이 있으면서, 입 안 가득 퍼지는 그 달콤한 과육의 유혹을 벗어나기 힘들다. 단지 많은 씨가 조금 귀찮을 뿐이다.

엊그제 집사람은 비파를 모두 따서 이웃들과 나누었다. 여러 집과 나누었어도 우리 몫이 충분하다. 물론 이 나무에 몇 년째 둥지를 틀고 있는 직바구리 부부도 잊지 않았다. 그들을 위해 충분히 남겨 두었다.

비파에 얽힌 기억이 하나 있다. 집사람이 큰애를 가졌을 때, 비파를 몹시 좋아했다. 인근에 친정이 있어, 자주 따다 먹었고, 일부는 서랍 속에 남겨두었다. 아마 좀 덜 익어서 숙성시키려고 그곳에 보관했는지 모르겠다.

그런데 그날 저녁 여동생이 왔다. 함께 식사를 하다, 어쩐 일인지 내가 서랍을 열게 되었고, 마침 여동생이 서랍 속에 숨겨진(?) 비파를 보고 말았다. 어색한 침묵이 흐른 뒤에 꺼내서 함께 먹었다. 죄지은 사람처럼 빨개지던 집 사람 모습이 지금도 선하다.

비파(枇杷). 이름이 너무 아름답다. 비파라는 이름의 유래는 중국 고의서(古醫書)에 잎이 비파라는 현악기를 닮아서 이름이 붙여졌다고 전해진다. 비파는 우리가 아주 어려서부터 익숙한 나무다. 그 열매를 따먹으려고 이웃집 담장을 넘나들던 기억을 아마도 갖고 있을 것이다. 과일나무로서는 드물게 가을에 꽃이 피며 해를 넘겨 봄까지 열매가 익는다.

보도에 의하면 최근 남해안 일부 지역에서는 웰빙과일로 높은 소득을 올리고 있다고 한다. 특히 잎과 열매가 항암효과가 있다는 것이 알려지면서 소비자들의 문의가 이어지고 있다는 것이다.

비파 잎에는 아미구단린과 비타민 B 등 풍부하게 함유되어 있으며 주로 말려서 차로 만들어 즐겨 마신다. 비파열매는 냄새가 향긋하다. 달고 새콤하며 물이 많고 과육이 부드럽다. 비파 꽃은 톡 쏘면서도 향이 좋다. 꽃차로 만들어 마신다. 그 향기를 통해 아로마 요법으로 향을 즐기면, 심리적 안정과 정신적 피로를 씻어주는 역할을 한다고 한다.

비파(枇杷), 무엇하나 버릴 것 없고, 스스로 잘 자라고, 항상 푸르다. 무심한 우리를 늘 푸르게 지켜 돌보는 그 모습, 우리 시대의 아내를 닮았다.

(2008.)

연아의 눈물, 그리고 울음

'연아 언니!'라며 목청껏 소리 지르던 여고생은 혼자 이렇게 중얼거렸다. "정말 완벽하다. 저렇게 살 수 있으면 얼마나 좋을까?" 대통령도 가슴이 조마조마하여 점프할 때 눈을 감았다고 할 만큼, 국민 모두가 숨죽이고 지켜보았다. 경기가 끝난 후 우리국민 반이 눈물을 삼키거나 흘렸다니 그녀의 힘은 대단했다.

"결과가 어떻든 항상 저를 위해 기도하겠다는 팬들의 응원 덕분에 부담 없이 경기를 펼칠 수 있었다."라고 말한 그녀는 환호하는 팬들을 향해 몇 번이나 '감사합니다'를 외치며 공항을 빠져나갔다. 우리가 그녀로부터 느끼고 배워야 할 것은 많았지만, 특히 겸손과 감사의 태도는 꼭 익혀야 할 부분이다.

김연아의 경기를 보며 두 번이나 눈물을 흘렸다고 말했던 박찬호도 '시작하는 내게, 연아의 눈물이 심어준 긍지와 용기'라는 글을 올렸다.

눈물, 그것은 무엇인가? 물리적으로 98%는 물이고, 그 조성은 혈장액과 거의 비슷하다. 포유류의 눈은 항상 눈물로 덮여 축축한 상태를 유지한다. 눈의 표면과 각막을 덮어 이물질과 박테리아 감염으로부터 눈을 보호한다. 하루 분비되는 눈물의 양은 1그램 정도다.

이물질이 들어가거나 양파의 증기 등으로 자극을 받으면 눈을 보호하기 위해 반사적으로 눈물이 나온다. 그러나 인간은 정서적인 이유로 울음을 우는 경우도 눈물을 흘린다. 슬픔뿐만 아니라 기쁨, 분노 등의 감정도 눈물을 유발할 수 있다. 연아는 '준비한 모든 것을 보여주고 잘했다는 생각에 걱정이 해소돼 눈물이 났다'고 밝혔다.

사람은 모두 비슷한 상황과 정서로 눈물을 흘린다. 신병 훈련을 거의 마무리하고 있을 때였다. 위장을 하고 완전군장에 포복으로 힘든 산악 훈련을 했다. 거의 실신 상태에 이르러서야 바위산 정상, 목표 지점에 이르렀다. 조교는 빈사상태인 우리들을 일으켜 세우고는 각자 자기 고향이 있는 곳을 향해 서라고 했다. 부모님께 큰 절을 올리도록 시킨 후, '고향의 봄'과 '어버이 은혜'를 합창하게 했다. 시작은 웅장했으나 곧 훈련장은 울음바다로 변해 버렸다. 마치 호랑이들이 때를 지어 포효하는 듯 했다. 통곡의 바다가 따로 없었다. 때마침 보름인지 밤하늘엔 크고 정겨운 고향 보름달이 하늘 끝에 휘영청 걸려있었다.

눈물, 그 속에 숨겨진 오묘함을 아직 누구도 다 헤아리지 못했다. 연아와 함께 흘린 우리의 눈물은 슬픔이 아니었다. 끝난 잔치의 허무가 아니라, 새로이 시작되는 희망과 기쁨과 감사와 기도의 눈물이었다.

(2010.)

당신은 명품 주부입니다

"내일 아침 4시 반에 깨워주세요."

"왜, 그렇게 일찍 일어나야 해요? 행사 있어요?"

"화순항에 크루즈 관광객이 도착해요. 제주시에서 6시에 버스로 출발해야 하니까 그때쯤 일어나야 준비할 수 있을 거예요."

나는 4시 20분에 깨어나 집사람을 깨웠다. 준비를 마치고 버스정류장까지 데려다 주고 오니 6시가 채 되지 않았다. 집에서 잠시 정돈을 하고 걸어서 6시 반 아침 미사에 참례했다.

집사람은 이번 주 내내 쉬지 못하고 있다. 프리랜서 중국어 통역 가이드로 부정기적으로 일한다. 어떤 때는 새벽에 어떤 때는 한밤중에 일터로 간다.

나는 아내의 직업이라는 글을 한번 써 보고 싶었다.

오늘 잠시 당신이 걸어온 길을 더듬어 본다. 당신은 결혼 한 후에 한 번도 쉬어 본적은 없는 것 같다. 그러다 보니 많은 직업을 가졌고, 그 경험을 통해 아이들을 잘 보살폈고 나와 우리 가족을 이끌어왔다.

당신은 결혼 전에 뛰어난 고등학교 가정교사로 직장생활을 했지만 결혼 후 육아를 위해 그만 두었다. 그러나 몇 년 후 다리에 대수술을 받았다. 나는 당신이 정상적으로 생활할 수 있을런지, 걸을 수 있을 런지 몹시 걱정이 되었다. 그 수술은 다리뼈를 일부 잘라내고 엉치뼈와 인조뼈를 함께 이식하는 위험하고 복잡하고 많은 시간이 걸리는 수술이었다.

목발에 의지해 몸을 지탱하던 모습이 지금도 눈에 선하다. 영원히 남들처럼 걷지 못하리라는 생각이 엄습했었다. 그런데 지금은 수많은 관광객, 더구나 외국인들을 데리고 산야를 헤집고 다니는 가이드로 변했으니, 거의 기적이라고 표현해야 옳지 않은지 모르겠다.

당신은 그 사이에 많은 직업이 있었다. 자그만 식당을 운영하기도 했었다. 수많은 설거지 때문에 주부 습진으로 손이 헐었고 수익도 시원찮았다. 그후 주부들이 많이 하던 어린이 학습 서적 홍보, 백과사전 판매도 했었다. 내가 보기에 안정되지 않은 일이라 항상 불안하고 초조했지만 당신은 언제나 즐겁고 행복한 모습으로 손님들을 대하고 이익을 챙기기보다 상대방의 입장과 환경을 생각하며 일해 왔다.

어느 날 나는 당신에게 중국어 공부를 제안했다. 앞으로 중국이 세계 경제의 중심이 되고 그러면 많은 중국인들이 세계로 진출할 것이고 제주도로 관광을 오는 사람들도 생겨날 것이라는 생각에서 쓸모 있는 도구가 되리라고 판단했기 때문이다.

당신은 바로 좋은 생각이라고 동의하고 중국어 공부를 시작했다. 오랫동안 책을 멀리하다가 다시 공부를 하는데 더구나 생소한 외국어를 시작하는데 걱정이 컸겠지만 기쁘게 시작했다. 물론 사설 학원에서 공부했다. 지금은 직업훈련 과정으로 국가에서 학원비를 지원하지만 그당시에는 모두 자비 부담이었다. 중국어는 '니 하오 마?' 한마디도 못하는 상태에서 거의 1년 정도 꾸준히 공부했다. 그리고 국가(문화관광부)에서 실시하는 중국어통역가이드 시험에 응시했다. 말하기, 듣기, 회화, 법규, 중국어 토론 등으로 이루어지는 통역 자격시험은 보통 어려운 과정이 아니다. 대학에서 중국어를 전공하고 몇 년 간의 실습을 거치고 어학연수를 다녀와도 합격자가 몇 안 되는 자격고시였다. 그런데 세 차례의 도전 끝에 자격증을 따게 되었다. 학원생들은 모두 놀랐다. 지금까지 중국어를 전공하지도 않았고, 중국에 어학연수를 가지도 않았던 학원생 중에서 합격생은 처음이었다. 더구나 중국 땅을 단 한 번도 밟아본적도 없는 아줌마가 합격했기 때문에 더욱 화제가 되었다.

그 후 나는 중국어를 체계적으로 공부하기 위해서 방송통신대를 다녀보는 게 어떠냐는 의견을 제시했다. 당신은 방송통신대 중국어과 3학년에 편입하여 2년 만에 학사모를 쓰기도 했다.

그러나 당신이 항상 관심 갖는 분야는 오로지 제주도의 자연과 식생, 역사와 민속 등의 분야였다. 지금 책장을 가득 채우고 있는 백여 권이 넘는 책들은 모두 이에 관한 자료들이다. 제주의 환경을 보존하면서 전통과 문화를 잘 알리는 일을 하고 싶어 했다.

제1기 제주문화유산해설사로 18년째 근무하고 있고 제주숲해설가로 일한지도 5년이 된다. 이 두개의 일은 봉사활동을 기반으로 한다. 그래서 제주도나 대학, 중요 기관에서 체계적인 해설과 가이드가 필요할 때는 당신을 추천한다는 말을 들으면 나는 항상 기쁘다. 재작년엔 숲 해설을 체계적으로 공부하기 위해서 서울의 유명대학에서 6개월간 머물며 한국의 숲에 대한 공부를 한 적도 있었다.

당신은 많은 손님들을 만나지만 대부분 중국의 고위 공직자, CEO, 대학교수 등이 많고, 국내에서도 서울대학 등을 포함하여 교수와 연구팀들을 많이 안내하는데 그 분들은 항상 만족스러운 투어를 마치고 돌아간다. 제주와 한국에 대한 올바른 지식과 정보를 갖고 돌아가서 다시 찾는 경우가 많다. 또 해마다 한라대학 등의 위탁으로 통역가이드를 꿈꾸는 젊은이들에게 통역가이드 체험 교육 봉사를 한다. 통역 가이드로 오래 일했지만 어젯밤에도 해설 내용을 익히고 복습하는 모습을 보며 전문성은 항상 갈고 닦을 때만 이루어진다는 사실도 깨닫게 되었다.

당신은 지인의 소개로 너무도 가난했던 무일푼이 나와 인연을 맺었다. 물론 나는 공무원으로서 내 월급으로 두 아이를 서울에 유학시키고 키우기란 너무도 버거운 일인데, 나의 한쪽 날개를 충분히 해내서 쉽게 날 수 있도록 해준 것은 항상 당신이었다. 그러나 변변한 고마움 한번 표시하지 못했다.

정직과 감사와 봉사의 정신으로 살아가는 오늘의 우리가족은 모두 당신 때문이다. 당신은 결혼해서 몇 번인가 신혼여행도 못 갔다는 볼멘소리를 하곤 했었다. 나로부터 별반 반응이 없으니 요즘은 포기한 모양이다. 그러나 내 가슴엔 언젠가 한번 멋지게 황혼 여행에 초대하리라는 꿈을 갖고 있다.

세상의 모든 어머니와 아내는 신이 빚은 본질상 명품이다. 그러나 나는 오늘 당신을 최고의 명품이라고 감히 부르고 싶다.

(2010.)

여름, 그리고 아버지

새벽 2시쯤이었다. 아들 방에서 이상한 기척이 들려 들어가 보니, 배를 움켜쥐고 신음하고 있었다. 저녁 때 먹은 음식이 체한 것 같았다. 한밤중이라 마음이 조급하고 걱정이 되었다. 우선 집에 있는 소화제를 먹이고 주문을 외우면서 배를 살살 쓸어주었더니 신기하게도 이내 아이는 편하게 잠이 들었다.

나도 어렸을 때 배앓이를 자주 했다. 특히 여름만 되면 한 번씩은 심하게 배앓이를 했다. 그러면 나는 사정없이 울어 제쳤고, 할머니는 이 주문을 외우면서 배를 쓸어주곤 했는데, 몇 분만 지나면 신기하게도 저절로 낫곤 했다. 가끔은 아버지가 쓸어주실 때도 있었는데 아버지의 거친 손길이 오히려 시원스럽게 느껴질 때가 많았다. 그럴 때면 아버지도 할머니와 비슷한 주문을 외웠다.

초등학교 다닐 때는 하루에 적어도 두 번은 멱 감으러 바다로 갔었다. 한 번은 저녁밥을 먹은 후 친구들과 지금의 용연으로 갔었다. 밝았던 날은 금세 컴컴해졌다. 그런데 수영 중에 갑자기 누군가가 심하게 내 다리를 잡아 당겼다. 아무리 벗어나려고 해도 몸은 점점 깊은 물속으로 끌려들어 갈 뿐이었다. 물귀신이 드디어 나를 잡아가려나 하는 생각이 들었다. 그리고 물속에서 하얀 옷을 입은 할머니 귀신이 있는 것 같은 착각도 일으켰다. 팔 다리를 있는 힘을 다해서 휘져어서 겨우 빠져 나왔다. 그날 밤 갑자기 배가 아프고 거의 정신을 잃을 만큼 고통을 느꼈다. 그때도 이웃집 할머니가 배를 쓸어주며 이 주문을 외우자 기적처럼 고통이 사라지고 깊은 잠에 빠질 수 있었다.

그 주문은 "예수! 마리아!"라는 단 두 마디였다. 그 시절이야 좋은 약을 구하기도 힘들고 해서 병마를 치료하려면 절대자의 힘을 빌리지 않을 수도 없었을 것이다. 예로부터 부처님, 하늘님, 신령님, 조상님 등에 크게 의존하며 우리는 살아왔다. 요즘도 젊은 엄마들이 배알이 하는 아기들의 배를 쓸어주는 모습을 흔히 본다. 그런데 그들의 주문은 재미있다. "아기 배는 똥배! 엄마 손은 약손!"이라는 주문이 그 한가지이다.

좋은 주문을 갖고 있는 부모님은 아이들에게 건강한 여름을 선물할 수 있으리라는 예감과 함께, 다시 찾아온 이 여름에 좋은 아버지가 될 수 있는 또 다른 신통한 방법도 궁리해 보자.

러시아 소설 중에 '아버지'라는 작품이 있다. 작은 마을에 물레방앗간이 하나 있었다. 그 집에서 오랫동안 머슴으로 일해 온 성실한 청년이 있었다. 너무도 착실하여 주인은 자신의 외동딸과 결혼시켰다. 청년은 도시로 나가 크게 성공했다.

여름만 되면 피서지 문제로 늘 부인과 신경전을 벌이곤 했다. 부인은 스위스나 오스트리아 등지로 가기를 원하고 남편은 옛 고향, 시골로 가기를 원했다. 그러나 언제나 부인의 뜻대로만 결정되었다. 이번만은 남편이 물러서고 싶지 않았다. 결국 출발하는 날, 부인은 딸과 함께 스위스로, 남편은 아들과 함께 시골 고향으로 떠났다.

고향 역에 내리니 시골 냄새가 온 몸을 감았다. 아버지는 아들의 손을 잡고 고향 어귀 풀밭과 숲길을 거닐면서 베짱이와 매미도 잡아 보여주고,

풀과 나무 이름도 가르쳐 주었다. 물레방앗간에 이르렀다. 방앗간을 보면서 엄마와의 만남과 사랑, 그리고 젊은 시절 아버지의 꿈과 희망도 들려주었다. 이모님 집에 이르렀다. 놀고 있는 마당의 닭과 염소는 신비스러웠다. 아들을 소 등에 태워주자 아이는 놀라서 무섭다 소리 질렀다.

다음날은 너무도 더웠다. 아이와 함께 여름철이면 매일 찾던 숲속의 호수를 찾아갔다. 아들을 잔디에 앉혀두고 물속으로 뛰어들었다. 차가운 호수는 심장까지 얼어붙게 할 만큼 차가웠다. 호수에는 물고기가 많았다. 작은 물고기를 잡아서 던져주니 아들은 너무도 신기해서 어쩔 줄 모른다. 아버지는 더 큰 것을 잡아 놀래주고 싶었다. 물속을 살펴보니 바위 밑에 큰 놈이 있었다. 겨우 손을 집어넣어 잡았다. 그러나 손이 빠지지 않았다. 시간이 흘러 저녁때가 되었는데도 아버지는 물속에서 나오지 않았고 아들은 몇 시간째 아빠를 부르면서 울고 있었다.

우리도 이 여름에 우리 아이들에게 의미 있는 아버지, 어머니가 되어 보자. 그냥 시골로 가보는 것, 맨발로 돌 밭 위를 걸어 보는 것, 흙을 한 움큼 집어 들어 그 냄새를 맡아 보는 것, 매미와 나비를 채집해서 그 모습을 그려 보는 것, 함께 밥을 짓고 찌개를 끓여 보는 것, 풀을 종류별로 채집해 보는 것, 조개를 잡아 보고 껍질을 수집해 보는 것, 말을 타보고 소의 얼굴을 만져 보는 것, 토끼를 안아보고 풀을 먹여 보는 것 등등. 이 찬란한 여름에, 절반의 성공을 위해 우리 아이들과 함께 이런 일들을 해보자.

(1993.)

우리의 평등

식탁위에 아무렇게나 놓여 있는 과자 상자를 열어 본다. 막대형 초콜릿이 들어있다. 입에 넣어 씹어 본다. 달고 고소한 맛이 입안에 감미롭다. 그러나 너무나 달고 너무나 쉽게 녹아 들어가는 과자가 먹기에 좀 거북스럽다. 억지로 다 먹는다.

옛날엔 성탄이 가까이 오면 신부님들은 신자 가족들을 지역별로 정해서 성탄 면접을 했다. 식구들을 모두 모아 놓고 가족들의 건강은 어떤지, 서로 화목하게 지내고 있는지, 밥술이나 거르고 있지 않은지를 직접 확인했다. 우리 아이들은 그 면접을 몹시 기다리곤 했다. 면접 때면 신부님이 아이들에게 긴 막대형 초콜릿이나 사탕을 한두 개씩 쥐어주곤 했기 때문이다.

또 성탄면접 찰고지라는 몇 쪽짜리 교리 숙제를 내곤 했는데, 문제지를 잘 풀어 오면 성적에 따라 고통스런 모습의 예수 성상이나 더 없이 인자하고 아름다운 성모상을 선물로 주기도 했다.

크리스마스가 가까워지면 한두 달 전부터 성탄 축제 준비를 했다. 그 중에서 가장 중요한 것은 성극 공연이었다. 그 연극 공연들은 대개 예수의 탄생과 삼왕내조, 스쿠르지 같은 것이었다. 예수의 강생과 삼왕의 현현에 의한 어두운 세상에 빛의 강림과 행복의 회복에 대한 내용이 대부분이다. 나도 한두 번 연극에 참여한 적이 있고, 한 번은 주인공역을 맡기도 했다. 자정 미사가 끝나면 모두가 가설무대로 가서 각종 장기와 성가 부르기 그리고 마지막으로 성극을 감상했다. 그 후엔 소박한 음식을 함께 나누었다.

요즘의 크리스마스에 대해선 사람들이 밖은 요란하고 안은 조용하다고 표현하는 경우가 많다. 특히 밤이 오면 휘황찬란한 불빛이 우리의 시각과 정심을 혼란스럽게 만든다. 그러나 각종 이벤트성 행사로 상가는 특수를 누리고 있는 것 같다. 보모나 연인들은 선물을 준비하고 서로 나누지만 서로가 그 이유를 설명하기는 어려워 보인다.

어려운 시절 오늘 같은 성탄 전야엔 늘 양말을 걸어놓고 잠을 청하곤 했다. 산타 할아버지가 굴뚝을 타고 내려와 그 속에 선물을 넣어주신다고 우리는 믿고 살았다. 물론 산타에게 우리가 소망하는 선물을 달라는 편지를 써 넣는 것도 잊지 않았다. 지금 생각하니 그 편지와 공중에 주렁주렁 매달린 양말들을 지켜보던 부모님의 마음이 얼마나 쓰렸을까 하는 생각이 든다. 아이들의 소망은 너무나 간절했고, 부모의 능력은 도무지 이에 미치지 못했으니 말이다.

이제 집이 없는 사람은 영원히 집을 짓지 않고, 지금 고독한 사람은 영원히 외롭게 살도록 해서는 안 된다. 겨울을 평등의 계절이다. 누구나 꼭 같은 집을 갖고, 누구나 꼭 같은 옷을 입는 계절이다. 새로운 시대의 도래와 함께 누구나 꼭 같이 따뜻하고, 누구나 꼭 같이 풍요로운 세상을 기대하면 안 되는 것일까?

(1997.)

아들의 철들기

"아빠! 저 왔어요."

"이런! 우리 아들 왔구나. 고생 많았다."

얼룩무늬 군복에 병장 계급장을 붙인 아들이 휴가를 나왔다. 이번이 마지막 휴가이고, 한 달 후에는 제대하게 된다. 처음 입대할 때 보다 몸무게다 15킬로는 줄었다. 세간에 다이어트가 유행이라지만 군대 음식이 몸에 안 맞는지, 어디 병이라도 생긴 게 아닌지 걱정된다. 2년은 물리적으로 짧은 시간이기도 하지만, 자식을 군에 맡긴 부모에겐 너무도 긴 세월이다.

아들을 군에 보내면서 집사람은 눈시울을 몹시 붉혔다. 나는 겉으로는 사내는 누구나 한번 군에 복무하는 것이 자랑스러운 것이며, 국가에 가장 소중한 시간을 바친다는 것은 영광스러운 일이라고 말했지만 마음이 쓰렸다. 아들은 여러 가지로 너무 철없고 여린 편이었다. 국군 병원에 근무하게 되자, 집사람이 농담으로 "애야! 병원에서 일하게 되었으니, 의사자격증이나 하나 따고 나와라."라고 했더니, "엄마, 그렇게 하면 큰일 나요. 그것은 불법이에요."라고 대답했다고 한다. 순진한지 미련한지 걱정이 너무 컸다. 재학 중 입대했는데, 대학에 다닐 땐 우산을 사서 부쳐 달라고 할 만큼, 참으로 세상 물정을 모르는 아이였다.

이제 부대에서 최고참이 되었고, 자기 밑에 많은 사병들을 지도하고 있다니 믿어 볼 수밖에 없다. 아비와 달리 밤늦게 어울리다 돌아 온 문 사이로 술 냄새가 풍기는 것으로 보아, 나보다 세상살이에 더 밝아졌으리라 기대해 보기도 한다. 엊그제 아들은 집사람과 등산도 하고 영화관도 갔다 온 모양이다. 두 모자는 학생 때도 등산도 다니고 영화도 보면서, 세상일을 설계하고 고민을 나누곤 했다. 소외당한 나는 방바닥이나 지키면서, 내 흉이나 보고 있지 않나 노심초사 하곤 했다.

아들이 조금은 변한 것처럼 보이기도 한다. 식사 후에 설거지를 하기도 하고, 집안 청소를 하기도 한다. 그러나 컴퓨터 게임을 즐기거나 늦잠을 자고, 참치 찌개를 좋아하는 일들은 변하지 않았다. 아마도 집에 돌아오면 군대 습성도 함께 접게 되나 보다.

옛날에 형이 입대했을 때가 생각난다. 훈련소에서 보내 온 입고 간 옷을 오랫동안 마루 한 켠에 놓아두고, 냄새를 맡곤 하던 할머니 모습이 아른거린다. 그 체취를 빨아내면 손자에 대한 그리움도 함께 씻겨 내릴까 걱정이 되었을 것이다. 한국 남자의 경험으로 군대는 그 겉모습을 변화시키는 곳이 아니다. 짧은 머리와 단정한 몸가짐은 하나의 포장일 뿐이다. 일생을 두고 국가에 충성하고, 용기 있게 생활하는 의지와 결단은 녹색 무늬 한 꺼풀 속, 그 젊은이의 몸과 마음에 남아, 평생 그를 이끌어 주게 된다.

(2008.)

독지골의 기억

 나는 독지골에서 태어났다. 지금은 중앙여고 맞은 편 구남동이다. 출퇴근 길에 그 무서운 때매소를 가끔 본다. 옛날에는 그 곳과 주변은 일년 내내 푸른 냇물이 고여 있는 무서운 못이었다. 그러나 어린시절의 기억은 거의 없다. 아마 서너 살에 성내(시내)로 이사를 왔기 때문에 또 어린 총기가 뛰어나지 못하여 그럴 것이다.

 약간의 기억을 더듬어 본다면 야산 숲 속에서 많은 시간을 보낸 것 같다. 나무가 많고 과수목들이 우거진 숲으로 가끔씩 사람들이 소풍을 왔다 가곤 했다. 그러면 음식 부스러기라도 주워 보려고 친구들과 헤매던 기억이 있고, 동네 입구 조금은 넓은 산 터에 묘들이 산재해 있었는데, 그 곳에서 소위 하루(주먹으로 공치는 야구)를 하면서 긴긴 여름날을 보내기도 했다. 또 너무도 요란한 매미 소리와 탱자나무 울타리도 생각난다.

 지금까지 선명하게 기억되면서 후회스러운 한 가지 사건은 이웃집 밥을 훔쳐 먹은 일이었다. 하루는 가족들이 모두 외출을 했고 날은 어두워지는데 배가 몹시 고팠다. 마당 안에 붙어있는 이웃집 마루 선반에 잡곡밥과 멸치젓이 옹기에 담겨있었다. 나는 아마 반쯤은 훔쳐 먹었을 것이다.

나중에 읽은 바로는 독지골은 최판서(최정숙 교육감 부친)댁에서 제주도민의 복지를 위해서 과수원을 조성해서 소위 과수단지를 조성했다는 내용을 접했다. 최판서 댁과 우리는 아주 오랫동안 끈끈한 관계를 유지해왔고, 내가 대학을 졸업할 때까지 후견인으로 계속 도움을 주었다. 이런 관계로 아마 우리 가족이 그곳에 둥지를 틀지 않았나 하는 생각이 든다. 아버지는 소를 많이 길렀는데 4.3 소개 때 집도 불타고 소도 모두 잃었다고 했다.

　가끔 성내에 있는 할머니 댁에 가곤 했다. 돌아올 때면 고산동산을 거쳐야 했는데, 그 당시는 고산동산이 얼마나 길고 경사가 심했는지 몇 차례 쉬지 않고는 오를 수가 없었다. 동산 중간에는 큰 쉼돌들이 두세 개 있었는데 나무를 하러갔다 오거나 오를 때 반드시 쉬는 곳이었다. 지금은 왜 그렇게 낮고 가까운 거리인지 불가사이 하다.

　여름이면 더위를 식혀, 목욕하러가는 곳은 때매소인데 이도 주공 아파트 북쪽으로 최근 도로 확장 공사를 하면서 모두 메워버렸다. 그 당시는 아주 깊고 용수가 풍부했다. 해마다 아이들이 생명을 잃기도 했다. 처녀 귀신이 사는 무서운 소로만 기억하고 있고 함부로 접근하지 못했다.

　나는 80년대 초부터 지금살고 있는 도남동에 다시 둥지를 틀었다. 거의 30년을 이곳에 살고 있으니 이도동, 도남동과의 인연은 피할 수 없는 천운이라는 생각도 든다.

　처음 이 곳에 올 때는 물론 허허 벌판 논밭에 몇 채의 집이 새로이 들어설 때였지만, 지금은 한 뼘의 공터도 찾아보기 어려운 곳으로 변했다. 집 옆엔 1년 내내 시원한 물이 용천하는 우물과 빨래터가 있었다. 그러나 역시 메우고 물길을 틀어 하수로 흘려 보내버려 공동 우물터의 흔적을 이젠 찾아 볼 수 없게 되었다. 단지 지금도 비가 오면 그 정겨운 맹꽁이 소리를 가끔씩 들을 수 있다. 아직도 수로는 살아 있고 수로 어느 근처에 맹꽁이 가족이 질긴 생명의 끈을 이어가고 있구나 하는 생각이 들곤 한다.

　도남동에 터를 잡고 아이들을 키우면서, 공터에 나물을 심고 냉이를 캐던 시절이 아지랑이처럼 가물거린다. 지금은 담장을 같이 쓰는 처고모 댁이 있고, 또 이웃 사람들 모두 정겹고 살가우니 앞으로도 많은 세월을 이곳에 묻혀 살고 싶다.

(2007.)

자연공부

"아빠! 집이 썰렁하지?"

"그래. 그런데 왜 그렇지?"

"오빠가 없기 때문이지."

정말 집이 갑자기 넓고 쓸쓸해 보인다. 중학교에 다니는 아이가 단체 야영을 떠났기 때문이다. 나도 어제는 왠지 바쁘고 들떴다. 배낭을 찾기 위해서 땀을 뻘뻘 흘리면서 온 집안을 다 뒤졌다. 옷장 위에 한 손만 내밀면 꺼낼 수 있는 것을 그렇게 헤맸다. 비옷 대신 쓸 비닐을 사오고 간식거리로 애가 유난히 좋아하는 감자부풀림(포테토칩)을 사오고, 또 찌개용 김치를 썰어 봉지에 넣었다. 마음 속으로는 좋고 유익한 시간이 되길 빌면서, 또 무사히 다녀 오기를 기도하면서 함께 짐을 꾸렸다.

그러나 퇴근해서 집에 들어서니 어딘가 마음이 한 구석이 괜히 허전했다. 누구나 한 솥밥을 먹던 식솔이 갑자기 집을 비웠을 때의 쓸쓸함을 경험해 보지 않은 사람은 없을 것이다. 바로 그때에 그의 존재가 우리에게 얼마나 소중했는지를 비로소 절실하게 느끼게 된다.

전에 그런 얘기를 읽은 기억이 있다. 다섯 살 난 아들이 여름캠프를 떠나게 되었다. 부부는 떠나기 전까지 여러 가지 걱정도 했지만 막상 떠나자 어느 가정에나 있는 아주 당연한 일로 서로를 안심시켰다. 그러나 그 애가 떠나 채 세 시간도 되기 전에 아빠는 밖으로 나갔다. 그리고 길 모퉁이 공중전화로 갔다. 캠프장으로 전화를 했다. 아들을 불러내서 무사한지를 확인했다. 그리고 아무런 일도 없었던 것처럼 집으로 돌아와 저녁 식사를 했다.

떠나기 전, 아이는 왜 야영을 해야 되는 지 물었다. 단체 생활을 경험하고 친구들을 친하게 사귀기 위해서라고 얘기했지만 마음 한 구석에 어떤 그림자 드리워지고 있음을 느낄 수 있었다. 나도 담임으로, 때로는 어떤 책임자로 야영에 참여해 본적이 여러 번 있었지만 항상 뒤에는 아쉬움이 남았다.

한 번은 여고생들과 함께 활동을 하고 있었다. 자정이 될 무렵 한 학생이 친구가 몹시 아프다고 달려왔다. 고통이 너무 심한 것 같아서 차로 한 밤중에 집까지 데려 갔다. 그 애는 급히 자기 방으로 사라져 버렸다. 그때야 나는 느낄 수 있었다. 지금까지 풍기던 그 냄새가 무슨 냄새였을까 하고 말이다. 물론 나는 지금까지도 그 학생에게 이런 얘기를 한 적은 없지만 그도 무척 미안한 마음을 가졌을 것이라고 상상해 본다. 야영이나 단체여행이 비교육적인 체험을 전수하고 친구 사이에 혐오스러운 지식을 주고받는 곳이 되어서는 안 될 것이다. 더구나 지도하는 분들은 모든 면에서 참된 자연의 사도로서의 사표를 보여야 될 것이다. 단 한 순간이라도 비교육적인 모습을 보이게 된다면 단체 활동의 의의는 그 순간 모두 사라져 버릴 것이다.

활동 프로그램도 이제는 획일성을 벗어나 열린교육을 실험, 실천하는 장이 되야 할 것이다. 추적활동, 극기훈련, 체력단련, 음식경연대회, 장기자랑, 모의 올림픽, 불꽃놀이 등 주종을 이루는 그 내용이 과연 엄숙하고 어머니 같은 자연 속에서 꼭 겪어야 할 내용인지 한번쯤은 생각해 봐야 한다. 특정 집단의 문화를 전수하는 곳이 아니라는 사실을 인지하고, 순수하고 열린 마음으로 자연을 관찰하고, 솔직한 대화 속에 가슴속의 모든 찌꺼기를 씻어내고, 자연과 그 속의 생명을 관찰하고 인간과 자연을 생각하며, 자신의 현재와 미래를 생각해보는 소위 "피정"의 장소로써 이 기회를 사용해야 할 것이다.

단체 활동이 끝난 후에 그의 삶이 보다 깊고 심오하며 풍요로워 지지 않는 다면 왜 우리는 도시를 떠나 산으로 갔었는지 영원히 모를 수도 있은 것이다.

(1998.)

'안해'의 졸업

아이들과 함께 졸업식에 갔었습니다. '안해'의 졸업식이었습니다. 얼마 전에 귀순한 여자 분이 강연을 하는데, 북한에서는 부인을 '안해'라고 부른다고 합니다. 부인은 '집안의 태양'이므로 반드시 '안해'라고 불러야 한다고 했습니다. 그래서 오늘 '안해'라고 애써 불러봅니다.

졸업식장에는 사연 많은 사람들이 검은 대학 가운 속에 예쁘고 성스러운 내밀고 있습니다. 예순이 넘어 보이는 분, 두 눈이 안보여도 부인의 내조로 사각모를 쓰게 된 분 등, 대부분이 뒤늦게 상아탑의 꿈을 이룬 늦깎이들입니다. 엄숙하고 정숙한 분위기 속에 모두의 얼굴엔 주경야독의 흔적과 그 보람이 넘치고 있었습니다.

방송통신대학교. 아마 전국에서 가장 많은 학생들이 다니고 있고 가장 많은 졸업생을 배출한 대학교일 것입니다. 그러나 요즘 일반대학보다 졸업하기가 훨씬 힘든 곳이 이 대학이라고 합니다. 올해 제주도에서는 200여 명이 졸업을 하게 되었다고 하고, 안해는 중어중문학과를 졸업하게 되었습니다.

몇 년 전에 저는 집사람에게 중국어를 공부해 보도록 권했습니다. 이미 대학에서 가정교육을 전공하여 고등학교에서 교편을 잡은 적이 있지만 오래 전에 교직을 떠났었습니다. 이제 시간적으로도 여유가 있고 생활의 무료함도 극복하기 위해서 기지개를 펴보고 또 새로운 공부를 해

보는 것도 의미가 있을 것이라 설득했습니다.

누구나 경험하는 바이지만 새롭게 외국어를 익히는 데는 참으로 많은 인내와 노력이 필요합니다. 특히 중국어는 성조와 어순 등이 우리말과 많이 달라서 어려움이 커 보였습니다. 그러나 조금은 흥미로, 조금은 호기심으로 열심히 하는 모습을 볼 수 있었습니다. 그리고 몇 번의 도전 끝에 문광부에서 실시하는 그 힘든 중국어 관광통역가이드 시험에 합격했습니다. 다른 사람들은 중국에 현지 연수를 몇 차례씩 다녀와도 어렵다는 그 시험에 합격했을 때 기쁘기도 하고 많이 놀랐습니다. 그 사이에 중국어를 체계적으로 배우고 싶어 학사 편입을 했던 방송대도 2년만에 졸업하게 되었습니다.

엊그제 대만 관광객들을 안내했는데, 다른 안내원과는 달리 제주도의 역사, 풍물, 민속, 자연에 대한 내용을 상세히 설명해 주어 손님들이 유달리 만족해했다는 말을 들었을 때 남다른 느낌이 있었습니다. 지난 달에는 제주도지사 일행이 중국 심양시 시찰을 갔었는데 통역으로 다녀오기도 했었습니다.

외국에는 정년이나 은퇴를 한 후에 지역 관광 가이드로 일하는 분들이 많습니다. 그러나 많은 사람들이 봉사라는 개념에서 출발하고 있습니다. 저는 저의 '안해'가 많은 봉사를 하게 되기를 빕니다. 특히 제주도의 모든 것을 세계의 많은 사람들에게 속속들이 알려주는데 도움이 되었으면 합니다. 팔불출이란 말을 듣게 되겠지만 오늘 저는 저희 집사람의 졸업을 축하하면서 다시 한 번 '안해'라고 부르고 싶어집니다.

(2001.)

책갈피에서 만난 형님

리더스 다이제스트를 뒤적이고 있었다. 20여 년 가까이 구독해온 오랜 벗이 이 책이다. 시간이 생길 때마다 쌓아둔 구본을 아무거나 뒤져 읽는 것이 나의 즐거움이다. 철지난 구본을 읽다가 낯익은 얼굴을 발견했다. 서울에 사시는 형이었다. '아름다운 세상, 자랑스런 한국인' 난에 실려 있다. 30여명의 얼굴 틈에 형은 약간 성난 모습으로 앉아 있다. 한국가곡작사가협회원이라는 설명이 붙어있다.

바위고개, 보리밭, 봄처녀, 그리운 금강산, 비목 등은 우리 민족 고유의 정서가 담긴 아름다운 노랫말과 부르기 쉬운 곡조로 누구에게나 사랑받아 온 대표적인 가곡들이다. 그러나 5~60년대 이후 이 가곡들의 뒤를 이를 만한 가곡들은 작곡되지 못했고, 오히려 우리 가곡은 음지로 밀려났다. 성악가들에게조차 제대로 대접을 받지 못하고 구색을 맞추기 위해 선심 쓰듯 불려지는 존재로 전락하고 말았다. '열린음악회'를 보면 이 모습이 극명해진다. 이러한 현실을 안타깝게 여긴 시인, 수필가 등 동호인이 모였다. 제대로 된 가사가 없어서 작곡가들이 작곡을 하고 싶어도 할 수 없는 현실을 안타깝게 여겨서 아름다운 우리말로 시를 지어 우리 가곡을 살리는데 조금이나마 도움이 되어 보고자하는 생각으로 모임을 만들었다.

국적 불명의 유행가로 나날이 황폐해져가고 있는 학생들의 심성을 순화시키고, 우리말의 아름다움을 일깨워 주기 위한 이 협회의 노력은 대단히 가치 있게 평가받고 있고, 이미 10여 곡이 중·고등학교 교과서에 실려 있다.

형은 해마다 세종문화회관에서 작곡발표회를 하고 초청도 하지만 바쁘다는 핑계로 아직 한 번도 참석치 못했다. 발표회가 끝나면 항상 CD를 보내주시는 데, 특히 '독도'라는 곡이 마음에 든다.

형은 바보스럽게 순수를 맹종하는 분이시다. TV는 '동물의 왕국', '종교방송', 'CNN' 밖에 보지 않는다. 형의 투덜대던 소리가 아직 들린다. 왜 우리나라 방송은 CNN처럼 광고를 해도 조용히 차분하게 하지 않는지 모르겠다고. 형네 집엔 아직도 검고 무거운 다이얼식 전화기를 사용한다. 아마 우리나라에 이런 전화기를 쓰는 집은 형님댁 밖에 없을 것이다. 순백의 머리도 염색하지 않는다. 인간의 모습을 가장해서는 안 된다는 것이 형의 지론이다. 지하철은 절대 타지 않고, 물은 산에서 직접 길어다 마신다.

시를 쓰는 형은 최근에 큰 문학상을 받았다. 순수를 추구하는 그분들의 노력과 소망이 빨리 빨리 이루어져, 동네마다 우리 노래 소리가 흘러넘쳤으면 좋겠다.

(2005.)

참된 행복

"요한아, 신부님 모셔오너라."

"신부님은 내일 오시기로 되어 있는데요."

"아니다, 오늘 오후에 모셔오너라."

아버님의 병이 깊어져서 임종을 앞두고 있었다. 그런데 아버지는 갑자기 신부님을 모셔오라고 하셨다. 마침 신부님과 연락이 되어, 신부님이 집으로 오셔서 병자성사를 주셨다. 아버지는 며칠간 물 한 모금도 넘기지 못하고 있었다. 그런데도 신부님이 영해 주시는 마른 성체를 아무런 어려움도 없이 받아 모셨다.

우리는 아버님을 모시고 있었는데 그 날 자정을 갓 넘기고 세상을 뜨셨다. 30여 년 간 홀로 살면서 자식들을 키워 오신, 이제 뼈만 남은 육신을 보며 만감이 교차하였다. 하지만 아버지의 마지막 모습을 보니 지상에서의 고통스러운 삶을 천상에서는 분명히 하느님께서 갚아주시리라고 믿게 되었다.

오래전 리더스 다이제스트에서 읽었던 어느 노 교수의 이야기가 생각난다. 철저한 무신론자였던 교수의 가장 친한 친구는 목사였다. 목사는 수 없이 입교를 권했지만, 그의 무신론적 믿음은 변함이 없었다. 그런데 어느날 만찬장에서 목사는 "친구야, 자네가 어머니 몸속에 있을 때, 바같에 이런 세상이 있음을 알지 못했지. 그러나 10개월이 지나 이 세상으로 나오게 되지 않았나. 우리가 다음에 갈 세상도 마찬가지야. 아무도 그 세상에 갔다가 온 사람은 없었지만 이 세상이 끝나면 또 다른 세상이 꼭 같이 펼쳐질 걸세."

이 이야기를 듣고 노 교수는 지금까지 자신만을 믿고, 자신을 종교로 삼고 살아오던 지상적 삶을 버리고, 천상적 삶을 선택하게 되었다고 회상했다.

우리가 어머니 몸속에 있을 때 우리는 자주 바깥 세상에 대해서 듣고 느꼈었다. 어떤 때는 시끄럽게, 어떤 때는 평화롭게, 어떤 때는 신비롭게 그 무엇을 느끼면서 호기심 속에 살고 있었다. 그리고 이 행복이 영원히 지속되리라 믿고 있었다. 그러나 1년의 세월이 지나기도 전에 우리는 바깥세상으로 나오게 되었다. 그리고 이런 세상이 있음을 알게 되었다.

아무리 길어도 100년 후에 지금 이 세상에 살고 있는 사람은 모두가 다른 세상으로 떠나게 될 것이다. 우리가 이 세상에 올 때는 알고 있었지만, 떠날 때는 아무도 모른다. 그러므로 참으로 행복한 사람은 미래를 알고 준비할 수 있는 사람이다.

교황님은 우리와 작별하면서 "저는 행복했습니다. 여러분도 행복하시길 빕니다."라고 말씀하셨다. 우리 삶의 궁극적 목표는 행복에 있고 그 행복은 천상적 행복이다. 그리고 그 행복에 이르는 도구는 사랑이며, 사랑하는 방법은 남을 자기 몸처럼 사랑하는 것이다.

(2007.)

담임 선생님

"진솔아, 안녕? 선생님이 밉지? 답장을 늦게 보내서. 미안해. 정말이야. 사진까지 보내줬는데. 고마워. 그런데, 진솔아 사진 설명이 없어서 궁금했어. 혹시 유치원 졸업땐가? 아니면 입학식 때? 맞니? 아니니? 어휴-. 궁금해. 진솔아 관찰책 일러 먹었니. 잃어 버렸니? 어쩌다 잃어 버렸쑤? 영 못 찾으면 친구 것 복사해서 '날씨 조사표' 기록해야지…."

이 편지는 3년 전 우리집 진솔이가 1학년 때 담임선생님이 보내준 긴 편지의 일부분이다. 선생님은 할머니 선생님이셨다. 딸아이의 말로는 나이가 아흔 살이라고 했다. 아마도 아이들이 "선생님 나이가 얼마세요?" 하고 물었더니, "나 아흔 살이야!" 하고 대답했나 보다. 그 보다는 아주 아주 젊으신 분이라고 해도 막무가내였다. 아이들에게 선생님은 거짓말을 전혀 하지 않는 분이고 또 진리, 진실 그 자체였기 때문이다.

딸애가 초등학교에 입학하자 나도 어떤 분이 담임선생님이 될런지 몹시 궁금했다. 그런데 담임선생님이 할머니시라는 말을 들으니 좀 걱정이 되었었다. 선생님은 학부형들에게 "나이 많은 제가 담임을 맡게 돼서 실망하셨지요? 하지만 젊은 선생님들을 열심히 따라가겠습니다."고 말씀하셨다고 한다.

선생님은 일기쓰기를 매일 지도해 주시고, 일일이 첨삭해 주셨다. 또 하루도 거루지 않고 과제물을 유인해서 일일이 확인하고, 일련번호를 메기셨다. 수시로 작은 상품으로 시상도 해 주셨다. 아주 작은 일에도 일일이 전화해 주시고 또 상의 하셨다. 한 번은 내가 쓴 글을 보고서 일부러 전화해 주시고 격려해 주셨다. 또 운동회나 학예회 때도 누구보다도 열심히 뛰고 지도하셨다. 초등학교 선생님들께 선생님에 대해서 말씀드렸더니 누구나 선생님에 대한 존경과 칭찬을 아끼지 않았다. 항상 젊은 선생님보다 더 앞서 가시고 또 몇 배나 더 노력하신다고 했다. 아흔 살(?)의 나이지만 여덟 살 난 친구처럼 아이들과 어울리며 이끌어 주셨다.

며칠 전에 그분이 퇴임하셨다는 보도를 봤다. 젊은 교사 열 배의 노력과 정성으로 교육에 힘쓰셨던 큰 선생님이 일찍 퇴임하시니 섭섭하고 아쉬운 마음이 깊어진다.

흔히들 젊은 미혼의 선생님들은 3분의 1선생님이라고 한다. 결혼을 하면 3분의 2, 그리고 자식을 길러 보아야 완전한 선생님이 된다고 한다. 나의 지난 경험으로 미루어 보더라도 젊었을 때는 혈기는 있었으나, 지혜로운 교사가 되지 못 했었다. 지나친 의욕은 곧바로 또 하나의 시행착오로 나타나곤 했었다.

대부분의 시간을 학교에서 보내는 아이들에게 담임선생님의 역할은 너무도 크다. 담임선생님은 어머니의 사랑과 아버지의 지혜, 여름날의 그늘과 가을의 호수를 다 지닌 분이다. 아이들의 눈망울에 맺힌 기대와 희망 속에, 3월 첫날 다짐한 담임선생님의 학급경영의 꿈이 마지막 날까지 크게 펼쳐지기를 기도해 본다.

(2004.)

교탁 밑이 어둡다

급식실에 마음을 남기고

"맛있는 급식 덕분에 3년 동안 힘들기는 했어도 행복할 수 있었어요. 진심으로 감사드립니다. 후배들도 앞으로 더 많이 신경써 주세요."

"맛있고 영양가 있는 밥, 매일 먹을 수 있게 해 주셔서 너무 감사합니다. 밥심! 화이팅!"

"항상 음식 투정 죄송했어요. 한참 예민할 때여서…. 감사했어요."

"이른 새벽부터 저녁까지 맛있고 영양가 있는 음식 만들어 주신거 진심으로 감사해요. 내일도 여기서 먹고 가면 안돼요? 도시락도 싸주세요. 사랑해요."

급식실을 나오다 게시판을 가득채운 글들을 보게 되었다. 졸업생들이 마지막 점심을 먹고 나서 남긴 글들이 빼곡하다. 그들이 남긴 마음에 눈시울이 뜨거워졌다.

우리 학교는 기숙학교다. 학생들은 학교에서 모두 함께 자고 세 끼를 먹는다. 물론 세탁과 청소도 스스로 한다. 한 학부형이 한 말이 기억난다. 자기 아들은 집에선 양말 한 쪽 씻어 본적이 없는데, 이곳에 온 후로는 그 많은 세탁물을 한 번도 집으로 가져 온 적이 없다는 것이다. 또 어떤 어머니는 집에서 딸이 쓰는 큰 방은 항상 온갖 잡동사니로 발 디딜 틈도 없는데, 기숙사 방을 보고 깜짝 놀랐다는 것이다. 파리가 미끄러질 만큼 깔끔하게 정돈되어 있었다고 했다. 공용 생활의 예절을 익혔기 때문일 것이다.

급식실에서는 많은 일들이 일어난다. 급식실 환경도 독특하다. 제주의 아름다운 사계와 세계 명문대학을 담은 그림 커튼이 있고, 영어로 쓰인 명언 명구들이 벽면을 가득 채우고 있다.

Let us not pray for a light burden, but for a strong back(가벼운 짐을 달라고 기도하지 말고 튼튼한 허리를 달라고 기도해라).

The best preacher is the heart; the best teacher is time; the best book is the world; the best friend is God(가장 훌륭한 설교자는 마음이고, 최고의 교사는 시간이고, 가장 좋은 책은 이 세상이며, 최고의 친구는 신이다).

I had no shoes, and I murmured, till I met the man who had no feet(나는 발이 없는 사람을 만나기 전까지는 신발이 없음을 투덜거렸다).

최근에 흥미로운 보도가 있었다. 매일 아침 식사를 한 학생들의 수능 성적이 3% 향상되었다는 기사였다. 몇몇 학생들이 아침 식사 하는 학생들을 체크한다. 거르는 학생에게는 벌점이 부여된다.

또 이곳에서는 매월 성대한 잔치가 벌어진다. 학생들의 생일잔치를 하기 때문이다. 훈제 치킨 등 아이들이 좋아하는 메뉴가 대개 준비되고, 케이크와 음료수 또 학생 개인별로 선물과 축하카드도 준비한다. 선물과 카드는 내가 준비하고, 카드에는 학생별로 축하의 말을 남긴다. 개인 선물과 축하 카드는 내가 부임하여 처음 시행해 온 것이다. 학생들의 성격을 일일이 파악하여 짧은 축하와 격려의 말을 영어와 우리말로 적어서 주는 것이 쉬운 일이 아니지만, 부모님이 없으니 대신 이 일을 세 해째 하고 있다. 이어 학생들은 축하 공연을 한다. 댄스와 노래가 주종을 이룬다.

학생들에게는 최상의 식단과 최선의 분위기를 제공하려고 노력한다. 스파게티, 스테이크, 피자, 베이글, 전복죽 등 각종 세계화된 음식들이 수시로 제공된다. 학생들이 TV를 시청할 수 있는 유일한 시간이 식사 시간이기도 하다. 주로 뉴스와 CNN을 시청한다. 다른 학교 학생들은 식사하는데 10여분 정도가 걸리지만, 우리학교 학생들은 거의 40분 이상을 소요한다. 식사도 하고 대화도 먹기 때문이다. 시험 때는 많은 학생들이 공부거리를 들고 온다. 그 짧은 식사 시간에도 단어를 외우고, 독서도 하고, 글을 작성하는 것을 보면, 너무도 사랑스럽고 애틋해 보인다.

매일 새벽 4시에 일어나 출근하고, 음식을 준비하는 급식실 선생님과 우리들은 옷깃을 여미며 함께 다짐해 본다. 부모의 역할을 더 잘 해야겠다고.

(2011.)

시험받아야 할 시험

하늘은 언제나 남쪽에서 북쪽으로 흘러가는지, 산남에 비 가 내리는 날은 산북엔 햇살이 눈부시고, 산북에 바람이 불면 산남엔 구름이 일그러진다. 금주엔 학기말 고사가 있었다. 오전에 시험이 끝나면 오후는 너무도 조용하고 한가롭다. 그러나 학생들에겐 아마도 너무도 힘들고 가혹한 인내의 한 주가 되고 있을 것이다.

처음 교단에 선 어느 날이었다. 월말고사 날 아침에 등사실에서 시험지를 찾다 학급별로 세어 보니 20여장이 모자랐다. 그야말로 등에 식은 땀이 오싹했다. 다른 선생님 말씀이 등사실 용인에게 가끔씩 술도 사고 해야 여유있게 인쇄해 주지, 인사가 없으면 그런 일이 실수처럼 가끔씩 생긴다고 했다. 세고 또 세어 보아도 숫자는 변하지 않았다. 등사원지를 이미 소각해 버렸으면 큰일이었다. 그러나 다행히 원지는 아직 소각하지 않은 상태로 잉크에 뒤범벅이 되어 뭉쳐 있었다.

누구나 시험이라는 말을 듣기 좋아할 사람은 없을 것이다. 나도 몇 번의 시험에 얽힌 씁쓸한 경험을 가지고 있다. 고등학교 때, 남들도 자주 밤샘을 한다고 해서 나도 하룻밤을 뜬 눈으로 새워 공부해본 적이 있다. 아침이 되니 모든 게 멍하기만 하고 문제지를 받아 보니 그게 그것 같고 해서 시험은 엉망이 되고 말았다. 또 한 번은 대학원 전공 시험을 치를 때, 영문으로 출제된 문제를 너무도 쉽게 생각해서 자신만만하게 제일 먼저 제출하고 나왔다. 나중에 나온 동료들이 내가 쓴 문제의 답은 문제의 내용을 잘 못 해석해서 동문서답했다는 것이었다. 그때는 자신의 교만스러움이 얼마나 미웠는지 너무도 후회스러워서 그 아름다운 석조 건물 4층에서 뛰어내리고 싶은 심정이었다. 그러나 나중에 보내온 학점은 내가 최고 점수를 맞았다는 것을 증명해 주었다. 동료들을 모두 불러내어 그들 앞에서 진짜 나르는 모습을 보여 주고 싶었다.

학교에서는 시험 때만 되면 화장실 청소에 애를 먹는다. 너무도 넓게 널려있는 고통의 분신인 담배꽁초 때문이다. 예전의 학교는 교무실이 별관으로 되어 있었다. 휴식 시간만 되면 화장실에서 구름송이가 무리져 솟아올랐다. 교실 끝마다 있는 화장실에서 스며나온 운무는 교실을 지나서 건물 복도를 따라 교무실까지 스며들었다. 단속을 하려고 가보지만, 너무도 많은 학생들이 일시에 모여 피워대니 그냥 돌아올 수밖에 없었다. 또 엄청난 공부의 양과 너무도 잦은 시험의 무게로 고통받는 그들을 생각할 때, 시험 때만이라도 조금은 눈을 감아줘야 하는 게 아닐까하는 생각이 들기도 한다.

시험, 그것은 두 얼굴을 가지고 있다. 횟수가 적으면 학부모님들은 학교가 나태한 것이 아닐까 하고 걱정하고, 자주 보면 학생들의 싱그러운 얼굴에 주름이 가득해 진다. 그래선지 시험의 두려움을 이기지 못한 학생이 시험 때만 되면 결석하는 사례가 요즘 들어 흔하다. 세상이 있고 경쟁이 있는 곳엔 꼭 시험이 있어야만 하는지, 그 시험을 이제는 한번쯤 시험해 봐야 하지 않을까.

(1992.)

아이들 보는 데서 마셨던 찬물

"양보원 학생회장과 이진석 부회장의 당선을 축하합니다."

학교 홈페이지에서 당선자의 사진, 축하 자막과 함께 아름다운 여자 목소리가 흘러나왔다.

지난 일주일간 우리학교는 조금은 축제 분위기에서 보냈다. 학생회정부회장을 뽑는 선거기간이었다. 등록 후 이틀 반나절의 선거 운동이 허용되었다. 두 명씩 출마했는데, 20여 명의 운동원들이 꼭두새벽부터 밤 늦게까지 지지 운동을 벌였다. 교문에 도열하여 학생들에게 정중히 한 표를 부탁한다. 건물 곳곳에 후보 사진과 격문이 나붙었다. 대부분 유명 캐릭터를 패러디한 것이다. 슈퍼맨, 대장군, 맹수들이 등장하고 영문 이니셜 공약들도 돋보였다.

명함도 등장했다. '기호 ○번 ○○○, ○번을 기억해 주세요.'라는 칼라 인쇄다. 담당 선생님께 한 마디 던져 보았다. "부장선생님, 학생들이 이제는 명함도 돌리는 모양인데, 선거에 쓸 수 있는 법정 한도액이 얼마입니까?" "예!? 정말 앞으론 선거금액, 공탁금도 규정에 넣어야겠네요." 하고 웃는다.

옆에서 또 한 선생님이 거든다. "아, 작년에 우리 아이도 초등학교 선거에 나갔는데 3만 원만 달라고 해서, 거금 투자했습니다." "그래서 무엇에 썼답니까?" "운동원들에게 5천 원씩 나눠주고 운동을 했는데 그만 물먹었습니다." "2만 원만 더 썼더라면 됐을런지 몰랐겠군요?"하고 농담했다.

연설도 다채롭다. 오토바이 헬멧을 쓰고 장난감 권총을 들고 학교와 학생을 지키겠다고 선언한다. '비가 오나 눈이 오나'라고 말할 때는 분무기 물방울과 스프레이 인공 눈이 쏟아진다. 주요한 공약 사항은 '두발을 자율화 하겠다'는 것과 '아침 등교를 10분 늦추겠다'는 것 등으로 참으로 소박하고 실현 가능성이 높은 것들이었다.

국회에서나 볼 수 있었던 전자투개표를 실시했다. 킴퓨터 화상으로 후보자의 얼굴과 기호를 보고 매혹적인 여자의 음성 지시에 따라 인증을 마치고 마우스로 클릭함으로써 투표가 끝난다. 화면에 투표자수와 투표율이 그래픽과 함께 표시된다.

개표도 5분 만에 끝났다. 개표 종료와 동시에 당선자의 득표수, 득표율, 사진과 함께 축하 로고와 음성이 송출되었다. 모든 학생들이 각 교실에 설치되어 있는 모니터로 시청했고, 학교 홈페이지를 통해 전국 어디서나 실시간 시청할 수 있었다. 정보부장님과 네 학생의 며칠간 수고의 결과였다. 참으로 색다른 경험이었다. 국회의원들도 처음 전자투표를 했을 때 '저 투표 결과가 사실이고, 내 투표가 제대로 입력되어 합쳐졌을까?'하는 의구심을 가졌을 것이다. 몇몇 학생들도 아마 지금도 '실제 투표용지를 만져 보고, 후보를 선택 하고, 투표함에 넣고, 투표함을 개봉하여 일일이 세어보아야 믿을 수 있을 텐데'라고 중얼거리고 있는지 모르겠다.

(2005.)

변방의 기억들

"형님, 잘 지내고 있습니까? 현경이 아버집니다."

"아, 위원장님, 또 한잔하고 있어요?"

"예. 그런데 요즘 왜 연락이 없습니까? 한번 바다 구경 나가야 할 것 아닙니까? 지금 효상이 아버지랑 또 현 위원장도 같이 있습니다."

늦게 퇴근해서 금방 잠자리에 들었는데 전화다. 가끔씩 전화가 온다. 그런데 대부분은 술자리에서 하는 전화이고, 늦은 밤이 대부분이다. 나는 그 분들의 전화를 받을 때마다 따뜻하고 끈끈한 정을 느낀다.

현경이 아버지는 지난번 근무했던 학교 운영위원장이었다. 그 곳은 내가 초임 교장으로 부임했던 학교였다. 나름대로 여러 가지 준비도 하고 마음도 가다듬어 부임했다.

도착해 이틀 정도 지났을 때, 행정실장이 전했다. 운영위원장이 학교장이 부임했으면 찾아와 인사를 해야지 무소식이라고 언짢아 하고 있다는 것이다. 부임하자 바로 학교 현황을 파악하고, 지역의 유관 기관과 유지를 찾아뵙고, 인사와 부탁을 드리러 다니느라 운영위원장에게는 인사를 못 드렸었다.

나는 급히 행정실장과 함께 운영위원장 집을 찾아 나섰다. 방문에 앞서 전화를 걸었는데 받지 않았다. 실장 말에 의하면 밤늦게까지 영업하고, 또 약주를 워낙 즐겨서 늦게 잠자리에 들다 보니, 오전에는 보통 전화를 받지 않는다고 했다. 어쨌든 사는 곳도 익힐 겸 찾아 나섰다. 10시가 넘었는데 역시 아직 잠자리에 있었다.

치킨 가게로 장소를 옮겨 차 한 잔을 앞에 두고, 인사도 드리고 협조를 부탁했다. 처음에 까칠하게 느꼈던 그는, 1주일에 한두 번은 꼭 학교에 들려 현안을 의논하고, 특히 학생 생활지도에 열심이었다. 농산어촌에서의 생활지도는 선배와 지역 주민과의 협력과 유대가 꼭 필요하다.

며칠 후 학생 사안이 발생했다. 여학생 4명이 부모 몰래 주말을 이용해 제주시로 나들이 갔다가 불량 학생들에게 붙들러 금품을 모두 털리고 감금당했다. 가해자들은 육지부에서 온 중퇴 학생들로 제주도에 내려와 생활비를 이런 식으로 조달하고 있었던 것이다. 운영위원장이 직접 현장에 나가 학생들을 찾아오고, 불량 학생들을 조치함으로써 사건은 종료되었다.

운영위원들은 모두 한 가족이었다. 학교 울타리에 교목인 목련 묘목을 심고, 가지치기, 농약하기, 울타리 정비 등도 수시로 해나갔다. 특히 오케스트라 창단을 위한 악기 구입, 학교 천연잔디 운동장 조성, 교문 설치 등을 위해서 어머니 회장과 함께 교육감, 도의원, 시장 등을 함께 찾아 지원을 호소하기도 했다. 그 결과 이런 사업들은 모두 학교와 주민의 뜻대로 이루어질 수 있었다.

약주를 즐기고 다혈질임에도 그는 섬세한 감성을 소유하고 있었다. 예를 들어 학년말에 인사이동을 하게 되면, 그는 반드시 이임하는 선생님들에게 장미 한송이씩을 선물했다. 꽃을 준비하는 마음이 어찌나 정성스러운지 선생님 마다 그 잔잔한 감동을 지금도 가슴에 지니고 있다.

어우렁 캠프도 잊을 수 없다. 보통 캠프하면 학생들과 선생님들이 야영하는 것이 일반적이지만, 현경 아버지는 특별한 캠프를 제안했다. 즉 학생, 학부모, 동창회, 교사가 함께하는 캠프다. 이 어우렁 캠프를 통해 수직적 관계를 수평적 관계로 변화시키며 사랑도 돈독히 쌓을 수 있었다. 부모님과 식단을 짜고, 같이 조리하고, 함께 즐기던 산중에서의 축제는 축제 중의 축제였다. 부모님들은 돼지를 두 마리나 제공하여 우리의 기를 살려주었다.

해가 바뀌어 효상이 아버지가 위원장이 되었다. 우리가 주력한 것은 오케스트라 창단에 따른 연습 여건 조성이었다. 서귀포에는 우선 바이올린, 비올라, 첼로, 클라리넷, 플롯 등을 지도할 교사가 절대 부족했다. 제주시에서 각 분야 전문 지도자를 어렵게 확보하여 꾸준히 연습해 나갔다.

그해 12월 우리는 국제컨벤션센터에서 창단 연주회를 가질 수 있었다. 1, 2학년 전학생이 참여하는 82인조 초대형 오케스트라의 연주는 장엄하고 웅장하고 감동적이었다. 학부모들은 모두 눈시울을 적셨으며 이 순간이 영원히 떠나지 않았으면 하는 감동을 누구나 느끼고 있었다. 시작할 때 청명하던 하늘은 연주가 끝나고 문을 나서자 온통 하얗게 변해 있었다. 하늘에서 솜사탕 같은 함박눈이 끝없이 쏟아지고 있었다. 이 연주를 위해서 정말로 많은 분들이 지원해 주었고 격려해 주었다. 교육감님은 악기 구입을, 도지사님은 악기 구입과 연주복을, 서귀포 시장님은 기자재 구입비를, 컨벤션센터 사장님은 연주장소를 제공해 주었다.

창단식엔 도지사, 교육감, 국회의원, 도의원 등 많은 분들이 축하해 주었다. 모든 일간지와 TV에서 크게 보도했고, 특히 한겨레신문은 1면의 반을 할애해 상세히 소개해 주었다.

우리학교는 농산어촌 소규모 학교였다. 그런데도 법을 어겨가며 소위 위장전입으로 도시로 빠져나가는 학생들이 꽤 있었다. 학생집을 일일이 방문하여 학생과 학부모와 면담하면서 정말 잘 훌륭히 키우겠으니 외지로 보내지 말아 달라고 애원했다. 겨우 중학생이므로, 동향의 벗을 사귀고 함께 배우는 것이 유익하며, 시간과 금전을 낭비하지 말고 우리에게 맡겨달라고 읍소했다.

지상엔 잘 나가는 지도자들은 자녀를 위해 위장전입을 즐겨한다는 내용이 자주 실린다. 이젠 농어촌 부모들도 그들의 이상한 자녀 교육 방법을 익혀 실천에 옮기고 있었다.

나는 조등학교 졸업 예정자 학부모님께 일일이 서신을 보내어 우리학교에 보내주면 최고의 인성, 최고의 학력을 지닐 수 있도록 교육하겠다고 약속했다 또 초등학교 교장 선생님께 부탁하여 6학년 학생들을 모두 모이게 하여 우리학교의 교육 프로그램과 안전한 학교생활, 수준 높은 교육 프로그램을 소개하고 위장전입을 하지 않도록 설득했다. 그 결과 예체능 선수, 이주자들 제외한 학생들의 시내 위장전학은 사라지게 되었다.

우리학교에 보내준 학부모와 학생들을 위해 전국 최초로 초등학교 6학년 학생들 대상으로 중학교 예비반을 운영했다. 중학교 기초과목 학습과 중학교 생활 적응 프로그램을 2주 동안 교재를 포함한 모든 경비를 무상으로 운영했다. 지금은 도교육청에서 이제도를 채택하여 모든 중학교 신입생 적응 교육 프로그램의 운영을 지원하고 있다.

그 사이에 위미중학교는 학교 평가 최우수 중학교, 교과부 선정 영어교육 선도학교, 100대 교육과정 전국 최우수 중학교, 방과후 학교 운영 중등부 전국 최우수 중학교 등의 영예와 수상을 하게 되었고, 후임 교장 선생님은 청와대를 방문하는 영광도 누리게 되었다.

제주섬, 소규모 농산어촌 학교의 환경과 살림은 어느 곳이든 녹록치 않다. 그러나 세상은 언제나 밝은 미래를 꿈꾸고, 성실히 일하는 사람에게 마지막 미소를 선물하기 마련이다. 지금도 일상에 뒤얽혀 어려움을 헤쳐나지 못할 때, 그 곳에서의 열정과 우정을 추억하면, 어느새 가슴이 따뜻해지고 어떤 행복도 차오른다.

(2010.)

치마 두른 제자 사랑

"제자 사랑에 앞치마를 둘렀습니다. 제자 사랑을 위해서라면 못할 일이 어디 있겠습니까?"

얼마 전 영남대학교 사범대 교수들이 교생 실습에 나서는 제자들에게 손수 아침을 만들어 주며 격려해 눈길을 끌었다. 교수들은 2백여 명의 병아리 교사들을 위해 '스승이 만든 좋은 아침'이라는 행사를 열었다.

앞치마를 두르고 소매를 걷어붙인 나이든 교수들은 막 구운 토스토와 과일을 학생들에게 내놓으며, "사명감과 자부심을 갖고 참 스승이 돼 달라."고 당부했다. 학생들은 "교수님들이 이런 모습을 항상 보여주었듯이 교생 실습을 통해 만나는 학생들에게 최선을 다 하겠다."며 고마워했다. 이같은 사랑과 감동의 의례를 겪고 학교로 떠난 새내기 교사들은 틀림없이 좋은 스승 수업을 쌓고 금의환향할 것이다.

나는 지금도 미국에서의 강의 시간을 잊을 수 없다. 그 교수는 항상 학기 중에 한 두 번은 학생들을 자기 집으로 초대했다. 그날은 비가 조금 내리는 늦가을이었다. 혼자 사는 노교수는 종일 여자 친구와 식사를 준비했다. 6~7시간 동안 칠면조를 훈제했고, 매콤한 멕시칸 음식과 포도주 등 많은 음식을 준비했다.

배불리 먹고, 한 잔씩 마신 후에, 방들과 진열된 기념품들을 설명해

주었다. 이어서 20여 명의 학생들은 자유롭게 카펫에 앉거나 의자에 기대에 수업을 시작했다. 비디오도 보고 내용 설명이 있은 후에 질문과 토론이 이어졌다. 질문과 토론은 일종의 수행평가이므로 학생들은 열심히 참여해야 한다. 세 시간 동안 계속되는 식사와 수업은 참으로 많은 것을 생각하게 했다. 요즘은 우리 대학 교수들도 유학파들이 워낙 많으므로 이런 형태의 강의를 학기마다 한 두 번씩 하는 분들이 많으리라 생각된다.

비단 이런 형태의 수업이 대학교수에 의해 이루어질 수 있는 것은 아니다. 초, 중학교에서도 인간적 사랑 체험을 소재로 한 교육을 펼치시는 분들이 적지 않다.

어떤 선생님은 학생들을 차례로 집으로 초대하여 하룻밤을 함께 묵으며 같이 시장 보기, 식사 준비를 하고 심지어 대중목욕탕도 같이 간다. 또 학급 학생 모두를 하루 동안 집으로 초대하는 분들도 계시다. 이런 의례를 경험한 학생과 교사는 아마 평생을 두고 가슴에 새길 수 있는 추억을 간직하게 될 것이다. 몇 년이 필요한 생활지도, 학습지도가 하룻밤에 다 이루어지는 고통(?)이 따를는지 모르지만.

얼마 전 '좋은 책'이라는 출판사에서 전국 중고생 2천7백 명을 대상으로 설문조사한 결과를 발표했다. 학생들이 선생님으로부터 가장 듣기 좋아하는 말은 '조금만 열심히 하면 원하는 대학에 갈 수 있겠다.', '요즘 공부 열심히 하는구나.', '난 네 말을 믿어.', 등 학생에 대한 신뢰를 표하거나 격려하는 말이었다.

좋아하는 선생님은 학생들을 인격적으로 대해 주는 선생님, 교과목을 잘 가르치는 선생님, 유머 감각이 있는 선생님, 학생을 차별하지 않는 선생님 순이었다. 옛날이나 지금이나 편애, 차별하는 선생님을 가장 싫어한다고 했다.

　새로운 계절이 화려하고 싱그럽게 단장을 하고 다시 우리를 찾는 데는 분명한 이유가 있을 것이다. 젊은이나 어린이나, 스승이나 어버이 모두가 처음마음으로 살아야 한다는 것일 것이다. 우리가 처음 만나 인연을 맺을 때처럼, 서로 끔찍이 사랑하고, 한없이 자비로워야 한다는 가르침이 있을 것이다.

(2008.)

편애하는 학생이 되지 맙시다

교실 문을 열고 들어서는 순간 내 눈이 갑자기 빛나고 있음을 느끼게 되었다. 교탁 위에 장미 한 송이와 음료수 캔이 놓여 있는 것이 아닌가. 음료수는 가끔씩 놓여 있는 경우가 있지만, 장미 한 송이는 아무래도 수상스러워 보였다. 교탁 위에 뇌물(?)이 올라와 있는 경우는 감격한 마음으로 시간 내내 목소리가 흔들리고 조금은 비굴해 보이는 웃음을 지으며 수업을 진행하게 된다. 내게는 좀 어울리는 뇌물이 아닌데 하면서 교단에 올라섰다. 순간 앞에 앉았던 한 학생이 재빨리 장미와 음료수를 치워 버리는 것 아닌가. 순간 나는 계면쩍은 웃음을 지었고 나머지 학생들은 모두 깔깔거리며 웃어댔다.

그때야 생각났다. 교실에 들어오기 전에 갑자기 내 시간과 다음 시간이 교체되었다는 것을. 당번 학생이 바뀐 시간을 채 알려줄 시간이 없었다는 것을. 나는 순간 섭섭함과 아울러 어떤 기대가 무너짐에 씁쓸히 웃으면서, "여러분 편애하는 학생이 되지 맙시다."라고 내뱉자, 교실은 또 한 번 웃음바다가 되고 말았다.

여학생들은 선생님께 주는 것을 무척 좋아한다. 특히 산남의 마음씨 곱고 상냥한 우리학교 학생들은 더더욱 그렇다. 커피, 크래커, 밀감, 토마토에서 삶은 감자, 계란, 제사떡에 이르기까지 차림표가 다양하다.

물론 누구에게나 어느 수업에나 올라오는 것은 아니다. 자기가 특별히 관심을 갖고 있는 선생님이 대상이다. 어떤 학생은 연중 한 시간도 빼지 않고 그 선생님 수업시간에는 한 상씩 차려 놓고 수업을 받는다. 그래서 어떤 선생님들은 수업시간 마다 항상 즐거운 시간이 되기 위해서 학급마다 소위 열렬 팬을 한 사람씩 만든다. 한 학급에 두 사람의 팬이 있으면 좀 곤란한 일이 생길 수도 있다. 물론 이러한 모습이 순수한 마음으로 이루어져야 하는 것이므로 수업 분위기를 좋게 만드는 비결 중의 하나가 될 수 있을 것이다.

통계에 의하면 학생들이 가장 싫어하는 교사는 편애하는 교사라고 한다. 선생님도 평범한 인간이기 때문에 사소한 정에 쉽게 이끌리며, 또 학생 한 사람 한 사람에 대한 생각과 감정이 다르게 교차할 수밖에 없는 게 인지상정이다.

그러나 편애야 말로 진정한 사랑의 출발점이라고 할 수도 있다. 한 사람을 끔찍이 사랑하지 않는 사람이 많은 사람을 사랑할 수는 없는 것이다. 왜냐하면 사랑이 무엇인지, 사랑하는 방법이 무엇인지를 모르기 때문이다. 모든 사람을 다 사랑한다는 말은 한 사람에게도 끔찍한 관심을 갖지 않는다는 말이 되기도 하기 때문이다. 석가와 아난다, 예수와 베드로, 소크라테스와 플라톤, 이들은 끈질긴 편애로 이루어진 사제지간이었다. 특히 위대한 예술가 뒤에는 언제나 편애하는 스승이 있었다. 한 사람을 끔찍이 사랑하고 그 간절한 사랑을 이웃에게 골고루 베풀 수 있을 때, 소위 천상적 사랑도 실현되는 것이 아닐까 생각해 본다.

(1994.)

노벨상과 기린 조개

지난해 미 플로리다 주립대 파견교사로 근무한 때의 일이다. 노벨상 후보가 되기 위한 새싹들의 관문중 하나인 제57회 웨스팅하우스 과학 경연대회에서 뉴욕주내 고등학교에 재학 중인 7명의 한국학생이 준결승에 진출함으로써 한국학생의 영재성을 다시 과시했다.

이번 준결승 진출자들은 미국 전역에서 3백명이 선정되었는데, 준결승에 진출하는 것만으로도 학생과 학교에 더할 수 없는 영광이며, 만약 결승에 진출하면 등수에 따라 20만 5천 달라의 상금을 받게 된다. 또한 이 대회의 입상은 명문대학의 입학을 보장받게 해준다.

한국에도 각종 과학 관련 경연대회가 있지만, 이들이 연구 제출한 프로젝트의 내용을 살펴보면 그 격차가 얼마나 큰지 놀라게 된다. 몇 학생의 경우를 살펴보자.

1988년 미국에서 기린조개가 발견되었을 때, 번식과 팽창을 반복, 경제적·생태적 위험을 가져왔다. 어떻게 기린조개가 다른 조개와 달리 뿔뿔이 흩어지는지에 대한 연구(김윤지), 유전자 속의 TCI와 EMS 돌연변이 인자를 이용해 '키에노르합디티스 엘레간스' 회충 표본 시스템 속의 죽은 세포를 통한 돌연변이 인지자 발견 방법(최보윤), 세균반응 중심의 기초광학내 박테리오 크로로필 a미립자 역할 조사(김보영) 등이다.

이들의 당선 소감을 들어보면, 얼마나 치열하게 연구에 매달려왔는지를 실감하게 된다. "6년간 연구의 댓가를 받았다." "웨스팅 하우스는 너무 경쟁이 치열해 뽑히리라고는 생각도 못했다." "이번 연구에 도움을 준 아인슈타인 의과대학과 제프리 박사와 콥스박사에게 감사한다." "너무 기뻐서 정신을 잃었다." "너무 놀라서 이틀간 계속 놀란 상태에 있다." 등이다.

또 하나 놀라운 점은 이들의 왕성한 특별 활동 내용이다. 내개 7개에서 10개 정도의 클럽에 참여해 주도적 역할을 하고 있다. 김윤지 학생의 경우 크리스천 클럽 회장, '수학연구서' 부편집장, 감리교 학생회장, 배구 선수, 포타리 클럽 부회장, 오케스트라 회원, 환경보호클럽 회장 등의 활동을 하면서도 수학 과외를 하거나 가게에서 아르바이트를 하고 있다.

나는 10월이 되면 희망과 좌절을 동시에 느낀다. 이 때면 노벨상 수상자를 발표하는데, 노벨상 수상에 대한 희망과, 역시 한국이 포함되지 않음에 대한 좌절이 그 것이다.

올해는 일본인 4명이 한꺼번에 노벨 물리학상과 화학상 수상자로 선정됐다. 일본의 총 노벨상 수상자가 16명에 이른 것도 그렇지만, 기초과학분야 수상자를 13명이나 배출한 것이 무엇보다 부럽다(2명 문학, 1명 평화). 근대 이래 서구 과학기술문명을 꾸준히 따라잡아 온 일본의 역사로 보아 당연하다고 할 수 있다. 그러나 산업기술로는 일본에 그리 뒤지지 않을 정도로 성장했다면서도 아직 과학분야 노벨상 수상자를 내지 못한 우리가 결코 무덤덤할 수만은 없다.

수상자 가운데 노벨화학상을 받은 다나카 고이치(田中耕一)라는 분이 있다. 수상자가 발표되었을 때 본인은 물론 가족 그리고 과학성까지도

믿을 수 없다는 표정을 지었다. 가족들은 동명이인이 아니냐고 되물었다고 한다. 그의 나이가 43살이었고, 유명한 사람도 아니었다. 그러나 사람들이 놀란 것은 그것이 전부가 아니었다. 주목하는 것은 그가 석사도 박사도 아니며 당연히 교수도 아니라는 사실이었다. 학사 출신으로 명문대 출신도 아니었다.

그는 1983년 도호쿠(東北)대학 공학부 전기공학과를 졸업한 후 교토(京都)의 정밀기기 회사 시마즈 제작소에 입사한 학사 출신의 평범한 연구원일 뿐이었으며, 연구를 계속 하고 싶어 회사 승진 시험을 거부 한 채 주임'이라는 직책을 고집해 왔다.

일본이 이처럼 많은 과학자를 배출하는 이유는 어디에 있을까? 무엇보다도 일본 특유의 장인 정신을 꼽을 수 있다. 일본은 자타가 공인하는 세계 제조업 1등 국가이다. 전자 분야 등 원천기술을 많이 보유하고 있는 것도 바로 이런 이유 때문이다.

여기에 체계적인 국가적 지원이 힘이 되고 있다. 20세기 들어 선진국을 따라가려면 기초과학부터 제대로 해야 한다는 정부 방침이 섰기 때문이다. 일본은 2001년 제2차 과학기술기본계획 정책 목표의 하나를 '국제적인 과학상의 수상자를 구미 주요국 수준으로 배출할 것(50년간 노벨상 수상자 30명 정도)'으로 설정하고 집중적인 지원을 계속하고 있다.

내가 파악한 역대 노벨상 수상자는 미국이 283명, 영국 97명, 독일 74명, 프랑스 51명 등이며 일본이 16명이다. 한 사람이 2회 이상 수상한 사람들도 있는데 여러분이 잘 아는 미라 퀴리는 방사선과 라듐 발견으로 2회 수상했다.

우리나라에서는 언제쯤 노벨상 수상자를 배출할 수 있을까? 정말 궁금하다. 어려서부터 꿈을 지니고 꾸준히 장인 정신으로 생활하면, 그 영광이 찾아올 것이다.

우리도 미래의 노벨상 후보들을 키우기 위해 다양한 과외 활동에 심취하면서도, 끈질기게 과학 프로젝트를 추진할 수 있도록, 학교와 사회의 탐구적 분위기를 이끌어 나가기를 기대해 본다.

(2000.)

뻥이야!

"저를 뽑아 주신다면 모든 교실에 에어컨을 설치해 드리겠습니다."
"밀어주십시오. 교육환경을 획기적으로 변화시켜 최고의 명문학교로 키우겠습니다."

지난달에 우리 학교에서도 학생회 정, 부회장 선거가 있었다. 며칠 전부터 벽면과 교실유리창에는 갖가지 아이디어 홍보물들이 나붙었다. 전문가가 그린 정교한 초상화에서 의인화한 용과 사자들까지. 런닝메이트제에 의한 2학년은 세 팀이 나왔고 1학년 부회장에는 7명이 경쟁을 벌였다. 소위 3호 7룡이 각축을 벌인 것이다.

유세 방법도 다양했다. 10여명의 치어 보이들이 교실마다 돌면서 2,3분간 신나게 춤판을 벌인 뒤 후보를 홍보하거나, 30도를 오르내리는 더위도 아랑곳하지 않고 까만 동복을 입고 땀 흘리며 인사하러 다니는 모습도 보였다. 유세장에서도 기발한 아이디어가 다 동원되었다. 그중에는 연설의 대부분을 녹음 테입을 틀어주는 것으로 대신한 팀도 있었다. 학교와 가정생활을 자신과 어머니의 코미디로 엮었다. 물론 어머니역은 목소리 고운 어떤 여학생이었다. 수년전만 하더라도 후보는 교육부 장관이 되어 학교 운영에 대한 획기적 개선을 공약하거나, 선생님의 권위에 도전장을 내보내곤 했었다. 몇 년 전엔 한 후보가 신문지에 무엇인가를 싸들고 단상으로 올라갔다. 신문지를 풀고 까만 음식이 담긴 그릇을 청중을 향하여 집어던졌다. 자장면이 뒹굴었다. 구내식당의 메뉴와 음식의 질을 대폭 개선하겠다는 소위 자장면 소동이었다. 그러나 요즘은 특별한 교내선거의 약속거리가 없는 것처럼 보였다.

회장단은 여학생을 동원한 팀이 그리고 1학년 부회장은 에어컨 설치를 공약한 후보가 당선됐다. 요즘의 학생 유권자들도 역시 방송 미디어를 좋아하고 또 가시적인 이익에 표를 몰아 준 것이 아닌가 하는 생각이 들었다.

얼마 후에 1학년 부회장을 만났다. 교실마다 에어컨을 설치해 주려면 엄청난 예산이 소요될텐데 방법이 있는지 물었더니, "뻥이었습니다."라고 대답했다. 선생님들은 어안이 벙벙했다. "에어컨을 설치하겠다고 하니까 아이들이 큰 소리로 환호하고 박수를 보냈습니다. 그런데 나는 그 순간 '뻥이야!' 하고 말했거든요." 환호소리에 뻥이야 하는 얘기는 듣지 못했고, 유권자들을 그에게 표를 몰아준 모양이었다.

인문계 고등학교의 경우에는 회장선거에 출마하는 학생이 거의 없어서 어렵게 부추겨서 회장으로 옹립하는 경우가 많다. 또 요즘이야 대학 문이 하도 넓어서 학생회장을 했다고 해서 입시에 낙방하는 경우는 드물지만, 예전에는 학생회장은 재수한다는 미신이 따라다니곤 했었다.

선생님들은 이기심만으로 뭉쳐질 수밖에 없는 학생들의 현실을 이해하려고 노력하고 있다. 그러나 이런 씁쓸한 분위기가 학원에서 사라지려면 봉사와 이웃 사랑을 자랑스럽게 실천할 수 있도록 제도적으로 뒷받침해야 할 것이다.

(2005.)

교탁 밑이 어둡다

"밑줄 친 부분의 뜻을 설명해 보세요." "네?!"

교탁 바로 밑에 미동도 하지 않은 채, 열심히 고개 숙여 책만 보고 있는 학생은 대부분 깊은 동면에 빠진 학생이다. 선생님들도 맨 앞에 얌전히 앉아 있는 학생을 보고 식물인간이라고 느끼는 분은 드물다. 선생님들은 50명이나 되는 학생들을 가르치고 있지마는 학생들의 모든 동작을 다 세밀히 알고 있다. 교실의 취약지역은 주로 맨 뒤쪽 두 줄이고, 가장 취약한 곳은 교탁 바로 밑, 즉 가운데 가장 앞쪽이다. 학생들은 선생님이 이 자리는 무조건 믿어버린다는 것을 알고 이곳을 즐겨 찾는다. 수업시간 내내 질문 받을 걱정이 없고 또 한 시간 내내 잠을 자도 선생님은 열심히 책을 읽고 있는 줄로 여기기 때문이다. 그래서 나는 가끔 이런 학생들을 발견하고는 "교탁 밑이 역시 어둡군!" 하고 농담한다.

수업시간에 괴기스런 행동을 하는 학생들을 많이 보게 된다. 계속 발로 바닥을 차는 학생, 연필을 손등으로 계속 돌리는 학생, 볼펜으로 책상이나 노트를 계속 찍어대는 학생, 머리만 계속 쓸어내리는 학생, 거울만 바라보는 학생, 낙서만 하고 있는 학생, 덥다고 치마로 계속 부채질을 하는 학생, 일 년 내내 이어폰을 끼고 수업 받는 학생, 요즘은 한 시간에 몇 번씩 울리는 삐삐를 차고 있는 학생 등. 이런 학생들은 그 어느 경우라도 정서가 안정된 상태라고 보기는 힘들다. 그러나 이런 행위가 발견될 때마다 바로 잡고 또 친절하게 충고하려면 대단한 인내심이 필요하다. 그래서 수업의 흐름을 지속시키고 정신의 집중을 위해 못 본 척 넘겨버리는 경우가 많다.

내가 학교에 다닐 때는 항상 신비롭게 느낀 것이 하나 있었다. 선생님들이 수업 중에 학생을 채벌하고 그 살벌한 분위기가 아직 교실에 얼음장처럼 차갑게 깔려 있는 데도, 다음 순간 재빨리 표정을 바꾸고 때로는 삐에로처럼 웃는 모습으로 수업을 한다. 그 모습을 보면 참으로 신비스럽기도 했고, 때로는 뛰어난 배우를 연상하기도 했다. 그런데 지금은 내가 이 연극을 하고 있으니 서투른 배우인 자신이 어설퍼진다.

그래선지 "탕자의 비유"에 나오는 자비로운 아버지처럼 아주 작은 행동에서 한없는 정을 느끼고 쉽게 감동해 버리는 분들이 선생님이시다. 어제 수료식을 했다. 그런데 학생들이 "선생님 드십시오." 하면서 떡을 담아왔다. 아직 김이 모락모락 나고 있는 시루떡이었다. 정말로 "왠 떡이냐?"고 물었더니, 학생들이 집에서 쌀을 한줌씩 갖고 와 모아서는 떡집에 맡겼다가 찾아 왔다고 했다. 선생님께 그 동안의 수고를 이 떡으로 대신한다는 말과 함께. 떡 맛도 기가 막혔지마는 쌀을 한줌씩 들고 온 그 작고 예쁜 손들과 그 떡을 나누어 주는 따뜻한 정성이 뜨거운 김 속에 서려 있다. 선생님들의 멍울져 얼었던 가슴이 함께 녹아내리고 있음을 느낄 수 있었다.

또 한 학년을 수료시키면서 여러 가지 복잡한 감정이 교차한다. 좀 더 자상했어야 했는데, 더 많은 상담시간을 할애했어야 했는데, 어려운 아이들에게 더 많은 도움을 주어야 했는데, 학부모님과도 더 친밀하게 지냈어야 했는데, 한 번 더 크게 웃음을 선사했어야 했는데, 무엇보다도 아이들의 이야기를 잘 들어 주고 그들의 눈에서 눈물을 닦아 주어야 했었는데 등등.

이제야 새삼 느낀다. 교탁 밑이 원래 어두운 곳은 아니었다. 보다 많은 관심과 보다 따뜻한 눈길로 살피고 돌보지 않아서 교탁 밑이 아직도 어두운 곳으로 남아 있었던 것이었다.

(1992.)

별 볼 일 있는 사람들

"선생님 무슨 일 있어요?" 어두운 표정으로 운동장 너머 범섬을 응시하고 있는 선생님께 물었다.

"아! 글쎄, 토요일 날 집에 일찍 들어가서 세 살난 아들을 안아 주렸더니 나를 무서운 표정으로 노려보면서 도망치지 뭐예요. 벌써 부터 이 모양이니 일 년 보낼 일이 캄캄합니다." 이 말을 내뱉는 선생님의 암담한 표정에서 잠자는 아이들의 모습을 보면서 출근했다가 퇴근 후에도 잠든 모습을 보면서 잠자리에 드는 하숙생, 고3 선생님들의 애환과 슬픔을 보는 듯했다.

새벽 5시에 잠에서 깼다. "주님, 오늘도 우리의 생각과 말과 행위를 평화로이 이끌어 주소서."라는 아침기도를 바치고, 리더스 다이제스트를 몇 페이지 읽는다. 그리고 요즘 전혀 눈길도 주어보지 못한 신문의 제목들을 주마등처럼 헤집고 지나친다. 된장국에 밥을 한술 풀어 입속에 털어 놓고 잠든 아이들에게, 듣든 말든 "나 학교에 간다."고 귓가에 속삭이곤 대문을 나섰다.

졸업반 담임이어서 할 수 없이 애 엄마에게 빌린 차를 서툴게 몰고 어둠이 짙게 깔린 5.16도로로 접어든다. 성판악을 넘으면서 어둠이 서서히 걷히고 안개가 피어오르기 시작한다. 끝없이 오묘한 신비를 간직

한 도로위의 수목들과 버들강아지 물오르는 소리를 들으면서, 아침을 여는 외로움과 경외심을 느낀다.

한국에서 두 번째로 살기 좋은 도시인 서귀포 시내의 너무도 자유로운 (?) 차량과 인파를 헤치고 교정에 주차하다 마침 지나가는 박 양을 불러 세웠다. 어제 인근 학교로 전근 가신 선생님이 전화를 했었다. 박 양은 학과 결정이 되지 않아 공부에 손이 잡히지 않으니 면담을 해달라는 부탁이었다. 아무도 출근하지 않은 교무실에서 15분간 얘기를 했다. 너무 서둘러 진로를 결정하지 않아도 되며 지나친 초조감이 공부에 역효과를 가져올 수도 있다는 얘기를 해야 되는 데 좋은 설명거리가 떠오르지 않는다.

"지금 당장 학교 학과를 결정해야 공부가 잘 될 것 같다는 생각은 마치 5살난 소녀가 지금 즉시 신랑감이 결정되야만 일도 배우고 공부도 하겠다는 것과 같은 이치다. 지금은 진학 가능한 몇 곳의 대학, 몇 개의 학과를 생각해 두고 일 학기 동안은, 그 사이의 진도와 성취도를 살펴보면서 결정해도 된다."고 설명한다.

교실을 둘러보니 가끔씩 나는 파리와 창틈을 넘나드는 바퀴벌레가 보일뿐, 소리 없는 전쟁이 불붙고 있음을 느낄 수 있었다. 문득 어제 저녁 11시가 넘어서 집으로 전화했던 한 부형의 부탁이 생각나서 뒷 쪽에 앉은 김양을 불러서 상담실로 갔다. 그녀는 계열을 바꾸어 진학하는 문제로 고민하고 있었다. 이미 너무 많은 길을 와버려서 다시 돌아가서 오기에는 버거운 처지이기 때문에 자연계열 중에서 원하는 인문계열 학과와 유사성이 있는 학과를 선택하고, 또 성적도 괜찮은 편이므로, 원수를 오히려 사랑하듯이 싫은 과목도 사랑하면 좋아지고 성적도 향상될 수 있다는 얘기를 하다 보니 벌써 20분이 지나간다.

주번 모임 종이 울리고 보충수업이 시작됐다. 수업과 손님접대, 공문 처리 등으로 하루는 너무도 빠르게 흘러갔다. 그러나 오늘이 아직 다 끝난 것은 아니다.

내일은 우리학교 개교기념일이다. 졸업반 담임을 중심으로, 연례적으로 전야에 "안녕 기원" 고사를 지낸다. 여러분들의 협조와 주머니돈을 모아서 돼지머리가 올리고 축을 읽는다. 20여 명의 선생님들이 모여 수학여행, 야영훈련, 대입진학의 안녕과 결실이 크게 맺히기를 기원했다. 술잔이 부딪히는 청명한 금속성과 함께 이미 새벽 한시가 지나가고 있었다. 이렇게 이틀 동안이나 시간을 내신 분들을 위해서 2차 모임이 있어야 한다는 제의에 따라서 교문을 나서는 우리들의 발걸음은 가벼웠으나 어깨는 차츰 무거워지고 있었다. 우리들은 누구나 속으로 이 한 해에도 별[星] 볼일이 많겠구나 하고 중얼거리고 있었다.

(1992.)

반치, 그 드리운 치맛자락

아기 동박새

"오! 해피 데이. 앵무나무 새집에서 아기 동박새가 태어났어요!" 집 사람에게서 날라 온 메시지다. 마치 새 아이가 집에서 태어난 것처럼 너무도 기뻤다.

거의 한 달 전부터 빨간 새 한 마리가 대문을 열고 들어서면 깜짝 놀라 울담 밖으로 날아가곤 했다. 숨어있던 나무는 문 오른쪽에 높이가 50센티가 되지 않는 작은 앵두나무였다. 겨울엔 앙상한 가지만 얼기설기 엮어 있지만, 요즘은 신록으로 뒤덮여 작지만 무성한 숲을 이루고 있다. 그런데 들어설 때 마다 새가 날아 도망치니 수상할 수밖에 없었다. 조그마한 체구에 짙은 녹색의 날개, 눈에 동그란 검은 선과 흰 선이 선명했다. 제주동박새다.

새 얘기에 집 사람은 아마도 알을 품고 있을 것이라 설명한다. 나는 몹시 걱정이 되었다. 좀 크고 접근이 어려운 나무를 택하지 왜 하필이면 이렇게 작고 항상 사람 손이 접근할 수 있는 곳에 둥지를 틀었는지 말이다.

대문 근처에선 항상 조심스러웠다. 발자국 소리를 줄이고, 기침도 참고, 대문도 두 손으로 여닫았다. 그래도 동박새는 어느새 눈치 채 도망치곤 했다. 그런데 어느 때 부턴가 우리가 접근해도 날아가지 않았다. 아마도 알을 품으며 마지막 정성을 쏟고 있으려니 생각하며 애써 둥지를 외면했다.

나는 회신했다. "금줄을 쳐서 누구도 접근하지 못하게라도 해야겠어요." 물론 금줄을 치지는 않았지만 더 조심하게 되었다. 집 사람은 열심히 관찰하고 있었다. 그리고 아기 새가 조금씩 커지고 있다고 했다.

어느 날 함께 외출했다 들어서자 동박새가 날아갔다. 집 사람은 사람이 왔다고 새끼를 돌보지 않고 도망간다고 투덜댔다. 앵두잎을 들춰보았다. 인기척이 나자 새끼는 하늘을 향해 입을 크게 벌리고 소리 지른다. 빨리 물어 온 먹이를 달라는 몸짓이었다.

그런데 요즘 둥지 부근이 너무도 조용하다. 걱정하던 일이 현실이 된 것이 아닌지 걱정이 되었다. 며칠 더 기다리다가 살펴보았다. 아니나 다를까 거미줄과 식물 줄기로 정교하게 만든 둥지는 한쪽으로 크게 뜯어져 있고, 새끼도 어미도 없다. 여러 가지 상상이 된다. 시도 때도 없이 드나드는 들고양이들, 몇 년째 비파나무를 둥지로 삼고 있는 직박구리, 요즘 자주 출몰하는 비둘기 등이 의심 대상이다. 주변에 아무 흔적이 없고 모자의 행방은 묘연하다.

동박새는 전 세계적으로는 94종가 있고, 우리나라에는 한국동박새와 제주텃새인 제주동박새 두 종류만 있다고 알려져 있다. 주로 곤충류를 먹고 살지만 먹이가 부족하면 동백꽃이나 매화꽃, 벚꽃 등에 고여 있는 꿀을 빨아먹고 나무열매도 먹고 산다.

동박새와 동백은 전생에 약혼한 사이였다. 아름다운 그녀는 결혼식 전날밤 낯선 남자에게 쫓기다가 절벽에 떨어져 동백꽃이 되었다. 약혼녀를 지켜주지 못한 그는 동박새가 되어 그녀의 주위를 맴돈다고 한다.

제주의 아침을 "휘이익" 노래하며 우리를 깨우는 제주동박새, 너무도 귀엽고 깜찍하다. 제주 어르신들은 기억한다. 어렸을 때는 대나무로 동박새 포위망을 만들어 벌레 먹이로 유인하여, 애완용으로 기르던 것을.

나는 오늘 아침도 앵두나무 곁을 지나며, 동박새 가족의 무사 귀환을 무심히 기다린다.

(2013.)

벽안의 형제

"혹시 여러분 중에 천리포 수목원에 가보신 분이 계세요? 아무도 안 계세요?" 어느 강사가 연수중에 공익기부를 설명하다 던진 질문이다. 나는 손을 들고 싶었지만 워낙 숙맥이라 손이 올라가지 않았다. 내가 천리포 수목원을 가본 것은 1974년 봄이었다. 40년 전, 젊음이 무르익던 청년시절 나는 극심한 우울과 어떤 고독 속에 방황 하고 있었다.

이를 지켜보던 더스틴(F. H. Dustin) 교수님이 함께 여행을 제안했다. 김해 공항을 거쳐 중간에 일박하고 도착한 곳이 천리포 수목원이었다. 주말에 10여 명의 외국인들이 모였다. 그 곳 주인이 귀화 한국인 민병갈(Carl Ferris Miller) 박사였다. 그는 한국은행 고문으로 근무하고 있었다. 여러 채의 별장형 한옥과 수많은 나무와 꽃들이 나를 압도했다. 지금도 '잔디밭에 들어가지 마세요(Your foot is killing me!)'란 팻말이 눈에 선하다.

더스틴 교수님은 모든 비용을 부담해 주셨고, 전주비빔밥 등 음식 문화도 체험하도록 배려해 주셨다. 이 여행을 통해 서양문명과 서양생각을 조금은 알게 되었을 뿐만 아니라, 나를 감싸고 있는 어둠의 굴레에서도 조금은 벗어날 수 있었다.

펜실버니아 출신의 민병갈 박사는 국내 최초로 민간수목원을 개설했다. 60여개국에서 가져온 14,000여종의 식물종을 키워서 아시아 최초로 '세계의 아름다운 수목원'으로 선정되기도 하였다. 목련 400여종과 호랑가시나무 300여 종 등 국내 최대의 식물 종류를 보유하고 있다.

독신으로 살았던 그는 영면하면서 수목원을 공익법인으로 등록하여 대한민국 국민에게 기증하였다. 그의 뜻은 자연과 환경의 중요성을 일깨우고 식물이 주는 유익함을 알려 '자연과 더불어 행복한 대한민국'을 만드는 것이었다. 천리포 수목원은 '서해의 푸른 보석'으로 밀러 씨의 식물에 대한 열정, 노력, 헌신이 스며있는 곳이다.

지난 4월 김녕 미로공원이 천리포수목원과 형제의 연을 맺었다. 미로공원 원장은 더스틴 교수다. 그와 민 박사는 47년간 친하게 지내던 오랜 벗이었다. 한국에서 아름다운 공원을 일궈내고, 지역발전과 인재양성에 힘을 쏟은 점에서 공통점이 많다.

김녕미로공원은 우리나라 최초의 미로공원으로, 제주대학교에 교수로 재직 중이던 더스틴 씨의 땀과 정성이 오롯이 베인 곳이다. 더스틴 교수는 지난 1982년 미로공원 설립을 계획하고, 세계적 디자이너 애드린(Adrian Fisher)이 3년 동안 디자인했다. 랠란디 나무를 8년 동안 가꾸어 1995년 개장, 제주의 대표적인 관광명소로 되었다.

더스틴 교수는 수익금의 대부분을 지역사회에 환원하고 있다. 제주대학교에 5억 원 가까이 지원했고, 김녕노인대학에도 1억 이상을 기부했다. 자연과 꽃을 사랑하는 자연주의자인 더스틴 교수와 서해의 푸른 보석을 가꾸어낸 민병갈 박사는 한국의 자연 사랑과 지역 사랑을 함께 실천한 진정한 형제였다.

(2013.)

내일 할 일을 오늘 하지 말자

"저 사람들 일본 갔다 와야 되겠어요."

최근에 일본에 다녀 온 선생님이 추월하는 차를 보고 하는 말이다. 예전에는 항상 추월하는 분이 이런 얘기를 하는 것을 들으니 새삼 해외여행의 교육적 효과가 대단하다는 생각이 들었다.

양보라는 말은 영어로 길을 내준다(Give Way)라는 말로 표현한다. 상당한 뿌리를 갖고 있는 이 말은 예로부터 영국인들은 양보나 겸양은 길을 내주는 거서에서부터 출발했다는 의미다. 사람이 없어도 횡단보도에서는 반드시 멈추고, 신호가 바뀌어도 사람이 있으면 한없이 기다리고 경적소리는 들리지도 사용하지도 않는 곳, 한낮에도 전조등을 항상 켜고 다니는 곳, 이런 곳은 교통천국이 아니라 해외에 나가보면 어느 나라나 흔히 보는 모습이다.

'소뿔도 단김에 빼라', '하면 된다', '대강 철저히', 이런 말들은 우리를 너무도 슬프게 하는 말들이다. 다분히 권위적, 강압적 냄새가 풍기는 이런 말들은 서둘러 청산해야 할 말이다.

공부에 있어서도 단기적 속진적 효과가 있는 것이 주입, 암기식 교육이다. 영국의 장학관 프로스트 씨가 한국의 교육제도를 시찰하러 왔다가 한 말이 생각난다. 한국의 고도성장의 배경엔 교육이 있는 것 같으며 영국의 교육개혁을 하는데 한국으로부터 배워서 책을 쓰겠다는 것이 방한의 목적이었다.

그러나 한국 학교를 직접 보고나서 내린 결론은 '교사가 일방적으로 떠들고 학생들은 수업시간이 끝나도록 질문 한 번 안하고 칠판만 죽은 듯이 쳐다보며, 실험 실습은 거의 없고, 과학조차도 외우는 것 일색이어서 도대체 독창적이란게 생겨날 수 있을는지, 또 거의 모든 학생이 많은 돈을 주고 학원에 다니면 도대체 학교가 왜 필요한지' 등의 의견을 내세웠다.

학교도 나름대로 주입식 교육을 없애려고 상당히 애쓰고 있다. 예를 들면 서울시 교육청은 초등학교 1, 2학년의 경우 시험을 아예 없애고, 3~6학년은 1년에 두 번만 시험을 치르게 하고 있다. 시험도 실험 실습 위주로 하고 성적 평가는 단순히 점수를 기록하는 게 아니라 '이 학생은 계산력이 뛰어난데 도형부분에 대해선 이해가 부족하다. 국어에선 맞춤법은 좋은데 빨리 읽는데 서투르다' 처럼 기록하고 있다.

한 교수가 대만 대학에 연수 갔을 때의 일이다. 갑자기 비가 내려 운동장을 한참 뛰었다. 예감이 이상해서 뒤돌아보니 다른 교수, 학생들은 비를 맞으며 천천히 걸어오고 있었다. 허둥대는 자신, 천성적으로 너무 서두르는 한국인의 모습이 몹시 부끄러웠다.

우리 너무 서두르지 말자. 설익은 감을 서둘러 따 먹으려 하지 말자. 천리 길도 한 걸음부터, 천천히 꼼꼼히 하자. 제발 내일 할 일을 오늘 너무 서둘러 하지 말자.

(2007.)

모과의 인내

방안에 들어서자 상큼, 달콤, 시큼한 향기가 가득하다. 냄새를 쫓아가니 소반에 담긴 샛노란 열매들이 눈에 띤다. 향기만큼이나 색깔이 아름답다. 가을의 색채를 그대로 옮겨다 놓았다. 물론 나는 아직 가을의 색채가 어떤 것인지 정확히 알지 못한다. 연인들에겐 빨간색일 수도 있고, 학생들에겐 회색빛, 농부들에겐 황금색, 샐러리맨들에겐 푸른색일 수도 있을 것이다.

모과 묘목을 사다 심은 지 족히 열 대여섯 해는 지난 것 같다. 친구 집에서 마셔본 모과차 향이 너무도 감미로워서 한그루 키우고 싶었다.

몇 해 전부터 엄청나게 많은 꽃이 피고 또 열매도 맺었다. 그러나 열매들은 맺은 순간 바로 우수수 떨어지기 시작했다. 처음에 품었던 기대와 희망은 채 석 삼 일을 넘기지 못하고 땅에 묻히고 있으니 마음이 참담했다. 그나마 몇 개 달려있던 열매들도 바람이 불면 핑계 삼아 떨어지고, 이따금 지빠귀가 앉았다 날면 이별을 설워함인지 함께 나는 듯 떨어지곤 했다. 제법 주먹만큼 자라다가도 제주바람에 우수수 떨어지곤 했다. 집 사람이 올해는 특별히 거름을 묵혀 주고 땅을 파 두엄도 묻어주더니만 그 효험이 있었나 보다.

여러 해가 지났으나 한 해도 한 해도 수확을 못 했다. 올해도 상황은 비슷했는데 이상스럽게도 다섯 알이 끝까지 인내심을 발휘했다. 금년은 예년에 비해 오히려 바람이 많았고 비도 많이 내렸다. 새들의 공격도 만만치 않았는데 살아남은 모습이 참으로 대견스러웠다. 이웃에 한 알씩 드리고도 세 알이 남았다. 제법 큰 나무에 겨우 다섯 알이 달렸으니, 크기가 조금 과장한다면 어린아이 머리만큼이나 했다. 또한 짙은 향기의 진황색 아름다움은 나무에 쏟은 지극 정성의 결실인 듯싶다.

다른 곳에 가서도 모과나무가 있으면 유심히 살펴보고 물어도 보았었다. 삼성항공 뜰엔 모과나무가 많았다. 그런데 모두가 가지가 둘 밖에 없었다. 둘을 제외하고는 모두 잘라냈었다. 나무의 힘을 살려 많은 결실을 얻으려고 과감하게 가지치기를 한 것 같이 보였다.

김기창 화백의 기념관을 찾았을 때도 모과나무가 유독 나의 눈길을 사로잡았다. 정원엔 300년 이상 된 모과가 한 그루 있었다. 그런데 열매는 하나도 없었다. 주인이 세상을 뜨자 나무도 열매 맺기를 포기한 것처럼 보였다. 부인과 합장한 그의 무덤은 양지 바른 모과나무를 바라보고 있다.

나는 모과에 대해 아는 것이 없다. 단지 목이 아프거나 목소리가 기능을 상실하면 좋은 처방이 된다는 것들을 주워들어서 알고 있을 뿐이다. 사탕 중에도 모과를 첨가한 목소리 회복용 기능성 사탕이 있는 것으로 보아서 그러리라 생각해 보는 것이다. 나는 나무 가지 전정을 싫어한다. 모든 생명은 아무리 잡초라도 그냥 있는 그대로 놔두는 것이 좋다는 생각을 갖고 있다. 게으름을 합리화하는 말이 될는지 모르지만. 그러나 모과의 생산력을 꺼지지 않으려면 새 해에는 가지치기라도 해야 하지 않을까 하고 생각해 본다.

(2009.)

제주도의 풀

"아! 맛이 기가 막히군. 어렸을 때 먹었던 맛 그대로야."

그제 서울 형님댁에 갔었다. 지난주 서부산업 도로변에서 꺾어 온 고사시를 돼지고기와 참기름을 듬뿍 넣고 몇 시간 동안 볶았다. 출장길에 볶은 고사리를 갖다 드렸더니 형님은 더없이 기뻐하시면 맛있게 드셨다.

봄이 오면 제주 사람은 물론 물 밖 사람들도 고사리를 꺾으러 제주의 산과 들로 몰려든다. 이젠 제주도의 대표적인 관광 이벤트의 하나로 '고사기 꺾기'가 축제로 자리매김 했다. 나도 수년 전부터 가족과 함께 고사리를 추수하러 다닌다. 두세 차례 꺾으면 한 해 내내 상큼한 고사의 맛과 향을 즐길 수 있다. 온 가족이 함께 나서면 그야말로 좋은 산행이요 또 유쾌한 봄나들이가 되는 것이다.

어렸을 땐 고사리가 무척이나 미웠다. 이른 새벽부터 할머니와 함께 주로 산천단 부근에서 고사리를 꺾었다. 오후 늦게야 몸만큼 큰 푸대를 지고 산길을 내려오면 허리가 휘어지는 듯 했고, 또 길에서 친구나 아는 여자애들이라도 만나면 고개를 들지 못 했다. 이 세상에 왜 고사리가 생겨서 나를 해마다 괴롭히는지, 너무도 원망스러웠다. 물론 그때는 고사리가 우리 집의 중요한 생활 밑천이었다.

제주도 사람들은 누구나 자기 소유의 고사리 밭이 있다. 우리도 몇 년째 다니고 있는 밭이 있다. 집 사람 말에 의하면 '작년에 뿌려 둔 고사리를 거두러' 해마다 가는 것이다.

그런데 올해는 가보니 그 광활한 잡목 숲과 소나무 밭이 이미 사라지고 없었다. 주변 수만 평이 유리 온실로 변해 있었다. 옆에선 수십 대의 중장비가 수백만 년 동안 가꿔 간직해 온 처녀지를 풀 한포기 없는 사막으로 만들고 있는 중이었다. 또 하나의 골프장이 탄생하고 있었다. '씨는 뿌리고 돌보지 않은 무책임한 주인임'을 자책하며 남의 고사리 밭에서 신세를 지고 말았다.

제주도에는 상징물들이 많다. 돌하르방을 비롯한 제주도의 꽃, 나무, 새 등. 그러나 나는 여기에 제주도의 '풀'을 추가했으면 한다. 제주도 사람들은 누구나 '꼼짝 꼼짝 고사리 꼼짝, 제주 한라산 고사리 꼼짝' 하는 노래를 모두 기억하고 있을 것이다. 예로부터 고사리 중에는 아무래도 제주 고사리가 최고였던 모양이다. 맛과 향과 식감이 달랐을 것이다. 추운 겨울을 참고 강인하게 견디어 온 그 인동초인 고사리는 아마도 제주도 선인들의 옛 모습을 닮았고 또 오늘의 우리들을 상징하고 있음에 틀림없다.

귀여운 아기의 손은 '고사리 같은 손'이라고 표현한다. 거친 들판을 꿰뚫고 솟아오르는 고사리의 그 부드럽고 귀여운 손을 본다면 가슴에 품어주고 싶은 생각이 들 것이다. 그 강하고 부드러우면서 끝없는 생명력을 지닌 고사리는 당연히 '제주도의 풀로 자리 잡을 자격이 있다고 생각된다.

(2005.)

눈, 그리고 빛

눈뭉치가 날아듭니다. 갑자기 눈싸움이 벌어졌습니다. 중국어과 예비 신입생들입니다. 선생님 모습도 보입니다. 남자 아이에게서 눈덩이 세례를 받은 여자 아이는 주저앉아 어깨를 들썩입니다. 엊그제 내린 눈으로 주차장엔 눈이 가득 쌓였습니다. 수업 받던 아이들이 눈 덮인 설원을 보고 눈놀이의 욕망을 주체할 수 없었나 봅니다. 한바탕 전쟁을 치른 주차장엔 다시 정적이 깃들고, 그 위로 함박눈이 소복소복 쌓이고 있습니다.

도심과 떨어진 우리학교는 유난히 춥기도 하고 자연과 친화적이기도 합니다. 가끔씩 노루가 경계석들 드나들고, 산 꿩도 돌담 모퉁이를 배회하곤 합니다. 첫 눈이 내리던 동짓달엔 아이들이 공터에 올망졸망한 눈사람을 여러 개 세워두었습니다. 그 모습이 너무도 귀여웠습니다.

사계가 뚜렷한 우리에겐 눈이 있어 더욱 행복합니다. 눈이 내리면 세상은 일순에 순백으로 변하고, 모든 것을 깨끗이 덮어 버립니다. 거짓과 고통과 슬픔은 흘러가는 것이며, 진실과 선이 영원한 것임을 다시 깨닫게 해주는 것입니다. 사악에 찌든 세상이 순식간에 순결하게 정화되는 것입니다.

아마도 이런 생각을 담아서 교수신문이 임진년(壬辰年) 사자성어로 파사현정(破邪顯正)을 택한 것 같습니다. 그릇된 것을 깨뜨려 없애고 바른 것 즉 정도를 드러낸다는 의미입니다. 부처의 가르침에 어긋나는 생각을 버리고, 올바른 도리를 따른다는 뜻입니다. 유학에선 척사위정(斥邪衛正)이나 벽사위정(闢邪衛正) 같은 유사한 표현을 사용했습니다.

어느 분은 "파사현정에는 거짓과 탐욕, 불의와 부정이 판치는 세상을 바로잡겠다는 강한 실천이 담겨 있다."말했고, 또 다른 분은 "지금 우리 사회의 가장 시급한 과제는 흔적도 없이 사라진 '사회적 정의'를 되찾아 복원시키는 것"이라며 선택 배경을 설명했다고 합니다.

경제인들이 선택한 사자성어 암중유광(暗中有光)도 비슷한 의미를 지니고 있습니다. '짙은 어둠 속에서 한 줄기 빛이 보인다'는 말입니다. 새해의 경제는 불확실한 요인만 가득한, 칠흑 같은 어둠에 둘러싸인 형국입니다. 그러나 우리나라의 경제와 기업들이 위기에 유달리 강한 면모를 보여 온 만큼, 이번에도 '위기'를 '기회'로 삼는 저력을 믿어봅니다.

동서의 고전(古典) 모두 빛과 어둠을 공존하는 존재로 봅니다. 가장 큰 어둠은 동트기 전 새벽이기 때문입니다. 그리고 눈은 세상의 사악과 고통을 덮고, 빛과 희망을 전하는 메시지입니다. 어린이들은 눈 속에 파묻히고, 눈을 두 손에 담아 친구에게 던져주기를 좋아합니다. 나이가 들면 호롱불을 밝히고 하염없이 내리는 눈송이를 보면서, 어제를 추억하고 내일의 풍요를 소망하게 됩니다. 해마다 찾아오는 눈도 항상 첫 눈으로 기억하고 기다리는 이유가 여기에 있습니다. 올 해도 처음처럼 옷깃을 다시 여미고, 눈 쌓인 들판으로 나가 희망을 뭉쳐 날리고 싶습니다.

(2011.)

자두향의 유혹

"선생님, 저 소나무가 용케 바람을 이겨냈네요!"

"예, 작은 가지 하나만 부러졌습니다."

"그런데, 저 곰솔은 죽은 게 아니었나요? 저는 고사한 나무라서 이번 바람에 완전히 쓰러질 줄 알았거든요."

"사실 저도 저 나무를 이상하게 생각하고 있었습니다. 몇 달 전까지만 해도 거의 말라 죽었는데 한 달 전부터 새 순이 나기 시작하더니, 이제는 완전히 푸른빛으로 변했습니다. 소나무가 죽다가 다시 살아나는 경우는 본적이 없거든요. 거의 기적과 같은 일이 생겨났습니다."

학교 주차장 앞에 쉰 살은 됨직한 거대한 곰솔이 홀로 서 있다. 수형이 우아하고 기품이 고상한 그가 지난겨울의 혹한으로 거의 말라 죽어 버렸다. 관계 공무원도 고사 판정을 내리고 갔었다. 그래서 무이파(MUIFA) 태풍에 쓰러질 줄 알았는데, 더 푸르게 자기 터를, 더 굳게 지키고 서있게 아닌가!

내가 이 소나무에 특히 관심이 쏠린 것은 성읍의 팽나무 때문이었다. 그 날 오전 천연기념물로 지정된 성읍민속마을의 느티나무와 수령 600년의 팽나무가 강풍에 쓰러졌기 때문이다. 또 팽나무는 밑동이 통째로 부러져 쓰러지면서 '일관헌(日觀軒)'을 덮쳤다.

성읍리는 마을 전체가 중요민속자료 제188호로 지정된 곳으로 일관헌 주변에는 1,000년생 느티나무 1그루와 팽나무 7그루가 함께 자라고 있다. 그밖에 생달나무, 아왜나무, 후박나무, 동백나무가 천연 숲을 이루고 있다. 이 숲은 마을을 둘러싸고 바람을 막아주는 역할을 하고 있어, 마을 주민들도 이 숲을 신성시하고 있다. 생물학적 자료로서의 보존 가치가 클 뿐만 아니라, 선조들의 정신생활을 엿볼 수 있는 문화사적 자료로서의 가치도 크기 때문이다.

예전에 나는 미국 요세미티 국립공원의 세콰이어 숲을 살펴 볼 기회가 있었다. 압도하는 그 크기와 높이에 신령함을 넘어 성스러움을 느꼈다. 안내판엔 수령이 4,000년, 3,500년 등으로 기록되어 있었다. 4천 년, 그렇다면 신화시대 단군이 우리나라를 세우던 때부터 이 세상을 지켜보고 있었다는 말이 아닌가?

세계 최고의 거목은 세콰이어 국립공원에 있다. 제네럴 셔먼이라 불리는 이 거목은 세계 최고의 나무답게 어지간한 빌딩을 위압한다. 2,400살의 삼나무는 높이가 84m로 자유의 여신상과 같고, 지름이 11m, 둘레가 34미터이며, 무게는 무려 2,000톤에 이른다. 이 나무 하나로 40채의 널찍한 집을 지을 수도 있다.

생명은 자연을 지배한다. 짧게는 한 순간 길게는 몇 천 년까지. 그러나 자연이 결국 생명을 지배하고, 모든 생명은 자연으로 돌아가기 마련이다. 흔히 단 몇 초 간 쏟아 낸 자연의 분노가 수천 년의 생명을 자연으로 돌려보낸다.

무이파는 '서양자두꽃'을 뜻한다. 잠시 스쳐가던 자두꽃 향기에 600년의 역사가 자연 속으로 회귀했다.

(2012.)

부럽다, 서울 시민들!

드디어 용산 공원 설계 공모 당선작이 발표되었다. 네덜란드 출신의 세계적 조경전문가인 아드리안 구즈(Adriaan Geuze)와 한국의 대표적인 건축가 승효상 씨가 공동 설계했다. 설계의 생각은 일제와 미군이 주둔하면서 훼손된 용산 기지의 생태적 역사적 상처를 치유하는 것이 기본적 콘셉이고, 백두대간에서 시작하여 한강에 이르는 한북정맥(漢北正脈)의 녹지축을 복원하고, 기지에 남아있는 역사의 흔적도 보존해 역사적 상처를 치유하는 공원을 만들려는 것이라고 한다.

세계적 품격을 지니게 될 용산공원 시설 조감도를 보면 부러움을 자아낸다. 공원과 도심을 연결하는 생태형 다리인 오작교, 공원을 정화하는 자연정화 호수, 축구장 6배 크기인 스케이트장, 그 밖에 생태숲, 전망대, 원두막이 있는 생산공원, 어린이와 청소년을 위한 U-에코파크, 꽃박람회장과 공연장으로 사용되는 야외전시장 등이 들어선다.

나는 몇 차례 뉴욕에 체류할 기회가 있었는데, 일부러 시간을 내어 찾는 곳이 센트럴 파크다. 340만㎡(103만평)인 뉴욕의 자랑거리며 동시에 세계의 자랑거리인 이 공원은 도심에 자리잡고 있고, 이른 아침부터 저녁 늦게까지 인적이 그치지 않는다. 조깅, 산책, 독서, 사색, 노숙에 이르기까지 모든 뉴요커의 영혼의 안식처이기 때문이다. 주변엔 세계

3대 박물관의 하나인 메트로폴리턴 박물관이 있어, 세계 유산과 문화는 물론이요, 경제와 자연을 함께 호흡할 수 있다. 아름드리나무로 가득찬 숲과 호수와 계곡, 그리고 드넓은 잔디밭은 이 공간이 정말로 인공 공원인지 의아심을 불러일으키게 한다. 검고 낡은 벤치에 앉아 샌드위치를 들고 있는 그들이 국가와 세계를 위해 미래를 구상하고 있는 것이다.

최근 제주시 도남동 시민복지타운 시청사 예정 부지를 활용하는 공모에 공동주택 업체가 대거 응모한 것으로 나타났다. 시청사 이전 계획이 백지화 됨에 따라 4만4천7백㎡에 대한 민간투자 유치 공모를 했었다.

제주엔 도심에 기주하는 시민들을 위한 복합적으로 기획된 공원이 필요하다. 현재 소규모로 조금씩 조성되어 있는 짜투리 공간들이 과연 공원의 기능을 제대로 갖고 있는 것일까? 이름만 공원이라면 우리는 너무 불쌍한 것이 아닐까? 혹자는 제주도 전체가 공원이 아니냐고 하지만, 야산이 공원이 될 수는 없다. 도심의 허파 역할을 할 수 있어야 하고, 접근성도 용이해야 한다.

시청사 예정부지는 규모상 아쉬움이 있지만, 그래도 도심의 시민들에게 휴식의 공간으로 손색이 없으리라는 생각된다. 도시 경영기획자들은 뉴욕의 센트럴 파크나, 캐나다의 스탠리 파크처럼 시민들에게 창조의 공간을 마련해 주어야 한다. 그래야 제주시민이 서울 시민을 부러워하지 않고, 휴식 속에 어제를 돌아보며 내일을 설계하고, 오늘을 행복하게 살 수 있기 때문이다.

(2011.)

아주 오래된 불편한 친구

어르신으로부터 낯선 얘기를 들었다. 소학교 시절 선생님께서 제주는 12지신이 모두 모여 사는 섬이어서 항상 평화롭고 번창하는 섬이 될 것이라 했다고 한다. 그 말을 듣고 한 동안 제주 섬과 12지가 무슨 연관이 있는지 궁금해 하며 지금도 그 생각을 이어가고 있다.

영원을 누리지 못하는 인간은 오래전부터 영생을 원했고, 생활에서 함께하는 여러 동물들을 통해 신성한 세계에 다가 가고자 하는 마음을 갖고 있었다. 현재의 세계와 눈에 보이지 않는 영원의 세계를 이어주는 영매 동물이 12지 띠 동물이다. 한국의 12지는 시간과 방향에서 오는 사악한 기운을 막는 수호신으로 여겨져 왔다.

제주 사람들은 방향에서 오는 사기(邪氣)를 막기 위해 제주의 여러 지역이 12지와 연관된 지명을 생각해냈는지 모르겠다. 얼추 제주의 방향과 12지를 다음과 같이 생각해 보았다.

쥐(子)는 추자도에 포함되고, 소(丑)는 우도와 제주 흑우, 범(寅)은 서귀포 앞바다에 범섬이 있다. 토끼(卯)섬이 있고, 용(辰)은 용두암과 용머리 해안이 있다. 뱀(巳)은 김녕과 토산에 전설이 있다. 말(午)은 영주 십경에 고수목마가 있고, 양(未)은 근대에 이시돌 목장에서 키우고 스웨터를 짰다. 돼지(亥)는 집마다 큰 재산으로 이젠 제주 흑돼지가 전국을 점령하고 있다. 닭(酉)과 개(戌)는 도처에 누구에게나 친근한 동물이다. 그러나 원숭이(辛)는 어떤 지역과 연관이 있는지 생각이 닿지 않는다.

제주는 누구나 동식물의 보고로 알고 있다. '2012년 한라산국립공원 자연자원조사' 보고서에 의하면 4,600종의 생물이 한라산국립공원 내 서식한다고 한다. 그 중 으뜸 동물은 역시 노루일 것이다. 새롭게 제주 12지를 선정한다면 아마 그 첫째가 노루가 될 것이다.

제주 노루는 백록담 명칭에서 보듯 제주의 영물이요 제주의 상징이다. 그런데 이젠 불편한 친구가 되어 버렸다. 2011년 발표한 노루 개체 수는 해발 600m 이하 지역에서만 1만 7,756개체라고 한다. 농림수산업에 피해를 주는 꿩, 멧비둘기, 멧돼지, 청설모, 두더지, 쥐류 및 오리류와 함께 유해야생동물 반열에 들어선 것이다.

어떤 분들은 제주노루는 제주의 청정함과 자유로움의 상징으로 제주의 양대 산업인 관광과 농업에 도움이 될 것이라고 주장하고 있다. 또 어떤 분들은 서식밀도가 높아 농업에 피해를 주는 노루는 유해 야생 동물로 개체수를 줄여야 한다고 주장하고 있다.

청정제주 브랜드인 제주 노루를 체계적으로 관리하면서, 농민들의 피해를 최소화 하고 이를 보전할 수 있는 솔로몬의 지혜가 필요한 시점이다.

표정을 애써 감춘 노루의 눈망울이 보인다. 깊고 검고 큰 눈에 금방이라도 눈물이 뚝뚝 쏟아질 것 같은 눈동자로 먼 산을 보고 있다. 자신의 운명이 제주 사람들에 의해 어떻게 결정되고 있는지 몹시 불안한 듯.

(2012.)

수목원의 아침

　새벽 5시. 자명종 소리가 요란하다. 아이들을 깨워 눈꼽을 뗀다. 차가운 새벽을 가르면서 수목원에 이르렀다. 차에서 내리니 마침 현 선생님 내외분도 보인다. 지난번 외국인과 이곳을 처음으로 구경했는데, 너무 좋아서 오늘은 내외분이 함께 왔단다. 수목원이 개원했을 땐 수종도 얼마 안 되고 나무도 아직 어려서 황량한 느낌이었다. 이젠 수목원 전체에 큰 키 나무가 하늘을 찌르고, 녹음이 무성하고, 유실수엔 열음이 가득하다.

　이른 새벽인데도 사람들이 무척 많다. 새벽 기운을 들이키며 운동을 즐기는 분들이다. 할머니와 할아버지, 중년 부부들, 또 아이들과 젊은 부부, 아기를 무등한 젊은 아빠들. 모두가 건강해 보인다. 평소엔 아침 인사를 건네는 사람이 몇몇 있었으나, 오늘은 모두가 침묵이다. 즐거운 산책길을 엄숙한 얼굴로 앞만 보고 가고 있으니, 상동나무도 오늘따라 무척 우울해 보인다.

　남조순오름 봉우리에 오른다. 20여명의 운동을 하고 있다. 가벼운 체조를 하는 사람들, 그러나 틀을 가진 체조는 아니다. 사람마다 필요한 부분의 운동을 반복하고 있다. 큰 소나무가 유난히 많은 산정에선 사람들이 소나무에 등두들기기나 가슴두둘기기를 좋아한다. 많은 소나무들의 껍질들은 수많은 마찰로 반들거리고 있다.

산을 조금 내려오니 '야호'하는 환호가 계속 들린다. 그러나 이 환호는 산을 정복해서 외치는 환희의 구호가 아니고, 배에서 울려나오는 듣기 싫은 소리다. 아이엄마에 의하면 건강의 환호는 목에서 나오는 예쁜 소리가 아니고 배에서 나오는 듣기 싫은 소리라고 한다. 때 맞춰 인근 축사에서는 50여 마리의 견동들이 일제히 짖기 시작 한다.

다니다 보면 자연 수목원 식구들인 나무들을 만나게 되고, 또 나무마다 이름이 있다는 것도 알게 된다. 이름들이 한결같이 정겹고 사랑스럽다. 좀꽝꽝나무, 돈나무, 국수나무, 나비국수나무, 민대패집나무, 쉬나무, 말오줌떼나무, 먼나무, 말의곰채나무, 괭나무, 자귀나무, 충충나무, 가새뽕나무, 덧나무, 무환자나무, 종가시나무 등등. 나무마다 애잔한 사연을 간직하고 있음은 이름만 보아도 알 수 있을 것 같다. 철마다 색깔을 갈아입는 향기도 고혹적이다. 지난주에는 장미향기가 수목원을 감싸고 있었으나, 지금은 꽃치자 향기가 현란하다.

남조순오름(남조봉) 서녘기슭에 자리잡은 5만평의 한라수목원은 살아있는 자연학습장이며 제주도의 큰 자랑거리다. 수목원은 교목원, 관목원, 약·식용원, 희귀특수산수종원, 만목원, 도외수종원, 죽림원, 초본원, 수생식물원등 10개원과 양묘전시포, 삼림욕장, 시청각실 및 휴게실. 체력단련시설 등을 고루 갖추고 있다. 제주도의 큰 자랑이며 누구나 생활의 활력소를 얻을 수 있는 곳이다.

더구나 입장료가 없고 주차시설 등 여건이 좋다 보니 요즘은 관광버스가 주로 자리차지를 하고 있다. 나무마다 가쁜 숨을 거칠게 내쉬고 있는 것은 아닐까 하는 생각이 든다. 이제는 너무도 아름답고 정성스럽게 꾸며놓은 한라의 수목원을 훌륭히 가꾸면서도, 잘 이용할 줄 아는 지혜를 함께 생각해 보아야 할 때가 된 것 같다. (1997.)

개똥벌레를 보셨나요?

"선생님! 저게 뭐예요? 불이 날라 다녀요."

"아니, 저것은! 반딧불이가 아냐? 가까이 가서 보자."

옆에 있는 학생과 함께 뛰어 갔다. 손으로 낚아 채려는 순간 가로등이 켜지고, 나르는 작은 불은 거대한 불빛 속으로 자취를 감췄다.

참으로 섭섭하고 행복한 순간이었다. 개똥벌레와의 조우. 몇 십 년만이다. 잡아 자세히 살펴보고, 그 오묘한 향기도 맡아 보려고 했는데. 너무 아쉬웠다. 새삼 이곳에 아직 개똥벌레가 있다는 것이 신기했다. 우리학교는 중산간에 있고 또 아직 오염되지 않은 지역이라는 생각이 들었다.

어렸을 땐 제주시 도심 어디서나, 여름철이면 때지어 날아다니는 개똥벌레를 볼 수 있었다. 놀이와 소일거리가 없었던 저녁엔 으레 개똥벌레를 쫓아다니며 초저녁을 보내곤 했다. 잡는 방법은 단순했다. 손바닥으로 치면 떨어진다. 그 다음 주워 모으면 된다. 이 때 필요한 것이 호박꽃이다. 잡은 벌레들을 호박꽃 속에 여러 마리 집어넣으면 금세 호롱불이 된다. 깜깜한 세상에 서늘한 불과 오래 즐길 수 있는 유일한 방법이었다.

오래전에 이미 가로등, 자동차, 거대 건물의 찬란한 조명으로 개똥벌레가 자신을 드러내 밤의 지배자로 살아가기엔 틀려버린 세상이 되었다.

요즘은 천연기념물 지역인 전북 무주군을 비롯해 여러 곳에서 반딧불이 축제를 하고 있다. 실제 반딧불이를 본 사람들은 어른이건 아이건 감탄사를 연발한다. 이렇게 영롱한 빛이 조그만 곤충의 몸에서 나오다니!

　　'형설지공(螢雪之功)'이라는 고사성어가 있다. 불을 켤 수 없는 어려운 형편이라 반딧불이의 불빛과 눈빛을 이용해 책을 읽었다는 중국의 차윤(車胤)과 손강(孫康)의 이야기에서 나온 고사성어다. 그런데 진짜 반딧불이의 불빛으로 책을 읽을 수 있었다고 한다. 반딧불이의 불빛은 실제로 1마리에 3럭스 정도이고, 일반적으로 사무실의 밝기가 평균 500럭스이니 반딧불이 200마리가 있으면 신문을 포함한 일반 책들은 모두 읽을 수 있다고 한다.

　　반딧불이의 불빛은 짝짓기를 위한 의사소통 수단이다. 수컷이 강한 불빛을 내뿜기 시작하면 암컷도 발광의 세기가 강해지고 짝짓기에 들어가면 빛의 세기가 약해진다. 신형원의 노래에 개똥 무덤을 찾아 잠든다고 하는 가사처럼, 그 이름에는 예전에 개똥만큼이나 흔하던 벌레라는 뜻이 담겨 있다.

　　한 줄기 빛을 사용하는 반딧불이에게 도시의 광해(光害)가 심각한 교란요소로 작용하고 있다. 지난 여름 그들은 어디선가 분주히 윤무를 그리고 있었을 것이다. 우리가 그들을 영접치 못한 것은 큰 빛만 따라다니느라 그 따스한 불 군락을 지나쳤음에 틀림없다. 내년엔 어느 초 여름날 한두 시간만이라도 우리 섬이 모두 불을 끄고 반딧불이를 찾아 떠나면 어떨까? 그리고 그들의 생명 창조의 모습을 지켜보면서 원시의 밤을 경험해 보는 것은 어떨까?

(2011.)

반치, 그 드리운 치맛자락

"반치 들어 봐요. 맛이 알맞게 배었어요."

정말로 반치 맛은 상큼하고 깨끗했다. 흰 밥 반찬으로 제격이다. 얼마 전 처가에서 점심을 먹다, 집사람이 어르신께 물었다. "아버지, 반치 있어요?" "지금이 제격이지. 밭에 약을 하고 있는데 그쪽에는 아직 하지 않았는지 모르겠다."

잠시 후에 어르신은 연황색 장판 두루마리 두 개를 들고 나타나셨다. 자세히 보니 반치였다. 낫으로 갖고 가기 쉽게 쓱쓱 잘라 자루에 넣었다.

반치지 담그는 법은 나도 잘 모른다. 어깨 너머 훔쳐보니 간장을 끓여 부어 재기를 몇 차례 하는 것 같았다. 처음엔 간이 제대로 배지 않아 좀 심심하지만, 몇 차례 절이는 사이에 풍미가 제대로 스며들었다. 사실 나도 예전엔 반치가 무엇인지 몰랐고 먹어 본적도 없었다. 그러다 처가에서 얻어 온 반찬속에서 어느 날 반치 맛을 보게 되었다. 처음엔 좀 짜고 무심한 맛이 시간이 흐르면서 익숙해 졌다.

반치는 중국 원산인 제주 토종 바나나. 아직 먹어본 적은 없지만 열리는 작은 바나나 맛도 일품이라고 한다. 반치지는 그 어린 속줄기를 토막내 간장에 절인 것이다. 먹을 게 없던 시절, 밑둥을 잘라 간장에 담거나 된장 속에 파묻었다가 3,4개월 지난 후 꺼내 먹었었다. 밑둥으로 갈수록 속이 연하며, 절에서는 지금도 반찬으로 또는 삶아 무쳐 먹기도 한다고 한다.

반치는 남부지방, 제주도 같은 따뜻한 곳에서 자라는 여러해살이 풀로 다른 말로는 파초라고 한다. 많은 사람들이 학교 시절 입에 달고 다니던 김동명의 '파초'를 기억할 것이다.

'조국(祖國)을 언제 떠났노, 파초(芭蕉)의 꿈은 가련하다. 남국(南國)을 향한 불타는 향수(鄕愁), 너의 넋은 수녀(修女)보다도 더욱 외롭구나. … 나는 즐겨 너를 위해 종이 되리니, 너의 그 드리운 치맛자락으로 우리의 겨울을 가리우자.'

요즘 평론가들은 이 시의 대상을 아내로 보고 있다. 태어난 곳이 다르고 힘든 시기임에도 불구하고 항상 자신과 함께 있기 때문이다. 그런 의미에서 이 시는 아내에게 남편이 해줄 수 있는 최고 위안의 노래가 아닌가 생각해 본다.

젓가락에 접힌 반치 한 가닥을 바라보며, 김동명의 파초를 생각한다. 파초를 생각하며 그 드리운 치맛자락으로 올 겨울을 따뜻이 가리워 줄 우리의 어머니들, 그 아내들을 생각한다.

(2007.)

사라에 내리는 눈

"왜 위험하게 혼자 다니세요?"

"차라리, 위험했으면 좋겠네요!"

별도봉 장수 산책로를 내려오다 혼자 오르는 선배 여선생님을 지나쳤다. 농담 삼아 건네는 인사에 예사롭지 않은 대답은 여전히 칼끝이 서려있다.

집사람의 성화에 사라·별도봉 산책로를 네 번째 오른다. 왜 사람들은 다시 내려올 산을 올라가는 것일까 하는 의구심으로 살아온 나의 오름 오름은 자신의 순리를 분명히 거스르고 있었다. 주변 사람들이 쉬지 않고 귀한 약재로 보신하고, 값나가는 운동으로 몸 다듬기에 정성 쏟는 것을 보면서, 나도 사실은 불안했었다고 고백하지 않을 수 없다. 누구나 겪는 일상의 분주를 핑계 삼아 자신에 너무 무심했음도 이제 인정해야겠다.

계단을 옮길 때마다 추억 거리가 펼쳐진다. 어렸을 땐 시도 때도 없이 친구들과 삥이(새꽃순의 제주사투리)를 뽑으려 왔던 곳이다. 따뜻한 봄날 양지에서 삥이를 뽑아 먹으며 뒹굴고, 삼각형 삥이 치기 놀이를 하던 추억이 아련하다. 그때의 사라봉은 거의 완벽한 민둥산이었고, 제주시가는 작은 주먹 안에 다 집어넣을 수 있었다. 그러나 지금은 철갑을 두른 듯 소나무가 울울창창 원시림을 이루고 있다. 식목일마다 꼬마 손으로 심었던 소나무들, 그 몇 그루가 지금 이 숲 어느 구석에 건강한 식구로 자리고 있으리라 생각하니 가슴이 뿌듯하다. 두 오름을 잇는 산책로를 한 바퀴 돌아오니 두 시간이 훌쩍 흘렀다. 운동도 못해본 나에겐 오늘도 버거운 산행이었다.

사라라는 말은 지는 해가 산 능선에 고요히 비춘 것이 마치 황색 비단을 덮은 듯하다고 하여 붙여진 이름이고, 별도는 화북포구에서 이별하는 사람들은 정을 칼로 베듯해야 한다는 말(또는 칼로 바위를 자른 듯한 별도봉 모양)에서 붙여진 이름이다. 해질 무렵 봉우리에 노을이 스며들고, 지는 태양이 바다에 빠져들어 제주바다가 온통 황금빛으로 물드는 낙조에 식상하더라도, 140여 미터의 산이 바다와 인접하여 지평을 넘어 펼치는 섬과 배들의 질주에 지친 영혼이 빠져들지 않을 수 없다.

오늘 오름과, 벗과, 바다와 숲 사이로 흩내리는 눈송이가, 비단에 쏟아져 부셔지는 달빛처럼 교교하다. 사라·별도봉은 소렌토와 비교할 수 없을 만큼 아름답고 웅장하고 섬세하다. 올해는 이 눈 내리는 사라에, '다시 한 번 생각할 일'이 없이, 아름답고 행복하고 건강한 추억이 가득가득 쌓이길 합장 기도한다.

(2006.)

치매의 계절

"저기 아스팔트 위에 까맣게 모여 있는 것들이 뭐지요?"

"글쎄요, 가까이 가서 보지요. 까치네요."

"왜, 6, 70마리나 되는 까치들이 길 위에 모여 있는 것입니까?"

"아마 무슨 긴급한 회의 안건이 생겼나 봅니다."

"저 밭에 모여 있는 것들은 뭡니까?"

"아! 노루 네 마리가 우리를 무시하고 풀을 뜯고 있군요."

늦가을, 서성로를 향하는 들녘 풍경이다. 요즘은 도무지 세상의 이치를 알 수도 없고, 상식의 시효는 너무도 빨리 소멸되고 있어 보인다.

원래 까마귓과의 까치들은 영리하고 민감해서 조그만 기척에도 재빨리 피해 숨는다. 그러나 요즘은 대로에서 집단 시위를 하고 있는 그들을 자주 목격하게 된다. 까마귀도 마찬가지다. 차와의 거리가 3센티만 남아 있어도 비켜주지 않는다.

요즘은 노루들도 이상해지고 있다. 10여 미터 옆에 차량이 질주하는데도 한가히 풀을 뜯고 있다. 얼마 전까지만 해도 한라산 노루는 얼마나 겁 많고 심약한 존재였던가?

무두가 치매 증상을 보이며 자신의 처지와 분수를 망각하고 있는 것은 아닐까? 아니면 이제부터는 인간을 무시하며 살기로 작정한 것일까? 하긴 도심의 비둘기나 참새들이 사람 무서워 할 줄 모르는 게 엊그제 일인가?

까치는 영리하며 주로 집단을 이루어 생활하고, 우리에겐 예로부터 길조로 여겨져 왔다. 아침에 집 앞에서 까치가 울면 반가운 손님이 온다 하는데, 이는 까치가 매일 보는 사람이 아니라 낯선 사람을 보고 울음소리를 내기 때문이라고 한다. 또한 까치는 은혜 갚는 까치가 견우와 직녀가 만날 수 있게 오작교를 이어주어서, 설날 새벽에 까치 소리를 들으면 그 해는 운수대통이라는 말도 있다. 그래선지 농민들은 감 같은 과일을 수확할 때에도 까치밥인 여분의 과일을 남겨 두었다.

세계적으로 설날을 챙겨 먹는 까치는 한국 까치가 유일할 것이다. 섣달 그믐날이 바로 까치설날이다. 원래 섣달그믐을 일컫는 말은 '아찬설날'이었다. 그런데 '아찬'이라는 단어가 점차로 일반 대중 사이에서 사어(死語)가 되자, 소리가 유사한 '까치'를 연상하게 되었다. 우리 민족이 까치를 길조하고 생각하는 것에 결부되어 '아찬설날'이 '까치설날'로 변하게 된 것이라는 설이 있다.

도심 속에서 발에 채이는 비둘기, 참새떼를 보고 인간의 권위를 이제는 새들도 인정하지 않는다고 늘상 투덜댔었다. 그런데 오늘 들판의 까치와 노루까지도 우리의 권위에 도전하고 있다는 생각에 귀가길이 몹시 우울하다.

(2007.)

올레길, 그 긴 그림자

　몇 년 전 걸쭉한 제주 사투리에 정감 짙은 제주 여인의 얘기를 들을 기회가 있었다. 그녀는 제주 여인 서명숙으로, '산티야고로 가는 길(Camino de Santiago)'에서 제주의 올레 길을 떠올리게 된 경험을 이야기했다.

　산티야고의 전설은 예수의 열두 제자 중 한 명인 야고보부터 시작된다. 헤롯왕에 의해 순교당한 야고보는 스페인 북부 산티아고에 묻혔고, 800년 뒤 그 자리에 '산티아고 데 콤포스텔라'의 대성당이 세워졌다. '산티야고로 가는 길'은 프랑스와 스페인 국경 지역인 생 장 피드포르에서 피레네 산맥을 넘어 스페인 북서부 산티아고까지 이어지는 800km의 순례길로 보통 40여일 걸리는 여정이다.

　'산티야고로 가는 길'을 걷는 내내 그녀가 그리워한 것은 고향 제주였다. 피레네에서는 한라산을, 매세타에서는 수산 평야를, 중산간 지방에서는 가시리 가는 길을 떠올렸다. 여정 막바지에 그녀는 한 영국 여자를 만났다. 그 여자는 말했다. "우리가 이 길에서 누린 위안과 행복을 다른 사람들에게 나누어줘야만 한다." 이것이 제주 올레 길이 생겨난 시작이었다.

　"올레"란 말은 제주도 방언으로 집으로 들어서는 길고 좁은 길을 뜻하는데, 요즘은 마을 지나치는 긴 골목길로 이해되고 있다. 20km 안팎의 거리로. 제주 올레 길이 좋은 것은 한편에 바다가 있고, 다른 한편에는 산과 숲이 있다는 것이다. 마을이 나오고 야생화로 덮인 들판이 있다.

그리고 푸른 하늘이 있다.

2007년 1코스 15㎞가 개장된 이래 모두 스무 개 가까이 312㎞의 길을 아우르게 됐다. 그러나 올레로 시작된 제주의 길 관광은 요즘 많은 문제들을 낳고 있다. 올레꾼들의 행태는 도를 넘었다고 한다. 감귤, 고구마, 당근 등을 훔쳐가고 쉼터는 쓰레기장이 되고, 숲길은 막걸리 파티장으로 변했다. 집마당 안으로 함부로 들어오고, 히말라야 등정 수준의 값비싼 장비와 화려한 복장으로 무장한 분들이 땀 흘리는 농부들을 지나치며 위화감을 불러일으키고 있다. 순간적 경제 이득으로 올레를 내주었던 토착인들이 그들의 남기고간 흔적들을 뒤치닥하느라 시름에 젖어있다.

또한 보도에 의하면 제주의 빼어난 절경과 보물들이 속살까지 점령당하고 있다고 한다. 개장한지 두 달 쯤 된 한라산 둘레길은 벌써 본래의 모습을 거의 상실하고 있다. 낙엽으로 푹신거리던 길은 비만 오면 진흙탕이 되고, 나무들은 뿌리를 드러내고, 주변 동물들은 자리를 떠났다고 한다.

이제 올레는 물론이요 제주의 습지, 오름, 곶자왈 등도 모두가 공존하는 방안을 모색해야 할 때가 된 것 같다. 더 이상의 올레 길 만들기는 이제 접고, 10년 후에나 다시 논의 하는 것이 좋을 듯하다.

'산티야고로 가는 길'이 이천 년에 걸쳐 그 원형을 보존하고 있고, 연간 600만 명 이상이 몰려드는 '인생의 순례길'로 남아 있는 이유는, 테마가 있고 원형이 잘 보존되었기 때문이다. 제주 올레는 불과 5년 만에 너무도 많은 것을 잃어버렸다. 올레길에도 테마가 있어야 하고, 원형을 어떻게 보존해야 할 것인지도 생각해야 한다.

제주 올레, 지금 잘 돌보지 않으면 제주 섬을 날줄 씨줄로 감싸고 있는 올레길이, 아름다운 제주를 옥죄는 환경 재앙이 돼서 돌아올 수도 있기 때문이다.

(2010.)

제
4
부

주바라기

장금이 선생님

"저 나무 밑에서 김매고 있는 분은 누구입니까?"

"아, 장금이 문 선생님입니다. 아마 그곳에 텃밭을 가꾸고 있을 것입니다."

몸뻬를 입고 머리에 수건을 동여맨 모습이 여는 농부 아낙과 다름없어 보이는데 바로 장금이란 별명을 가진 우리학교 여선생님이었다. 가까이 가니 고개를 들고 계면쩍게 웃어 보인다. 그 모습이 마치 정지용의 '향수'에 나옴직한 '아무렇지도 않고 예쁠 것도 없는 사철 발 벗은 아내가 따가운 햇살을 등에 지고 이삭줍던…'을 연상시킨다. 다섯 평 텃밭을 살펴보니 이미 오른편 고추밭에는 맛깔스러운 고추 수십 개가 미풍을 따라 풍경인양 달랑거리고, 가지는 수줍은 듯 지심을 향해 푸른 결실을 키우고 있었다. 왼쪽엔 때늦은 겨울 배추가 늦가을의 지표면을 뚫고 나왔다. 얼마 전 늦여름의 열기 속에 잔디밭 잡초를 뽑고 있던 분들이 보였는데, 그 역시 문 선생님과 오 선생님이었다.

우리 학교 여선생님들은 좀 관습적이지 못해 보인다. 매일 아침 출근하면 문 선생님과 몇 분의 여선생님들이 차 준비를 한다. 십여 잔의 차가 준비되면 취향에 따라 차와 함께 대화를 마신다. 또 거의 매일 단감, 밀감, 떡, 빵 등이 함께 오른다. 대부분 선생님들이 집 뜰에서 직접 결실한 과일이거나, 또 이발, 착복, 생일 등을 축하하거나 받으려 마련된 이벤트성 메뉴들이다.

요즘 교무실엔 사환이 없다. 하루에도 몇 번씩 차 준비와 설거지 거리가 생긴다. 문 선생님과 여선생님들이 항상 웃음 띤 즐거운 모습으로 이 일을 하고 있다. 예전 어느 학교에서 생긴 차심부름의 고통스런 체험이 갑자기 떠오르면서 우리 모두가 큰 죄를 범하고 있는 것을 아닐까 하는 생각이 스친다.

남자 선생님들도 집에선 즐겨 차 설거지를 하겠지만 일터에선 왠지 쑥스러워 용기를 내지 못하고 있어 보인다. 언제가 남선생님들도 즐겨 이일을 떠맡고 싶어하는 날이 올 것이다. 그리고 차 대접을 받을 때마다 죄인처럼 느끼던 불편한 심기도 함께 씻을 수 있을 것이다. 사실 나도 집에서는 이런 일을 즐겨할 때가 있지만, 일터에서 낯선 것은 아직도 한국적인 관습헌법에 졌어 있기 때문일 것이다.

오늘은 밤색 투피스 정장으로 단아하게 차려입은 문 선생님이 설거지를 하느라 여러 곳에 물을 뒤집어썼다. 그 모습이 참으로 미안하고 또 고맙다. 누군가 켠 한 자루의 촛불에 어둠은 사라지고, 암흑에 묻혔던 사람들이 그 빛을 보고 희망을 찾아 떠나는 것은, 그래서 진실인 것 같다.

(2004.)

펜더, 쉴 틈이 없다

'정직하라(Be honest), 열심히 공부하라(Study hard), 검소하게 살라 (Plain living), 건강해라(Good health)'

상해시 동방조양외국어고등학교의 웅장한 서구 궁전 형 본관에 붙은 교육목표다. 제주고등학생 28명, 중국어교사 3명과 함께 일주일간의 중국어, 중국문화 체험캠프에 참여했다.

살인적 더위가 맹렬히 기승을 부렸지만 학생들의 호기심과 수업 열기는 더위를 무색케 했다. 중국어 회화, 중국시 낭송, 무술, 중국가요, 서화, 가면화 제작 등의 프로그램에 참여했다. 나도 직접 가면화와 펜더 곰을 서화로 그려 보았고 나름대로 약간의 재질을 발견했다.

중국의 시장 경제적 사고와 경영은 이미 우리를 추월한 것처럼 보였다. 이 곳 외국어고등학교에서도 여름방학은 없었다. 기숙사는 매일 초·중등학생들로 들끓었다. 프로그램 담당교사들은 매일 학교에 나와 수업과 특성화프로그램을 지도한다.

초등학생들은 대부분 영어프로그램에 참여하고 있다. 한 가정 한 자녀의 중국은 우리나라를 무색하게 할 정도로 자녀의 교육 투자에 열심이다. 아이들은 학교에서의 학습과 과외 등으로 쉴 틈이 없고, 학교는 수익사업에 혈안이 되어있다. 우리는 어떠한가? 물론 우리 학교들도 쉴 틈이 없다. 그러나 무엇으로 그리 분주한지는 깊이 생각해 봐야 하지 않을까?

최근 제주도가 세계자연유산으로 등재됨에 따라, 우리는 세계문화유산인 유원(留園)을 특별한 관심으로 견학했다. 유원은 북경의 이화원, 소주의 졸정원, 승덕의 피서산장과 함께 중국 4대 정원 중의 하나다. 정원은 물을 주제로 한 중부, 누각의 화려함이 특징인 동부, 가산의 기묘한 경치가 빼어난 서부, 대나무 등의 자태를 자랑하는 북부 등 네 부분으로 구성되어 있다. 지천과 축산, 정자를 치밀하게 조합한 디자인이 뛰어나다.

유원의 유명한 것은 두 가지가 있는데 그중 하나가 중국 역대 문인들의 필적이 정교하게 새겨진 회랑과, 하나하나 무늬가 들어 있는 화창이다. 화창을 들여다보면 보는 각도에 따라 풍경이 달라 보인다.

마지막 날 우리는 학습발표회를 가졌다. 나는 서툴지만 중국어와 우리말을 섞어 축사를 하고 학생들은 익힌 것을 발표했다. 중국어로 학습 경험을 발표하고, 그간 활동하던 모습을 DVD로 상영하고, 중국시 암기 낭송, 모리화 합창, 대표학생의 무술시범 등이 있었다. 우리는 학교에 대한 감사의 마음을 우리 노래 '사랑으로'의 합창으로 전했다.

문 없는 학생 화장실, 북경인도 알아듣지 못하는 사투리, 평소 말이 싸움 소리인듯한 상해 사람들. 그러나 새벽 5시부터 출근하고 밤늦게까지 일하는 부지런하고, 성실하고, 따뜻하고, 인간적인 펜더들이었다.

(2003.)

파리와 인간

나는 가끔 이런 생각을 해봅니다. 파리 한 마리가 파리채에 맞아 죽을 때 정말로 그 파리는 아무런 의미도 없이 그냥 존재에서 무로 사라지는 것일까? 또 수많은 눈송이가 떨어져 녹으면 역시 그 눈도 뜻 없이 사라지는 것일까 하고 말입니다.

우리 눈에 눈이 희고 탐스럽게 보이지만 사실 흰 눈은 없다고 합니다. 공기 중의 먼지와 결합하여 붉은색, 노란색 또는 검은색으로 채색되기도 합니다. 흰 가루 부스러기처럼 보이는 눈은 모두가 육각형을 이루면서 정교하게 서로 60도의 각도로 교차하고 있습니다.

눈의 정확한 모양을 알게 된 것도 최근의 일입니다. 눈 결정을 찍으려면 촬영상의 어려움 때문에 영하의 플라스틱 용해를 이용하여 그 위해 눈 결정을 올려놓고 복사판을 만들어 촬영합니다.

눈의 결정 사진을 찍는데 일생을 바친 사람은 미국의 벤틀러라는 사람입니다. 그는 1931년까지 일생동안 6천여 종의 눈 결정을 찍었고 3천 종을 모아 사진첩으로 만들었습니다. 단순하고 꼭 같아 보이는 눈도 꼭 같은 무게, 꼭 같은 형태의 눈은 존재하지 않습니다. 단지 그 모양을 정밀하게 촬영하거나 무게를 정확하게 측정하기가 너무 어렵기 때문일 것입니다.

한 마리의 파리나 하루살이도 그 생명이 오늘 여기에 존재하기 위해서는 얼마나 많은 조상들이, 얼마나 정교한 유전적 메커니즘에 의해서 그 후손들에게 독특한 체형과 유전인자를 전하고 또 계승하고 있는지 모릅니다.

파리 한 마리를 무심히 잡을 때, 내가 그의 조상을 생각하는 것은 그의 성스러운 역할이 나 때문에 의미 없이 단절되는 것이 아닌가 하는 죄책감 때문입니다. 아무리 사소한 존재도 그의 가치와 개성을 존중하면서 자연 속에서 조화를 이루며 살아갈 때, 그 것이 역사의 순리이며 하늘의 뜻일 것입니다.

그런데 지금 이상한 일들이 일어나려고 하고 있습니다. 1996년에 최초의 복제양 둘리가 탄생했고, 우리나라에서도 복제 젖소 영롱이를 탄생시키더니, 2002년 12월 마지막 주에 크로네이드사가 인간 복제 아기 1호가 탄생했다고 발표했습니다.

쌍둥이는 우리에게 익숙합니다. 그들은 꼭 같은 부모의 형질을 갖고 태어난 형제자매들입니다. 그러나 수십 년의 차이를 두고 꼭 같은 사람이 함께 존재한다는 것은 이해하거나 용납하기 어려울 것입니다. 서른 살의 어머니가 한 살, 두 살의 또 다른 자신을 만들어 놓고 관찰하며 살게 된다면 그 것은 인간의 존엄성을 송두리째 뒤 업는 일이 아닐까 하는 생각이 듭니다. 최소한 생명의 문제에 대해서는 개성과 차별화를 가치 있게 여겨야 합니다. 동일한 컴퓨터를 대량 복제 생산하는 것은 유용한 방법이 될 수 있으나, 생물 하물며 인간을 복제해 내는 일은 신의 뜻을 거스르는, 아마도 눈송이 하나의 가치도 없는 일이 아닐까요?

(1996.)

삼 초의 여유

나른한 오후 거실에서 베란다를 쳐다봅니다. 좁은 공간에 무질서하게 동백, 신비디움, 서양고사리, 복숭아 등이 얼기설기 얽혀 자라고 있습니다. 대여섯 마리의 벌과 철 이른 나비는 수분에 분주합니다. 여유로운 비행 속에 기억된 순서에 따라서 이리저리 퍼 나릅니다. 나비를 보니 어느 선생님이 떠오릅니다. 철늦게 피어난 목련처럼 잔잔한 미소에 마음이 푸근하고 깨끗한 심성을 지니신 분입니다. 그 분은 언제가 이런 말을 했습니다.

"저는 차를 몰 때 생명을 생각합니다. 나비가 많이 보일 때는 시속 30 킬로로, 잠자리가 나를 때는 시속 50을 넘지 않도록 합니다." 아마 나비는 30킬로로 달려오는 차량은 피할 능력이 있고, 잠자리는 50킬로의 속도에는 수월히 자신의 생명을 지킬 능력이 있기 때문인 듯 싶습니다.

저도 파리, 모기를 보면서 가끔 이런 생각을 해보곤 합니다. 저 파리 한 마리는 지금 살아 있기 위해서 수 만년의 세월을 통해 끈질긴 생명의 끈을 이어왔을 것이라고. 그러니 파리, 모기를 잡을 때 가끔은 생명의 경외심에 죄의식을 느끼게 되는 것입니다. 운행 중 가끔씩 쓰러져 있는 생명들을 만나게 됩니다. 노루, 고양이, 비둘기, 까치, 강아지 등입니다.

그들의 주부의도 있지만, 빠름에 유혹당한 우리의 잘못도 클 것입니다.

이럴 때마다 생활 속에 새기면서 살고 싶은 '3초의 여유 속에 담긴 사랑'이라는 쪽지 글이 있어, 몇 구절 옮겨봅니다.

'엘리베이터를 탔을 때 닫기를 누르기 전 3초만 기다리세요. 정말 누군가 급하게 오고 있을지 모르니까요. 출발신호에 앞차가 서 있어도 3초만 기다리세요. 그 사람은 인생의 중요한 기로에서 갈등하고 있었는지 모르니까요. 친구의 헤어질 때 그의 뒷모습을 3초만 봐 주세요. 혹시 그가 가다가 뒤돌아 봤을 때 웃어 줄 수 있도록. 길을 가다가 아니면, 뉴스에서 불행을 맞은 사람을 보면, 눈을 감고 3초만 그들을 위해 기도하세요. 언젠가는 그들이 나를 위해 기꺼이 그리할 것이니까요. 정말 화가 나서 참을 수 없는 때라도 3초만 고개를 들어 하늘을 쳐다보세요, 내가 화낼 일이 보잘 것 없지는 않은지요. 차창으로 고개를 내밀다 한 아이와 눈이 마주쳤을 때, 3초만 손을 흔들어 주세요. 그 아이가 크면 내 아이에게도 그리할 것이니까요. 감옥에 가는 사람을 욕하기 전, 3초만 생각해보세요. 내가 그 사람의 환경이었다면 어떻게 되었을까요. 아이가 잘못을 저질러 울상을 하고 있을 때 3초만 말없이 웃어주세요. 그 아이는 잘못을 뉘우치며, 내 품으로 달려올지 모르니까요.'

외국인들에게 한국인의 특징을 이야기 하라고 하면 흔히 '빨리빨리'라고 말한 답니다. 한국인의 근면하고 적극적인 특성을 잘 표현해 주는 말입니다. 그러나 오랫동안 그리던 그림을 서둘러 완성하느라 물감을 엎질러, 버려야 하고, 공들여 이어가던 성수대교가 일순에 무너지던 일들을 우리는 잘 기억하고 있습니다. 무리한 기한을 정해 놓고 힘써오던 연구, 시설, 작업, 공부가 서두름으로 인하여 얼마나 허망한 결과를 가져왔었습니까?

겨울을 뒤로하고 푸르름을 향해 다가오는 계절처럼, 세월과 시간을 무례히 앞서지 말아야 합니다. 힘들고 바쁠수록, 조금 천천히 조금 여유롭게 조금 느리게 한발 물러서 사는 삶이 오히려 빠르고 바르고 행복한 삶일 것입니다.

(2008.)

끽연, 그 달콤한 유혹

"과장님, 담배를 맛있게 피우시는군요!"

"예! 정말 맛있습니다."

"피우신지 오래되셨습니까?"

"글쎄요. 어떻든 어제 시작했습니다."

"아니, 그 무슨 말씀이십니까? 젊은이들도 담배 끊으려고 안간힘을 쓰고 있는데, 이제 시작하시다니요?"

"사실 저도 젊은 시절엔 골초였습니다. 그러나 담배 끊은 지 20년 만에 어제 다시 피우게 되었습니다."

육지 어느 도교육청 초등교육과장님과 점심을 같이 하게 되었다. 그런데 그분은 조금은 허무한 표정 속에 너무도 맛있게 담배를 피우고 계셨다.

담배를 다시 시작하게 된 연유가 있었다. 최근 관할 지역에 여러 가지 사건 사고가 너무도 많이 발생하여 담배를 시작하게 되었다는 것이다. 평가 관련 문제 등 전국 매스컴을 탄 것만도 세 건이 있다고 했다.

"그래도 다시 시작하면 어떻게 됩니까? 끊으셔야죠."

"아니, 저는 안 끊겠습니다. 사실 사무실 장학사님들이 담배 그만 두라고 계속 성화입니다만 끊기 어려울 것 같습니다." 선생님은 정년을

2년 남겨두고 있고 이번 9월엔 일선 학교로 나가신다고 하며 헌신 허공으로 연기를 뿜어내고 있었다.

최근 '참 나쁜 담배회사'라는 제목의 보도가 있었다. 미국 담배 회사들이 젊은이들을 유혹하기 위해 담배의 멘솔(박하)향을 교묘히 조정하는 방식을 써온 것으로 하버드대 조사 결과 나타났다.

연구팀의 조사결과에 의하면 담배회사들은 멘솔 함유량을 어떻게 조절하는 것이 특정 집단을 상대로 한 담배 판매에 영향을 미치는지를 조사한 뒤 이를 통해 순한 멘솔 담배를 도입해 젊은 층을 상대로 판촉해온 것으로 드러났다.

담배, 그 고혹적인 연기 뒤에는 무서운 사자들이 숨어 손짓하고 있다. 니코틴(중독성 독성), 타르(발암성), 일산화탄소(기억력 저하 유해 가스), 비소(살충제), 암모니아(세척제), 부탄(점화액), 청산칼리(쥐약), 포름알데히드(시체 방부제) 등이다.

끽연, 그것은 생명을 태우고, 지구를 황폐하게 만드는 행위다. 그러나 금연 또한, 담배 끊은 이외수의 말대로, '단편소설이 아니라 장편소설'임에 틀림없다.

(2010.)

찹쌀떡의 효험

1988년 심장병 전문의인 미국의 랜돌프 버드씨는 기도가 과연 효과가 있는지를 과학적으로 증명해 보고자 실험적 연구를 시도했다. 심장병 관리 재단에서 관리하고 있는 3백 93명의 환자를 대상으로 했다. 그들을 무작위로 반씩 나누었다. 신앙심이 깊은 종교인들로 하여금 그 반이 기도의 대상이 되도록 하여 그들의 쾌유를 위해 기도하게 했다. 물론 환자들에게는 이 실험에 대한 이야기는 비밀에 부쳐지도록 했다.

실험결과는 놀라웠다. 기도 받지 못한 다른 반수의 환자들은 기도를 받은 사람들 보다 다섯 배나 많은 항생제 투여가 필요했다. 합병중이 유발된 비율은 세 배나 높았다.

우리 조상들도 예로부터 가족의 안녕과 번영을 기원하며 하늘님 즉 천지신령님께 기도와 기원을 드려왔다. 그리고 그 부모의, 자식의, 아내의 기도는 항상 효험과 응답이 있었다.

기도는 기원에 대한 적극적인 의례의 하나로, 초자연적 존재와의 교통을 목표로 이뤄지는 행위이다. 주문 기도나 가지 기도 등은 언어 자체에 주력이 있다고 믿고, 이를 통해 인간의 재해를 없애고 행복을 구하기 위한 것이다. 기도에서 언어란 보조적인 것에 지나지 않고 구도자 자신이 보다 더 완전하게 자기를 신에게 바치려고 하는 태도, 그 자체가 기도의 본질이라고 보기도 한다.

고등학교 3학년 교실은 이제 출전을 앞둔 용사들의 전열을 보는 듯하다. 마무리 최후의 결전에 촌각이 너무도 아까운 전사들과 같다.

그들에게 낮은 없었다. 샛별을 보며 왔다가 은하수를 보며 집으로 돌아가던 지난 3년이 너무도 그들에겐 낭만적인(?) 생활의 연속이었다. 또한 입시생을 집에 두면 가족 모두가 입시생이 되는 것도 한국의 특이한 현실이다. TV도 끄고, 가을 나들이도 삼가야 했고, 부부 싸움도 미루면서, 온 가족은 샛별보기 운동에 동참해야 했다.

요즘 산사나 영험이 있는 산과 바위, 교회를 찾는 사람들이 예년처럼 초만원을 이루고 있다고 한다. 자녀의 좋은 성적과 최선을 기원하는 우리 민족의 소박한 소망의 상징적인 모습들이다.

학교에서도 후배들은 선배들의 건투를 찹쌀떡이나 엿으로 기원하려는 종종 걸음이 사뭇 분주해 보인다. 그들의 기원이 밴 찹쌀떡은 눈에 보이는 기도다. 이제 우리가 할 일은 두 손을 모으고 기도하는 일뿐이다. 이 인고의 계절에 분명히 그 기도는 큰 효험이 있을 것이다.

(2006.)

모든 일에 감사하며

"수녀님, 이것 받으세요."

"아니, 이거 뭐예요. 고마워요, 할아버지."

몇 년 전 한 양로원을 찾았을 때 본 뜻밖의 모습이다. 우리가 할아버지께 드린 작은 선물을 할아버지는 곧 바로 수녀님에게 드리는 장면을 보고 의아한 생각이 들지 않을 수 없었다.

수녀님의 설명은 이러했다. 할아버지는 반신불수이셨다. 몸을 반쪽을 못 쓰니 대소변을 가리지 못했다. 수녀님은 할아버지의 수발을 들어드리고 매일 두 번씩 목욕을 해드렸다. 그러니 무엇이든지 귀하게 보이면 어머니처럼 먼저 갖다드린다는 것이었다.

우리학교에는 좋은 선생님들이 많다. 며칠 전에도 어려움에 처한 우리학급 한 학생에게 돈을 모아서 학비를 보태준 적이 있다. 또 한 선생님은 예년처럼 올해도 교무실에 불우 이웃돕기 모금함을 마련해서 성금을 모았는데 그 액수가 대단했다. 이는 연말이면 이런 저런 이유로 공제하는 이웃돕기 성금이 아니라 순수한 성금이었다. 나는 그 선생님을 따라 몇 년간 고아원과 양로원에 양말, 과자, 과일 등을 사들고 심부름이나 하고 있지만, 해마다 조금씩 자라고 있는 특별한 아이들의 모습과 또 정신적으로 건강해지는 모습을 보면 마음이 깨끗해지면서 기쁨이 차오른다.

우리는 이런 저런 일들로 알거나 모르는 많은 은인들로부터 많은 은혜를 입고 살아간다. 그러나 우리는 대부분 그 은혜를 잊거나 모르고 살아간다. 마치 공기와 햇빛과, 바람과 비의 고마움을 모르고 살아가듯이 말이다. 반면에 가슴에 슬프게 새겨진 것들은 오래 기억하고 기쁜 일들은 쉽게 잊기 때문에 우리가 불행하게 살고 있는지 모른다.

나 자신도 여러 사람들로부터 많은 은혜를 입고 살아오고 있다. 제주도 초대 교육감을 지내신 최정숙 선생님도 그런 분들 중의 한분이다. 그분은 고등학교 2년 동안 나를 먹이고 재워주셨다. 또 이름을 밝히지 않은 어떤 분은 몇 년 동안 나의 학비를 보태주셨다. 나는 그 분이 누구인지 모른다. 그 분이 자신의 신분을 밝히고 싶어 하지 않으셨기 때문이다. 나는 고마움의 편지를 써서 다른 분을 통해 전달해 드리곤 했다. 아마 지금은 하늘 높은 곳 어디에서 나를 지켜보고 있으리라 생각해 본다.

충북 음성군 '꽃동네'에 가면 이상한 동상이 서있다. 한 걸인의 동상이다. 이 동상이 바로 '얻어 먹을 수 있는 힘만 있어도 그것은 주님의 은총입니다.'라는 말을 실천한 최귀동 할아버지의 동상이다.

충북 음성군 금왕읍에서 부잣집 아들로 태어난 최 할아버지는 일제 징용에 끌려갔다 돌아 왔으나 집안은 풍비박산이 났고 몸은 병들어 무극천 다리 밑에 거적을 치고 사는 걸인이 되었다. 그러나 그는 주변에 병들고 늙고 굶주려 거동도 못하는 거지들이 너무나 많이 있음을 보고, 40년 동안이나 남은 밥만 얻어다가 자기보다 못한 걸인들을 보살피며 먹여 살렸다. 그래서 그는 얻어먹을 수 있는 힘만 있어도 은총으로 여기면서 감사하는 생활을 해왔고 그분의 생활하는 모습이 음성 '꽃동네'의 모체가 되었다. 지금은 7개 요양 시설에 2천여 굶주리고 헐벗은 가족들이 4백여 봉사자들과 함께 살아가고 있다.

우리는 진실된 행복이 무엇인지 알지 못한다. 어떤 사람은 동쪽 하늘에 걸린 무지개가 행복이라고 하고, 어떤 사람은 큰 집을, 또 어떤 사람은 예쁜 부인과 토끼 같은 자식들을 행복이라고 한다. 또 어떤 사람은 주머니에 가득찬 돈이 행복을 가져다준다고 하고, 어떤 사람들은 잔디 위를 나르는 골프공에서, 또 다른 사람들은 모차르트의 엘비라 마디간을 행복이라고 말한다.

아무도 진정한 행복을 모르기 때문에 사람들은 그 것을 얻기 위해서 먼 길을 각기 다른 방향으로 떠나고 있다. 새해에는 욕망으로 가득 찬 마음을 모두 비우고 모든 일에 감사하는 마음으로 행복 여행을 시작해 보면 어떨까? 혹시 당신이 가려는 감사의 길모퉁이에서 행복을 우연히 만날지도 모르니까.

(1998.)

주바라기

장례 미사에서 한 아이가 울고 있다. 기도하던 해맑은 고운 얼굴에 눈물이 맺히더니 뺨을 타고 흐르고 있다. 이제 천상으로 떠나는 할머니와의 사랑이 각별했나 보다. 요즘 들어 세상 주변이 무척이나 깊은 슬픔에 잠겨있어 보인다. 마치 흐드러지게 피었다가 날이 새면 흔적도 없이 사라져버리는 춘사월 꽃무리처럼.

지난 4월의 첫날 '천년유혼'과 '영웅본색'의 80년대 낙원이 한 홍콩 배우의 자살과 더불어, 그와 함께 거짓처럼 기화해 버렸다는 소식이 있었다. 귀티 흐르는 부잣집 도련님의 자태로, 아무리 착취당해도 사랑할 수밖에 없는 마법의 외투를 두른 스크린 위의 햇살 같던 찬란한 스타가 세상을 버린 것이다. 아마 장궈룽, 그는 마치 마릴린 먼로와 제임스 딘의 삶과 죽음을 흠모했었을런지 모르겠다. 그런 연유였다면 그의 자살은 참으로 사치스러운 결정이 아니었나 하는 생각이 든다. 같은 시기 '인간극장'에 소개된 한 여대생의 삶이 얼마나 성스러운지를 그가 알지 못한 것이 너무도 안타깝기 때문이다.

2000년 7월 30일 밤 11시 30분, 한강로 1가. 한 음주운전자가 모는 자동차가 6중 추돌의 대형 교통사고를 냈다. 이 사고의 최대 피해자는 23세의 이화여자대학교 여대생, 장래가 촉망되는 미모의 이지선 양이었다. 추돌로 인한 화재로 그녀는 전신 55%의 화상, 4~5년 만에 한 번 나올까 말까하는 중상으로 의사들마저 포기해 버린 중상환자가 되었다. 손가락마저 절단된 그녀는 지난 시간이 너무 고통스러웠기 때문에, 오히려 앞으로는 좋은 일만 있을 것이라는 생각 속에 지금은 너무도 행복하게 살고 있다. 하루에 5천 명 이상이 찾아오는 홈페이지 '주바라기'를 갖고 있는 그녀는 이제 대학도 졸업했고, 나이는 스물 여섯이 되었다.

시인은 꽃잎이 하나 지면 누군가 이 세상을 떠나고 있다고 표현한다. 며칠 전까지 찬란히 피위대던 꽃들이 자취 없이, 신록으로 같이 입는 모습을 보면 그 꽃잎 하나마다 하나의 생명이 세상과의 이별을 새겨두고 떠나고 있다는 생각이 든다.

그러나 꽃잎은 자연의 법에 따라 별리를 받아들이지 물리적으로 자신의 생명을 포기하지는 않는다. 어떤 경우라도 자신을 스스로 포기하는 것은 옳지 않은 일이다. 종교적 관점에서 자살은 살인보다도 더 큰 죄로 여겨지고 있다. 살인은 통회와 성찰을 통해 구원받을 수 있으나 자살은 구원의 기회마저 영원히 앗아가 버리기 때문이다.

자연은 우리에게 항상 삶의 기본과 진리를 가르쳐 준다. 하찮은 동식물의 진지한 삶의 모습은 우리가 자연의 이치를 따라야 하는 이유를 가르쳐 주고 있다. 자신을 포기하는 식생을 우리는 본적이 없다. 생명이 있으면 희망이 있기 마련이다. 꽃잎은 자리를 비우면서 성스러운 결실을 남긴다.

요즘 우리는 세계의 전쟁과 함께 많은 주검에 둘러 싸여 있다. 그래도 그 것은 우리의 크나큰 관심사다. 기아와 질병처럼 보이지 않는 주검들은 무관심 속에 잊혀져 가고 있다. 소년의 눈물, 지는 꽃 잎 하나, 거기엔 의미 있는 삶이 숨어있는 것이다.

(2007.)

비취의 비행(非行)

"앗! 아야!"

나는 순간적으로 얼굴을 감싸 안았다. 제법 큰 비취가 나의 왼쪽 얼굴과 정면충돌했다. 얼굴이 얼얼했다. 부딪는 순간, 비명을 지른 새는 아무 일도 없었다는 듯 곡예비행을 하더니, 동백 위에 앉아 나를 물끄러미 쳐다 보고 있다. 아까부터 교사 위 높은 하늘에서 비취 두 마리가 윤무를 그리며 신나게 놀고 있었다. 갑자기 하강하다 상대에만 몰두하던 한 마리가 내 뺨과 충돌했던 것이다. 가뜩이나 가슴 조이며 눈치 속에 위태롭게 사는 게 요즘 남자들인데, 새들을 어찌하여 나날이 용기와 가슴이 커져가고 있는 것일까?

최근에 공원이나 광장의 새들을 유심히 살펴보는 버릇이 생겨났다. 서귀포 1호 광장엔 항상 수많은 비둘기들이 모여들어 먹이 사냥을 한다. 그 중에 내게 익숙한 비둘기가 있다. 그는 한 쪽에 발가락이 전혀 없다. 비둘기는 다리마다 네 개의 발가락이 있다. 세 개는 길고 가늘며 하나는 짧다. 그런데 이 비둘기는 오른쪽 발가락이 하나도 없다. 다리 밑이 그냥 뭉툭하게 잘렸다. 그러나 겉보기엔 별 차이가 없고, 걷거나 먹이 찾는 데도 전혀 어려움이 없어 보인다. 광장을 지날 때 마다 나는 그를 찾게 되고 그를 보면 반가움과 서글픔, 그리고 어떤 생명력도 느낀다.

오늘은 제주시청 앞 정류장에서 버스를 기다리고 있다. 시청 광장은 항상 젊은이들로 넘쳐난다. 이곳은 온갖 먹거리와 볼거리로 불야성을 이루는 젊은이들의 삶터다. 휘청대는 거리와 함께 길가엔 항상 음식 찌꺼기가 넘쳐난다. 그래서 비둘기들이 유난히 많다. 적당한 유격을 두고 사람과 함께 걷고 있는 비둘기들을 본다. 역시 그 중 한 마리는 발가락이 둘 밖에 없다. 둘은 어디서 잃었을까? 요즘 새들은 참새든, 까마귀든, 지빠귀든 사람과 병거를 두려워하지 않는다. 이제 새들은 더 이상 집을 지으려고 하지도 않고, 새끼를 낳는 일도, 먹이 사냥도 하려고 하지 않는다. 그냥 사람과 거리에 빌붙어 편하게 하루하루를 살아가고 있어 보인다.

엊그제 교황님은, "저는 행복했습니다. 여러분도 행복하기길 빕니다."라는 말을 남기고 영원의 세상으로 자리를 옮겼다. 외신에 의하면 이 날 성베드로 대성당의 흰 비둘기들은 한 마리도 날지 않았다고 한다. 독방에 갇혀 비둘기가 물어 온 먹이로 살았다던 성녀 카타리나의 얘기와 함께 오늘에 있어 제주의 새들은 우리들에게 과연 무슨 메시지들을 전하고 있는 것일까?

(2008.)

오연수

어느 해 오월이었다. 삶의 무게를 이기지 못 해 분신으로 세상을 등진 여학생이 있었다. 생활능력이 전혀 없는 노부모님 밑에서 몸부림치다 자유로운 나라로 가버렸었다. 나는 분신해서 몸을 날린 다리 주변을 둘러보고, 부모님도 만나서 위로의 말을 건넸지만, 세상도 부모도 허망이 빈 하늘만 처다 보고 있었다. 선생님들은 그녀에게 특별한 애정과 지원을 아끼지 않았지만, 그녀는 모두가 평등한 다른 세상에서 더 자유스러워 지고 싶었다.

우리는 5월을 여러 가지로 부르고 있다. 가정의 달, 청소년의 달, 장애인의 달, 생명의 달 등이다.

그러나 튼튼치 못한 가정에서 5월의 유혹을 이기지 못한 청소년들이 방황하고 있다. 통계에 의하면 가출하는 청소년이 연간 10만 명을 넘어서고 있고, 결혼하는 6쌍의 부부 중 1쌍이 이혼으로 갈라서고 있다. 경제 성장을 통해 재산은 얻었지만 전통적인 가정의 소중함이 퇴색되면서 가정은 총체적 위기상황으로 빠지게 되었고 그 결과 이혼, 청소년 문제, 노인문제 등이 급증하고 있다. 하루 평균 190쌍이 이혼하고 이로 인하여 한해 동안 6만 3천여 명의 미성년자가 결손가정 자녀로 전락하고 있다. 17%에 해당하는 부부가 이혼으로 쪼개지고 있는 것이다.

칼릴 지브란은 "부모는 자식을 쏘아 올리기 위한 활과 같다."고 했다. 이는 한 인간의 올바른 성장은 전적으로 가정에 달려있다는 말이다. 전통적 가부장사회를 기초로 해온 우리의 가정이 서구사회의 핵가족화, 개인주의 사상을 무비판적으로 받아들이는 과정에서 가족에 대한 가치관과 의식구조가 뒤틀리게 되었다. 이 결과 각종 패륜범죄와 가족폭력, 노인들의 비관자살 등이 생겨나게 된 것이다.

청소년 전문가들은 "자녀들은 줄에 달린 테니스공과 같다. 청소년들이 가정을 뛰쳐나갔다가도 그를 기다리는 정상적인 가정이 있다면 그 청소년은 언젠가는 가정으로 돌아오게 마련"이라면서 가정의 소중함을 표현하고 있다.

지난 5월 13일에는 음성 꽃동네 사랑의 연수원 개원식 때 70대의 치매 할머니가 사무실 앞에 버려져 꽃동네 가족들을 안타깝게 했다. 듣지도 못하고 말하지도 못할 만큼 치매 증세가 심한 이 할머니는 원장인 오웅진 신부의 음성 꽃동네 '사랑의 연수원' 개원식 때 왔다고 해서, 이 동네에서는 '오연수' 할머니라고 부르고 있다. 아름다운 이름의 오연수 할머니는 우리 모두를 부끄럽게 하고 있다. 부모 포기 현상은 또 하나의 가정 결손이다.

북녘 동포뿐만 아니라 가까운 이웃들이 정신적 방황과 기아로 굶어 죽어가고 있음에도 불구하고 더 많은 권력과 재력을 얻기에만 급급하고 있지나 않은 지 되 돌아 봐야하고, 부정과 불법 그리고 비리가 가까이 있지나 않은지도 생각해 보자. 부모가 자식을 버리고, 자식이 부모를 폭행하고, 부부가 가정을 파괴하고, 국가와 국민이 서로 불신하는 사회에선 사랑이 샘솟을 수 없다. 참된 행복을 얻으려면 조건 없는 사랑과 무소유 그리고 나눔을 실천해야 한다.

(1996.)

눈송이 하나의 의미

엊그제 일본을 휩쓸고 간 대자연의 난폭함과 그 죽음을 보며, 갑자기 대학병원 내과과장이며 교수인 어떤 분의 말이 생각난다. 그 분은 지금껏 수많은 위암 환자들을 진료해 왔는데 그 중에서 가장 깊은 기억을 남겼던 새 환자의 경우를 얘기했다.

수십 년 간 고행을 쌓아온 한 스님이 진찰을 청했다. 보호자 없이 혼자 왔기 때문에 병명을 차마 본인에게 알려 줄 수 없었다. 스님은 자신이 이미 많은 경험과 수련을 쌓은 사람이므로 솔직히 얘기해 달라고 했다. 그 분의 말을 믿고 위암 말기이며, 3개월 정도 살 수 있으리라는 얘기를 했다. 순간 그 분은 졸도하고 말았다. 또 한 분은 사회적으로 명성 있는 목회자였다. 그 분도 반년 정도밖에 살 수 없는 위암 환자였다. 본인이 원해서 수술했다. 그러나 암세포가 여러 곳에 전이되어 있어서 그냥 덮었다. 임종을 차분히 준비하는 게 좋은 것이라는 얘기를 했다. 그 후에 그 분은 양방으로 안 되는 것은 한방으로 할 수 있다며 한방 치료를 계속했다. 치료가 지지부진해지자 나중에는 무속의 힘까지 빌리며 사력을 다하다 영원히 쓰러졌다.

어느날 자신의 스승이며 같은 병원에서 근무하는, 항상 존경하는 원로 교수가 찾아왔다. 최근 2, 3년간 계속 속이 안 좋아 치료를 받으려고 했으나 찾아오는 환자가 너무 많아 그 사이에 자신을 돌볼 틈이 전혀 없었다.

더없이 인자하고, 덕으로 가르치고, 성으로 치료하는 큰 스승이셨다. 진찰결과는 놀라왔다. 6개월 정도 살 수 있는 말기암 상태였다. 솔직히 말하자 이미 짐작하고 있었다며 조용히 병원을 나갔다. 그 분은 모든 면에서 의학도의 의사이었으나 한 가지가 항상 아쉬웠다. 그는 철저한 무신론자였다. 수술을 받을 것을 권유했으나, 소용없는 일이라며 거절 했다. 병원과 학교를 그만두고 주변을 정리하며 독서로 시간을 보냈다. 그런데 어느 날 놀라운 소식을 접했다. 철저한 무신론자였던 그 분이 세례를 받았다는 것이다. 그리고 며칠 후에 왔던 곳으로 그분 '돌아가셨 다'.

세 사람의 이야기에서 많은 생각이 교차함을 느끼게 된다. 세상을 아 무리 성실하게 살고 있다고 하는 사람도 빈 껍데기를 드러내 놓고 헛수 고나 하는 경우도 있다. 반면에 바보처럼 빈 손만 휘젓고 다닌다고 느껴 지는 사람도 참과 진실과 사랑의 의미를 바로 알고 살아가고 있는 사람 인 경우도 많다. 생활 속에 이미 많은 빛을 받으며 또 그 빛의 영화를 누리고 있는 사람은 그 세속적 영화로 이미 충분한 보상을 받고 있다는 생각을 하며 겸손하게 살아야 한다.

최근의 일본 대지진을 떠 올리지 않더라도, '이 세상에서 가장 확실한 것은 우리가 죽는다는 것이요, 이 세상에서 가장 불확실한 것은 우리가 죽는 시간이다'라는 말을 기억해야 한다. 보통 사람은 죽음 앞에 두려움 을 느끼지만 현인은 죽음 앞에 존엄을 배운다. 언제나 죽음을 친하게 여기는 마음을 갖는다면 생각이 깨끗해질 것이요, 행동이 자비로울 것 이며, 삶이 진실해질 것이다.

우리가 어머니의 몸속에서 태아로 살고 있을 때는 우리는 모두 바깥 세상에 대해 아는 바가 없었다. 어머니 몸속이 영원하며 또 가장 행복한 낙원이라는 생각을 했었다. 그러나 달수가 차서 세상에 나와 보니 또 다른 세계가 존재함을 비로서 보고 알게 되었다. 이 세상은 또 하나의 어머니 몸속일는지 모른다. 다만 열 달이 아니라 백년이 지난 다음 또 다른 세계로 다시 태어난다는 믿음을 갖게 된다면 이곳에서의 삶이 더 희망적이고 더 진실하게 살 수 있을 것이다.

가까이서 일어나는 크고 작은 모든 일들은 항상 내가 미처 깨닫지 못하는 많은 진리를 얘기하고 있는 것이다. 눈송이 하나가 바위에 떨어져 녹아 없어지는 모습에서부터 자연의 대재앙에 이르기까지 그 몸짓 하나의 의미를 숨죽여 살펴보아야 한다.

(1995.)

생명 나누기

1970년 월남전이 한창이던 어느 날 한 고아원에 폭탄이 떨어졌다. 부상당한 한 소녀에게 수혈을 해야 했지만 보관된 혈액이 없었기에 건강한 아이들에게 헌혈할 사람을 구했다. 그러나 손을 드는 아이는 아무도 없었다. 의사가 막 돌아서려 할 때, 한 소년이 슬며시 손을 들었다. 잠시 후 소년은 수혈을 받아야 할 소녀와 나란히 누워 팔에 주사 바늘을 꽂았는데 눈가에선 계속해서 눈물이 흘렀다. 의사가 소년에게 물었다. "왜 그렇게 계속 눈물을 흘리고 있지?" 소년의 대답은 자신의 피를 모두 뽑아 주어야 하는 것으로 알고 있었던 것이다. 그래서 곧 자기가 죽게 되리라는 것으로 알고 있었던 것이다. 의사는 다시 물었다. "죽을 줄 알면서도 왜 손을 들었느냐?" 소년은 아주 간단하게 "얘는 내 친구니까요."하고 말했다. 사랑하는 친구를 위해서 생명을 바치는 이 소년이 전해주는 의미는 너무도 크다.

우리 학교에도 헌혈차가 일 년에 몇 차례씩 온다. 그리고 헌혈에 참여하는 학생 수도 엄청나게 많다. 일단 헌혈이 시작되면 학교 전체가 술렁댄다. 물론 수업 중에 시작되다 보니까 들어오고 나가고 하는 학생들로 떠들썩하기도 하지만, 자신의 가장 소중한 생명의 일부를 아무런 대가도 없이 준다는 것은 보통 용기 있는 일이 아니다.

그러나 국가 전체적으로 볼 때 헌혈자의 숫자가 점점 줄어들어 가고 있다고 한다. 선진국의 경우 모든 혈액은 헌혈에 의한다고 하는 데, 우리나라는 아직도 많은 부분을 매혈에 의해 채우고 있다니 우리를 우울하게 만들고 있는 것이다. 그래서인지 요즘은 헌혈 예정자 명단을 미리 조사해서 보고를 하고 있어 우리의 마음을 서글프게 만들고 있다.

사실 처음에 헌혈을 할 때는 누구나 두려움이 앞선다. 침대에 누워서 손에 힘을 꼭 쥐고 주사 바늘 끝을 지나서 자신의 몸에서 빠져나간 빨간 액체가 조금은 놀랍게 많은 양이 튜브를 가득 채울 때면 어떤 공포가 혹시 내 생명도 함께 빠져나가 버리는 것이 아닐까하는 두려움이 엄습한다.

영국 기자가 쓴 "진흙탕 속에서"라는 책에는 인도의 매혈 현장을 소개하고 있다. 지금은 시간이 많이 흐른 후의 이야기가 될런지 모르지만 아직도 피를 팔아 살고 있는 사람들이 있다는 것이다. 물론 피를 팔기도 쉽지는 않다. 이를 중간에서 알선하는 사람이 있어서 그 일부를 착취한다. 일주일에 한두 번 피를 팔지만, 나중에는 너무 자주 피를 뽑다 보니 혈액 성분이 너무 묽어져서 일일이 검사를 해서 피를 산다. 그 판 돈으로 한, 두 끼의 식사를 해결한다.

우리 인간에게는 세 가지 액체가 있다. 피와 땀과 눈물이 그것이다. 이 세상의 모든 위대한 업적은 피와 땀과 눈물의 결정으로 이루어지는 것이다. 피는 용기와 희생의 상징이요, 땀은 근면과 성실의 상징이요, 눈물은 사랑과 자비의 표현이다. 피를 흘려야 할 때 제대로 흘리지 않으면 식민과 노예의 생활을 겪게 되는 것이요, 눈물을 흘려야 할 때 울지 않으면 동물적 생활을 하게 되는 것이면, 땀을 흘려야 할 때 흘리지 않으면 빈곤의 나락에 빠지고 말게 된다. 우리는 후회스럽지 않게 살기 위해서는 땀과 눈물과 피를 흘려야 한다.

요즘의 나처럼 멜로 드라마를 보면서 눈물 흘리기는 쉽고, 가득이나 허약해지는 체질들로 아주 조그만 힘이 들어도 땀 흘리기는 쉽다. 그러나 피를 흘리거나 바치기는 쉬운 일이 아니다.

용기 있는 사랑은 결국 남에게 주고 베푸는 데 있는 것이지 결코 모든 것을 얻고 쟁취하고 몸 속으로 끌어 들이는 데 있는 것은 아니다. 그리고 이러한 사랑의 생각을 가장 구체적으로 표현하는 행위는 아마도 헌혈, 피를 나누는 일일 것이다.

(2006.)

오른손이 않은 일, 왼손은 알고 있다

"거기 두 학생, 이 쓰레기통 좀 비우자."

"싫은데요."

현관을 들어서는 순간 쓰레기 통 안에 가득 찬 쓰레기를 보고 옆에 서 있는 두 학생에게 부탁하자 한 학생이 한 말이었다. 요즘 세 명중 한 명꼴로 차고 있는 호출기 때문인지, 그는 황망히 공중전화 부스로 가고 있었다. 다른 학생을 다시 한 사람 불러다가 치웠다.

학생 봉사활동에 대한 논의가 빈번한 요즘 교사나 학생이나 자기 봉사와 희생에 대한 가치의 혼란을 심하게 겪고 있다. 물론 봉사활동을 교육 과정화하는 의도는 몇 가지 있다. 초등학교 4학년 학생부터 고등학교 3학년까지의 학생들로 하여금, 봉사활동을 통하여 실천 위주의 인성교육을 강화하고 실천학습의 경험을 제공하며, 봉사활동을 생활화함으로써 지역사회의 일원으로 삶의 보람을 체득할 수 있게 하고, 더불어 사는 공동체 의식을 갖춘 인간을 육성해 보겠다는 취지를 갖고 있다.

단체봉사활동을 주로하며, 개인계획에 의한 활동은 학교장의 승인을 받아 시행함을 원칙으로 하고 있다. 어떤 분은 이런 얘기를 했다. 옆집에 불이 났는데, 교장선생님의 승인을 받고 불을 꺼야 봉사활동으로 인정받을 수 있겠느냐는 얘기였다. 물론 사전 승인을 받지 않은 개인수준의 봉사활동은 봉사활동 운영위원회의 사후 검토를 거쳐서 봉사활동으로 인정할 수 있다. 그러나 의도되지 않은 봉사활동을 지양하는 것이 원래의 취지라고 할 수 있다.

봉사활동을 기록 증빙하기 위해서는 개인 봉사활동 실시계획서, 봉사활동 확인서, 봉사활동 카드, 봉사활동 실적 누가 기록부, 봉사활동 상황 일람표 등이 필요하다. 담임은 "종합생활기록부"의 봉사활동란에 그 사이에 누가 기록했던 사항을 학년말에 유형별로 종합하여 활동내용, 대상기관, 활동시간, 활동시간, 횟수 등을 객관적 사실을 문장으로 기록하게 된다.

"사랑의 교실" 강좌로 유명한 리오 부스카글리아 교수가 남가주주 대학 교수로 있을 때의 봉사활동의 예를 들어 보기로 하자. 그가 가장 먼저 가르치고자 한 것은 접촉의 중요성이었다.

"여러분 가운데 지난 한주일 동안 여자 친구나 남자 친구 또는 배우자를 제외하고 다른 사람을 안아 준 분이 있습니까?" 하고 묻자, 손을 든 사람은 별로 없었다. "사랑은 밖으로 표현할 필요가 있습니다. 껴 앉아 주는 것이야 말로 가장 보편적인 사랑입니다. 그러나 오해 받지나 않을까 싶어 걱정이 된다면 당신이 안아주는 상대방에게 이쪽 기분을 그대로 이야기 해 주십시오. 포옹에 당황하는 사람에게는 두 손으로 따뜻이 악수해 주는 것으로 접촉의 필요성을 충족시켜 줄 수 있을 것입니다." 어느새 수업이 끝나면 서로 포옹하게 되었다. 이 강좌에 나오는 학생들은 교정에서 만나면 자연스레 포옹으로 인사를 대신하게 되었다.

한 번은 학생 모두가 보상을 기대하지 않는 봉사를 하기로 약속했다. 어떤 학생들은 지체 부자유 아동들을 찾아가 보살폈고, 또 어떤 학생들은 자살 방지를 위한 생명의 전화 받는 일을 자원했다.

교수는 조엘이라는 학생과 함께 양로원을 찾았다. 많은 노인들이 낡은 무명가운을 입고 침대에 드러누워 멍하니 천장만 바라보고 있었다. 조엘은 주위를 둘러보더니 물었다. "뭘 해야지요?" "저기 부인이 계시지? 가서 인사해요." 내가 일렀다. 조엘은 부인에게 가서 인사했다. "저어, 안녕하세요?" 부인은 잠시 의심스러운 눈으로 바라보았다. "나의 친척이든가?" "아뇨." "그럼, 좋아. 젊은이 앉게."

부인이 들려준 이야기는 놀라왔다. 부인은 사랑과 고통 그리고 괴로움에 대해서 너무도 잘 알고 있었다. 다가오는 죽음에 대해서 까지도. 그 부인은 죽음에서 어떤 평화를 찾아야만 할 처지였다. 그런데 그때까지 아무도 그 부인의 이야기에 관심을 갖고 귀 기울여 들어 주지 않았다. 그 후 조엘은 일주일에 한 번씩 방문하게 되었고, 곧 그날은 "조엘의 날"로 불리우게 되었다. 그리고 조엘이 나타나기만 하면 모든 노인들이 주변에 모여들곤 했다.

그 부인은 딸에게 부탁해서 화려한 실내복을 한 벌 가져오게 했다. 어느 날 조엘은 부인이 아름다운 공단으로 지은 가운을 걸치고 머리를 멋지게 다듬고는 침대 위에 앉아 있는 것을 보았다. 오랫동안 부인은 머리를 단정하게 빗은 적이 없었다. 보아주는 사람이라곤 한 사람도 없는 데, 머리를 손질할 사람이 어디에 있겠는가? 얼마 안 가서 병동에 있는 다른 노인들도 조엘이 찾아오는 날에는 깔끔하게 옷을 차려입게 되었다. 다른 사람에게 사랑의 문을 열어주려고 노력하는 동안 나에게도 사랑의 문이 열리기 마련이다.

우리나라에서는 '5·31 교육개혁'의 취지에 호응하여 내년 대학입시부터 자원 봉사를 입시에 반영하기로 한 대학이 94개에 이르고 있다. 자원 봉사를 지도할 여건이 문제가 되고 있다. 대학도 방침만 밝혔을 뿐 구체적 내용은 없다. 이제 대부분의 고교생들은 자의든 타의든 간에 자원 봉사에 나서지 않을 수 없게 되었다. 서울대를 비롯, 대부분의 국공립대학과 고려대, 이화여대 등 많은 사립대학들이 총점 대비 무려 20%까지 반영할 예정이다. 서울대는 봉사, 특별활동, 행동발달 점수가 8백점 만점에 64점(8%)에 이르러 논술 또는 면접 점수 보다 높다.

학생들의 자원 봉사는 단순히 어떤 일을 몇 회, 몇 시간했다 하는 정도에 그쳐서는 안 된다. 한양, 성균관대 등이 면접. 구술고사로 학생들의 자원 봉사에 대한 이해, 체험과정을 묻겠다고 한 것은 의의 있는 일이다.

"아무 곳에나 가서 시키는 대로 하는 것"이 봉사활동이 되어서는 안된다. 알맞은 맡길 곳, 또 교사들이 업무가 과다한 상태에서 학교 밖 학생 봉사를 지도할 여력이 있느냐도 문제이다. "점수 따기"가 아닌 본연의 의미를 찾기 위해서는 범사회적 대책이 마련되어야 한다. 교사를 도와 학교를 도울 조정자인 대학생, 회사원, 학부모를 대거 양성해야 한다. 또한 정부차원에서는 각 지역 자원 봉사센터, 공공기관 시설들을 중심으로 자원봉사 지도자 양성 교육이 활발히 일어날 수 있도록 지원해야 한다.

지미 카터 대통령은 현직 시절 인기 없는 대통령이었다. 그러나 퇴임 후는 가장 훌륭한 전직대통령으로 존경 받고 있다. 다른 대통령처럼 돈벌이나 체면 유지에 열중하지 않고 국제 분쟁 중재자로 자원봉사자로 주일학교 교사, 빈곤퇴치운동, 특히 집 없는 이웃에 집지어주기 운동에 참여하고 있다. 물론 그는 직접 목수로 참여하고 있는 것이다.

봉사의 기본적 의의는 무엇보다도 오른손이 한일을 왼손도 모르게 해야 한다는 정신이 깔려있어야 할 것이다. 오른손이 하지 않은 일도 왼손이 알도록 강요하고 있다면 봉사의 의미는 근본부터 흔들리고 있는 격이 될 것이다. (1996.)

너무도 쉬운 일

연초에 담배를 끊겠다던 박 선생이 모퉁이에서 불을 붙이고 있다.

"아니, 끊으신다더니, 다시 시작했어요?"

"예, 몇 달 끊었는데 영 안 되는군요. 일손이 잡히지도 않고 정신 집중도 안 됩니다. 담배 끊기가 여간 힘든 게 아닙니다."

"무슨 말씀을! 담배처럼 끊기 쉬운 게 어디 있어요? 최 선생도 벌써 다섯 번째 끊었다던데요."

"예!? 아, 맞는 말이네요."

끽연에 흠뻑 빠졌던 미국의 유명 배우가 있었다. 폐암 판정을 받고 치료를 받았다. 그러나 담배의 유혹을 물리치지 못하고 다시 담배를 피우기 시작했다. 다시 입원하여 치료를 받았다. 의사는 마지막 경고를 했다. 다시 피우면 정말 마지막이라고. 그는 결심을 천명하고 5년 동안 한 개비도 피지 않았다. 몰라보게 건강해졌고 모든 게 정상으로 돌아온 것 같아 보였다. 오랜 친구를 만나 해변 식당에서 포도주를 곁들여 근사한 식사를 했다. 친구가 길어진 황혼을 배경으로 담배를 뽑아 물었다. 깊게 들이켰다 길게 내뱉은 담배의 색깔과 향기가 너무도 고혹적이었다. 심한 심적 갈등을 느꼈다. 결국 친구에게 담배 한 개비를 부탁했다. 이것이 마지막이고 이 황홀한 분위기에서 담배 한 대 피우는 것을 괜찮은 것이고, 또 앞으로 안 피우면 될 것이라고 생각했다. 5년 만에 폐 속에 들어간 연기가 처음엔 현기증을 일으켰으나, 금방 익숙해졌고 오랜만에 만난 친구보다 더 반갑고 달콤했다. 그러나 그것은 시작이었다. 그는 결국 담배를 끊지 못했고, 담배 연기의 유혹 속에 담배와 함께 세상을 떠났다. 그는 마지막 병상에서 자기 인생에서 가장 후회스러웠던 만남은 옛 친구와 황혼과 담배였다고 한탄했다.

담배 연기는 4천 종 이상의 화학 물질을 남기며 그 대다수는 인체에 해로운 독성 물질이다. 적어도 43종은 암을 유발하는 것으로 알려졌다. 직접 흡연뿐만 아니라 간접흡연을 통해서 카드뮴(암 유발 금속 물질), 암모니아(화장실 세제), 벤젠(DDT 원료), 아세톤(강력한 용매), 포름알데히드(방부액), 일산화탄소(혈액의 산소 운반 방해) 등은 간접 흡연자에게 훨씬 더 유해한 상태로 흡입된다.

담배를 끊을 수 없거나 끊으려는 생각이 없는 사람들도 주변 사람들을 보호하기 위해 많은 일에 세심한 주의를 해야 한다. 아이들이 없는 경우에도 집안이나 자동차 안에서는 누구든지 절대로 담배를 피우게 해서는 안 된다.

담배를 피우려면 밖으로 나가서 피우거나 환기 장치가 분리되어 있는 작업실 또는 차고를 이용해야 한다. 흡연 구역과 비흡연 구역을 구분하는 것은 한 수영장을 둘로 나누어서 한쪽에는 염소 처리를 하고 다른 구역에는 염소 처리를 하지 않는 것과 같다고 한다. 담배연기는 흡연 구역에서 비흡연 구역으로 흘러가고 오염된 공기가 연결된 환기 장치를 통해 순환하기 때문이다.

그 중에서도 아마 가장 유해한 간접흡연은 흡연을 매혹적으로 보이도록 함으로써 청소년, 미흡연자를 흡연자로 유혹하는 환경과 분위기일 것이다.

(1999.)

새 신부님

우리 성당에 새 신부님이 오셨다. 금방 신품을 받은 신부님은 그야말로 신선하고 상큼해 보인다. 우선 웃는 모습이 즐겁고 큰 소리로 노래하는 모습이 멋있다. 예전의 들릴 듯 말 듯 하던 젠 성가 소리가 경쾌하고 우렁차게 변했다. 작고 예쁜 신부님은 항상 웃음과 유모가 넘쳐서 좋다. 우리는 모두 이런 유머를 기억하고 있을 것이다. 월요일에서 토요일까지는 마누라에게 욕먹고 일요일엔 교회에 가서 욕먹는다고, 그래서 스트레스 받지 않는 날이 없고, 그래서 우리는 일요일에도 술을 마신다고.

그러나 새 신부님은 아직 욕을 몰라서 좋다. 장엄한 미사 시간이 웃음바다로 변해서 우리는 즐거웠다. 신부님은 어디서 주워왔는지 이런 우스개 말도 들려주었다. '미국 사람 셋과 제주 사람 셋이 63빌딩 구경을 갔습니다. 창 밖을 보다가, 미국 사람 하나가 배트 맨 하고 외치면서 갑자기 창밖으로 뛰어내렸답니다. 다음 사람이 스파이더 맨 하고 외치며 뛰어 내리자, 마지막 사람이 마스크 맨 하며 뛰어내렸답니다. 그러자 제주도 사람이 뭐허맨 하고 뛰어내렸습니다. 다음 사람이 어디가맨하고 뛰어 내렸고 마지막 제주 사람이 뭐앤허맨 하고 뛰어내렸답니다.' 납같이 무거운 성당이 갑자기 웃음바다로 변했다.

지난주에는 화이트 데이라고 최저 생활비에도 못 미치는 박봉을 털어 막대 사탕을 한 아름 사다가 아이들에게 일일이 나누어주었다. 물론 성경말씀이 적힌 쪽지가 사탕마다 꽂혀 있었다.

신부님은 강론 시간마다 우리를 깜짝 놀라게 하는 무엇인가를 항상 숨겨 두고 있었다. 노트북 컴퓨터를 갖고 와서는 GOD의 '길'을 들려주며 함께 따라 부르게 한다. 어떤 때는 스크랩 북에 그림을 잔뜩 그려 와서 설명하기도 하고, 어떤 때는 신문지에 싼 축구공을 갖고 나오기도 했다. 그 축구공은 질투, 증오, 절망 등이 쓰여 진 신문지가 여러 겹 덮혀 있었고, 신부님은 한 꺼풀씩을 뜯어내면서 자유와 해방과 사랑과 화해를 노래했다.

죄 의식에 짓눌려 눈도 뜨지 못하고, 중죄인 마냥 지엄한 강론에 주눅이 들었던 옛날과는 분위기가 무척이나 달라졌다. 훌륭한 선생님을 곁에 둔 아이들은 항상 이번 시간에는 우리 선생님이 어떤 재미있는 자료를 들고 오실까 기다린다. 어떤 흥미진진한 얘기 보따리를 푸실까 궁금해 한다. 그 아이들처럼 우리도 궁금하다. 새 신부님은 다음 미사 시간에는 어떤 물건들을 숨겨 오실까, 어떤 얘기로 또 한 주일을 즐겁게 보내도록 웃겨 주실까 하고.

(2004.)

개명[犬命]을 따르라

"아까 그 개의 말을 따라야 했습니다."

"아니, 왜요?"

"산을 내려오면서 보니까, 그 개가 안내한 길로만 올라갔더라면, 20분은 단축할 수 있었는데, 우리가 어리석었습니다."

10여 명의 우리 일행은 선운사 마애불상을 찾아 산길을 걷고 있었다. 그런데 언제부턴가 너무도 이목이 수려하고 기품이 상서롭지 않은 백구가 우리를 앞서 걷고 있었다. 앞서다 우리가 가까이 가며 다시 앞서 가면서 계속 길을 안내하고 있었다. 가끔씩 늘어선 오른편 소나무에 영역 표시를 했다. 김 선생님이 견공들이 영역 표시를 할 때는 오른쪽 다리를 드느냐 왼쪽 다리도 드느냐 하면서 토론을 시작했다. 의견은 갈렸으나 어쨌든 이 친구는 오른쪽 다리만 들었다.

한참 후 세 갈래 길이 나왔다. 한쪽은 차량이 다니는 길, 한쪽은 사람이 다니는 길이라고 안내판이 적혀있었다. 그리고 또 옆 경사면에 작은 소로가 있었는데, 이 친구는 그 경사로로 올라가서는 자꾸 뒤를 돌아다 보면서 자기를 따르라고 꼬리를 흔들었다. 우리는 그 곳은 길이 아니라고 자꾸 불러세우자 그는 마지못해 내려왔다. 그리고 우리와 내외하며, 주변의 다른 개들과 어울렸고 우리는 안내판을 따라 산을 올랐다. 그

길은 계곡과 굽이진 산등성이를 지나 나무 사이를 헤쳐 가는 먼 길이었다. 차량이 사용하는 길은 곧게 뻗은 길이었다. 그런데 하산하다 보니 가장 가까운 지름길이 바로 견공이 안내하려도 애썼던 소로였다. 그 친구가 우리를 얼마나 어리석게 보았을까 생각하니, 자신이 몹시 부끄럽고 한심스러웠다. 아마도 몇 치 앞을 못 보는 중생들을 그 견공이 허허로이 포기해 버렸다는 생각에 뒷끝이 씁쓸했다.

선운사는 몇 차례 가본 적이 있으나 마애불상을 찾기는 이번이 처음이다. 사실 일주문에서 왕복 5, 6킬로미터는 족히 걸어야 하는 길이어서 시간과 인내가 필요했고, 항상 쉽게 포기했던 것이다. 처음으로 오른 도솔암은 역시 명산이요, 명산의 사찰이요, 명산의 불상이었다.

도솔암 마애불상은 칠송대라 불리우는 암벽에 양각되어 있는 미륵좌상으로 높이는 약 5m, 무릎 폭은 약 3m이며, 3단의 계단성 기단을 양각하고 그 위에 결가부좌한 불상이다. 평평하고 각진 얼굴에 다소 근엄하고 위압적인 표정이 이채롭다. 연화대 위에 좌정한 모습에 배꼽에는 커다란 두 손을 가지런히 앞에 모으고, 어깨에서부터 흘러내린 옷자락은 밋밋한 가슴을 지나 치마에서 매듭을 마무리 하였다.

선운사는 도솔천의 현시로 창건된 사찰이며, 도솔천은 미륵불과 불과분의 관계에 있다. 미륵사상의 근간은, 56억 7천만년 후 최후에 미륵이 현세에 내려와 다가오는 세계를 구원한다는 것이다.

이 지음 야릇한 생각이 들었다. 그 견공은 어떤 미륵으로 우리를 고통과 헛수고에서 우리를 구원하기 위해 온 것이 아니었을까? 그가 보기에 우리는 얼마나 어리석은 중생으로 보였을까 하고 말이다.

(2011.)

가장 아름다운 기도

캐나다의 오타와에서 몇 주간 머물면서 그 곳 성당에 나갔다. 유서 깊고 웅장한 고딕식 성당의 위용은 모든 이를 압도했다. 일요일마다 미사에 참석했는데, 신자수가 너무도 적어서 많은 일요일이라야 4, 50명이 고작이었다. 미사 중에는 화려하게 설치된 하프 오르간도 성가 소리도 들리지 않았다. 어느 날은 영성체 예식 중 갑자기 우렁차고 아름다운 성가 소리가 들렸다. 앞에 앉아 있던 한 할아버지가 혼자서 무반주로 부르는 성가였다. 참으로 쓸쓸하고 외롭게 느껴졌다.

다른 시간대의 가장 큰 주일미사에도 참여했다. 사람 수가 비슷했다. 그런데 성가대가 있었다. 성가대원은 거의가 동양인이었다. 나중에 미사가 끝난 후에 캐나다 신부님은 성당 밖으로 나와 일일이 인사를 나누면서 나에게 한국의 가톨릭 신앙과 부지런하고 열성적인 한국 신자들을 크게 칭찬했다. 이 곳에서 가장 열심인 신자들은 모두 한국인이라고 했다. 알고 보니 대부분의 성가대원들도 한국 신자들이었다.

한국 신자들은 또한 매주 주일미사가 끝나면 자하실에서 2차 모임을 하고 있었다. 음식 준비는 가족들이 순번으로 돌아가면서 한다고 했고 서로 둥그렇게 앉아서 노래도 하고 정보도 나누고 우정도 나누었다. 이 날도 김밥도 등장했고 김치도 나왔다.

요즘 외국에서 온 가톨릭 관계자들은 한결같이 한국을 부러워한다. 한국의 불타며 솟아오르는 신앙의 기둥을 부러워하고 있는 것이다. 화려한 역사와 전통에 빛나는 유럽이나 미대륙 등 선진국에서의 신앙의 불길이 시들고 있는데 비하여, 동방의 작은 나라 한국에서는 교세의 확산 불길이 꺼질 줄 모르고 계속 치솟고 있기 때문이다.

뉴욕에 가면 백년 성당이 있다. 아직도 짓고 있는 이 성당에 가면 성체조배를 하려고 해도 1달러씩 입장료를 요구한다. 유서 깊은 구미와 유럽의 성당과 교회 유적지들이 오직 돈벌이를 위한 관광지로만 전락하고 있음은 참으로 서글픈 일이다. 이런 현상은 마치 한국과 동양의 사찰에서도 비슷한 모습을 관찰할 수 있다.

미사(라틴어 Missa, 영어 Mass)는 원시 교회에서는 '빵 나눔', 2~3세기에는 '감사기도, 감사', 4세기에는 '제사, 봉헌, 성무, 집회', 등으로 불려왔다. 5세기 이후부터는 그리스도의 십자가상 제사를 재현하며 최후 만찬 형식으로 그리스도 친히 당신 교회 안에 물려준 가톨릭교회의 유일한 만찬 제사를 지칭하는 말로 사용되고 있다.

라틴어 Missa는 원래 '떠나보내다, 파견하다'라는 말로써 미사 성제에 참여하여 하느님의 말씀을 듣고 무한한 구원의 은총에 감싸여 있으므로, 이제 하느님의 진리의 말씀과 구원의 희소식을 모든 사람들에게 전파하기 위하여 파견한다는 의미도 지니고 있다.

우리 성당도 요즘 평일 미사에 참여하는 신자수가 부쩍 줄어들었다고 한다. 어떤 분들은 전에 그렇게 열심히 다니던 친구들은 거품 신자들인데 이제 거품이 빠졌으니 진짜 신자들만 남았다고 농담한다. 타당한 평가인지는 우리 모두 반성해 보아야 할 일이다. 또한 5년 전이나 지금이나 미사에 참례하는 신자수가 비슷한 것 같다. 수 없이 많은 사람들이 해마다 세례를 받고 있지만 숫자가 변하지 않는 이유는 어디에 있을까? 아마도 쉬는 교우 숫자와 새롭게 세례 받는 숫자가 계속 비례하고 있는 게 아닐까 하는 생각이 든다. 거두려고만 해서는 안 된다. 거둔 것을 잘 가꾸고 더 튼튼하게 키우는 일에 오히려 힘써야 해야 안을는지.

미사는 가장 아름다운 최고의 기도다. 우리는 미사를 통해서 조물주인 하느님께 생명과 구원의 무한한 은혜에 감사하고, 우리의 잘못과 죄에 대해서 용서를 청하고 속죄해야 한다. 인간으로서 행복하고 생의 의미를 찾아 살아가는데 필요한 은혜를 구하게 된다.

미사에 참석한 우리의 태도도 한번 되돌아보아야 한다. 성가는 고양된 기도의 한 형태다. 노래방에서는 목이 터져라고 노래를 부르면서 성가시간에는 침묵으로 일관한다면 이는 미사 성제를 부끄럽게 하는 일이 될 것이다. 미시에 참여하려면 단정한 몸과 마음을 지녀야 하며 합당한 준비도 해야 한다. 성서, 성가책, 기도서, 예물, 미사포 등이 기본적인 자료가 될 수 있을 것이다. 또한 미사에 늦는다든가 미사가 끝나기도 전에 일찍 뜨는 일은 절대로 없어야 할 것이다.

새해에는 우리 '빛과 별 성당'에 언제나 사람들이 가득가득 넘치고, 힘차고 아름다운 찬양의 노래가 멈추지 않는 한 해가 되기를 기원해 본다.

(1997.)

생명이 있으면 희망도 있다

다불유시(多不有時)

버스에서 내리자 눈발이 세차게 몰아치고 있었다. 목적지까지는 도보로 10분 거리지만 진눈개비가 발길을 붙들었다. 빈 택시가 몇 대 지나갔으나 아직 결정을 못하고 있었다. 그러다 다가오는 택시를 세워 탔다. 그 순간 몇 걸음 앞에 서 있던 한 여자가 무엇이라고 높 낮게 얘기했다. 택시는 출발했고 기사님은 요즘 시국과 날씨를 사설했다. 나는 아무래도 궁금했다. 분명히 그 여자가 무슨 말을 했는데 무슨 말을 한 것일까?

잠시 후 그 말을 생각해 냈다. "택시 제가 잡았는데요."였다. 갑자기 자신이 부끄러워졌다. 그 말을 알아들었다면 아마 양보했을 것이다. 어수선한 날씨에 세상에 아직 많이 열리지 않은 귀가 나의 잘못이었다. 기사님도 그녀를 위해서 차를 세웠다는 얘기를 하지 않았지만, 가슴 한 구석엔 가책이 지금도 남아있다. 나는 항상 모든 일에 굼뜨게 반응하며 '느림의 미학'에 편향적으로 살아왔다. '빨리 보다는 천천히 그러나 바르게'가 나의 기준이다.

나는 잠시 '내일의 덫'에 걸려 넘어졌었다. 승진과 축재를 위하여 밤낮없이 오직 야망과 성취욕에 사로잡혀 오늘을 사는 사람, 미래만을 위해 목적을 달성하느라 바쁜 사람들이 쫓는 신기루가 '내일의 덫'이다.

'내일의 덫' 이야기를 하나 덧붙이자. 45세인 발레리 영은 어머니의 죽음이 생활태도를 변화시킨 계기가 되었다. 많은 꿈과 취미를 훗날로 미루고 사시던 어머니가 은퇴를 5개월 앞두고 심장마비로 세상을 떠났다. 그녀는 '미래의 꿈이 반드시 실현되는 것은 아니다.'라는 사실을 깨닫게 되었다. 어느 날 그녀는 아버지를 점심에 초대했다. 딸이 항상 바쁘다는 사실을 알고 있는 아버지는 "네가 할 일이 없는 날 전화하렴."하고 말했다. 그녀는 "아버지, 제가 '오늘은 할 일이 없다'라는 날은 오지 않을 것입니다."라고 말하고 아버지와의 좋은 시간을 가졌다. 뜻하는 일을 지금 하지 않으면, 시간은 항상 후회라는 말과 어울려 다닌다.

우리나라에서 수도한 한 미국인 스님은 미국에 있는 그의 사찰 작은 건물에 多不有時(다불유시)라고 적어 놓았다. 절에서 볼 수 있는 휴급소(休急所)와 해우소(解優所)에 해당된다. 휴급소와 해우소는 경봉스님이 법문을 듣기 위해 찾아오는 많은 중생들에게 '급한 작은 일을 쉬게 하고, 큰 근심을 버리게 할 량'으로 나무 조각에 써서 화장실에 직접 붙였다고 한다.

多不有時를 처음 사용한 사람에 대한 의견이 분분하나, 영어의 WC를 우리말로 읽어 사자성어로 표현한 것이다. 多不有時는 '많지는 않으나 시간은 있다, 또는 시간은 있으나 많지 않다'로 해석해 생각할 수 있다. 우리는 이 세상에 오는 순간부터 이미 시간이 많지 않았고, 이 세상에서 가는 순서와 시간은 아무도 알 수 없다. 병술년 새 해는 우리 모두가 선후와 완급을 분별하여 더욱 지혜롭게 살 수 있는 한 해가 되었으면 좋겠다.

(2008.)

무국과 미역국

"국 냄비가 어째서 오늘은 두 개나 있지?"

"하나는 제가 먹을 것이고요, 하나는 오빠 생일국이에요. 아빠는 아무거나 드세요."

늦게 저녁거리를 찾다 보니 국이 두 곳에 끓여 있었다. 한 냄비에는 무국이 또 한 하나에는 미역국이 있었다. 오늘은 미역국이 메뉴였는데 딸애가 기말고사를 본다고 하니까 무국을 다시 끓인 것이다.

문득 '아버지'라는 소설에 아이의 행운을 위해 계단을 내려올 때도 네 번 째와 열세번 째 계단은 밟지 않고 건너뛰는 장면이 떠오른다. 아무리 사소한 일에도 정성을 쏟고, 불운을 피하고, 길운을 기원하는 일상적인 부모의 마음을 요즘 아이들은 헤아리는지 모르겠다.

예전에 동화사 사찰에 들른 적이 있었다. 절 입구부터 수능 합격기원 100일 기도 현수막이 여러 군데 붙여 있었고, 엄청난 규모의 불전에는 족히 일천 명은 됨직한 신도들이 평일 한 낮 기원법회에 참석하고 있었다. 스님의 낭랑한 목소리와 목탁 소리는 마이크를 타고 산 전체를 휘감고 있었고, 일 천 명이 함께 배를 올릴 때마다 처마 끝이 조금 떨리는 듯 했다.

철학인이 많고 철학관이 가장 성업 중인 나라중의 하나는 아마도 우리 나라일 것이다. 특히 이 절기엔 전국의 모든 철학관이 항상 성업이라고 한다. 아이를 어느 학교에 넣어야 합격할 수 있을까? 용한 철학인으로부터 점지를 받아도 안심되지 않는다. 다시 제2, 제3의 현인으로부터 확인을 받아야 원서를 넣는다고 하니 문전성시를 이룰 수밖에 없을 것이다.

우리나라에 이런 대학이 있다고 한다. '우리끼리 똘똘 뭉쳐 과외비를 월 40만 원 이하는 받지도 말자.'고 주장하는 대학, 학생 10명 중 7명은 수업시간외에 하루 평균 2시간도 공부하지 않으면서 '간판' 혜택을 가장 많이 받는 대학, 학생 10명중 9명은 대학교육이 취업에 도움이 되지 않았다며 학업 소홀의 책임을 학교 탓으로 돌리는 대학, 67만 명의 수험생과 학부모들이 여의도의 1.4배인 이 캠퍼스에 진입하기 위해서 천문학적인 과외비를 쏟고 있는 대학. 그러나 31%의 재학생은 '외국대학을 선택하는 편이 나았다.'라고 응답하는 대학, 미국의 중하위 주립대 수준의 대학, 학부의 29% 석사과정의 39% 박사과정의 41%의 학생이 진학을 후회하는 대학. 이것이 현재 학벌 사회라는 거대한 피라미드의 최상단부에 자리잡은 이 대학의 현주소다(우득정 자료에서 인용. 2002. 10월).

입시의 계절이 왔다. 학생도 학부모도 불안한 교차로에서 진행 방향을 정하지 못하고 있다. 그러나 신호는 곧 바뀔 것이고 어디론가 가야한다. 이 때 교통경찰이라도 있어 갈 길을 정해주면 좋으련만, 아니 옆에 갈 곳을 예기해 주는 친구가 있으면 더 좋으련만.

우리는 거대한 개미군단이 되고 싶지는 않다. 그냥 개미떼를 따라 올라가다가 함께 추락해서는 안 되기 때문이다. 이 겨울이 따뜻하고 의미 있는 계절로 남기 위해서 우리는 그 무엇과 그 어떤 사람이 필요하다. 무국과 미역국을 계속 끓여야 하는 어머니들의 정성이 헛되지 않기 위해서도.

(1998.)

당신의 공간

"신문 좀 봐도 될까요?"

"예, 그러시지요."

비행기에서 옆에 앉은 여자 손님이 내가 들고 온 신문을 먼저 보고 싶다고 청했다. 물론 이 신문은 비행기를 타면 탑승구에서 무료로 제공하는 신문이다. 아마 이 분은 신문을 안 들고 온 모양이고, 내가 아직 신문을 펴고 있지 않으니 먼저 빌려 볼 수 있는 일이다.

신문 양면을 넓게 펴서 넉넉한 공간을 확보하곤 오른 손이 내 의자의 반은 족히 침범하면서 읽기 시작했다. 얼굴 앞을 가리는 신문이 조금은 불편했지만 그냥 참고 있었다. 2,30분간 신문을 다 읽고는 아무 말 없이 자기 의자 사물칸에 쑤셔 넣고 만다. 잘 봤다는 말과 함께 돌려주면 얼마나 좋을까 하는 생각이 들었다.

이 세상에는 우리가 더불어 살아가면서 지키고 소유하고 양보해야 하는 예의와 공간이 있다. 얼마전 지하철에서 예절에 대한 방영물을 본적이 있다. 일본 사람들이 독서를 많이 하고 그 표면적 증거로써 지하철 독서를 예로 많이 든다.

요즘 우리나라 사람들도 지하철에서 독서하는 모습을 많이 볼 수 있다. 그러나 아직도 신문을 양면으로 넓게 펴서 읽는 사람들이 있다. 그 경우 당연히 옆에 앉은 사람의 물리적 공간을 침범하게 된다. 그러나 그 타인의 공간 사용에 대해서 가책을 느끼는 사람은 별로 없어 보인다. 일본 사람들은 모두가 신문을 자기 어깨 너비 안으로 들어오도록 접어서 읽고 있었다. 나도 그 방송을 본 후에는 소시민적으로 보여질런지 모르지만 언제나 다른 사람의 공간을 침범하지 않으려고 애쓴다.

얼마 전에 업무차 캐나다에 다녀올 일이 있었다. 학교도 몇 군데 방문했다. 그런데 초·중등 어느 학교를 막론하고 너무도 조용하다는 데 놀랐다. 쉬는 시간도 수업시간처럼 조용했다. 워낙 많은 인종의 사람들이 다국적으로 생활하기 때문에 우리들의 방문에 학생들은 전혀 관심을 보이지 않았다. 물론 우리와는 문화의 차가 있어서 복도에서 남녀 학생들이 서로 부둥켜안고 입 맞추고 있는 모습들이 우리에게 익숙하지는 않았다. 그러나 교사를 포함해서 누구도 이를 불경스럽게 여기거나 생활지도면에서 지도하고 있지 않았다.

모두가 무엇에 취해 있는 듯이 조금은 느린 동작으로 천천히 말하고 천천히 움직이고 있었다. 우리처럼 수업 끝 '땡'하는 소리가 나면 복도로 뛰쳐나와 마치 구속에서의 해방을 외치는 학생들의 모습은 전혀 목격할 수 없었다. 쉬는 시간에 다음 수업 교실로 찾아 가는 학생들로 복도와 현관은 발 디딜 틈이 없을 정도였지만 서로가 개인적 절대 공간을 존중하면서 소곤거리며 이동하고 있었다. 일본처럼 캐나다에서도 다른 사람에게 피해를 주지 않고 살아야 하는 것이 어려서부터 배우고 익혀야 하는 첫 번째 예절이라고 했다.

우리는 보이지 않고 금이 그어있지 않더라도 서로의 물리적 공간을 확보해줘야 하고 서로 존중해 주어야 한다. 지금은 수돗물 값이 공짜인 캐나다를 제외한 거의 모든 나라에서는 물을 사서 쓰고 있다. 머지않아 공기 값을 받는 나라도 생길 것이다. 금연지역을 정하는 것이 서로의 소유를 존중하는 가치이듯, 상대방의 물과 공기와 공간, 그 것은 서로가 꼭 지켜줘야 할 최소한의 재화일 것이다.

(2011.)

기억과 추억

"선생님 촬영 전에 화장을 좀 하겠습니다."

"무슨 화장을 합니까? 전 화장을 해본 적이 없는데요."

"그럼 눈썹만 조금 그리겠습니다. 요즘 눈썹 문신도 간단히 합니다."

눈썹을 그리고 졸업앨범 촬영을 마쳤다. 전에는 그냥 머리나 한 벗쓱 빗고 찍었었는데, 얼굴을 손 봐 준다니 기분이 좋았다. 그러나 바탕이 시원치 않으니, 젊고 멋진 얼굴로 변신할리는 없다. 나는 평소 사진이란 다른 사람과 자신을 구별할 수만 있으면 좋은 사진이라는 생각을 갖고 있었다. 또 사진을 자주 찍지도 않는다. 인디언의 생각처럼 사진을 찍으면 영혼도 함께 빠져나간다는 생각 때문인지 모르겠다.

전에 이런 농담을 자주 했었다. 명화는 사진 한 장 못하고, 명곡도 계곡의 물소리, 댓잎 스치는 한 줄기 바람소리 보다 못하다고, 어쨌든 이런 괴변은 한참 욕먹을 말이고, 그냥 스쳐가는 헛소리일 뿐이다.

몇 년 전 오케스트라 공연을 마치고, 단체 사진을 크게 뽑아서 모든 학생들에게 나눠준 적이 있었다. 그런데 어떤 선생님은 크게 반대했다. 홈페이지에 올리면 다운 받아 쓰던지, 보고 싶을 때 보면 될 것이지 괜한 낭비라는 것이었다. 나는 디지털 시대에 사는 아날로그 인간인 것 같았다.

한때 전국의 많은 학교에서 종이 앨범을 없앤 적이 있었다. 사진을 디지털화해서 CD에 넣어 배부했다. 값이 워낙 저렴했다. 군이 사진관과 계약할 필요도 없었다. 사진을 잘 다루는 선생님이 계시면 사진들을 컴퓨터로 편집해서 만들면 되기 때문이었다. 그런데 그 시절은 몇 년 가지 못하고 다시 종이 앨범으로 회귀했다.

요즘 많은 사람들이 디지털 사진기나 스마트 폰으로 사진을 찍는다. 그런데 대부분 찍고 저장하는데서 끝나고 있다. 기억거리는 많이 생산하지만, 추억이 남아 있지 않는 이유가 그런 것 같다. 사진은 인화의 과정을 거쳐야 생명을 얻게 되는게 아닌가 하는 생각이 든다.

나는 영화를 봐도 다큐멘터리를 선호하고, SF나 불럭버스터에는 마음이 끌리지 않는다. 몇 년 전엔 아바타를 보지 않았다고 핀잔을 받기도 했다. 그 분의 말은 우리나라에서 천만 명이 이 영화를 봤는데, 아직 안 봤다니 너무 한심스럽다는 것이었다. 천번만번 맞는 말이었다. 마음 속으론 아직도 5천만 명 이상이 그 영화를 보지 않았으니, 나는 좀 느린 5천만 명에 속하고 싶다고 말하고 있었다. 그 후 텔레비전에서 그 영화를 본적이 있는데 스토리가 어떻게 되는지, 무엇이 감명적이었는지에 대한 기억이 없다. 물론 웅장한 화면에서 뿜어내는 3차원 영상과 음악과 효과를 사람들은 기억하고 있을런지 모른다.

해마다 앨범이 쌓인다. 그러나 앨범을 보면 항상 마을이 우울해 진다. 왜냐하면 많은 앨범 중에 빈 앨범이 있기 때문이다. 나는 초등학교 졸업 앨범이 없다. 그 시절 앨범이라야 단체 사진, 학급 사진 몇 장이 실려 있던 시절이었다. 그 시절 우리집은 앨범 살 형편이 되지 못했다. 그래선지 허전한 마음으로 교문을 나서면서, 그 시절의 기억도 함께 지워버린 것 같다.

(2006.)

가격파괴로 포장된 과소비

얼마 전에 소위 가격파괴 마트에서 배추를 샀다. 한 포기에 백 원씩 했고 천원어치를 사니 도저히 들고 나올 수 없었다. 물류센터의 난립에 대한 시장 경제의 파괴와 과소비에 대한 우려의 소리가 많이 들리고 있다.

최근에 이탈리아의 일간지인 'Il Gionale' 외신부장은 한국을 방문한 후 쓴 기사에서 한국인들은 마치 60년대에 끝없는 소비 도취에 빠졌던 이탈리아 사람과 흡사하다고 보도했다. 당시 이탈리아는 피아트 자동차와 말보로 담배, 그리고 여성들의 첨단 유행 의상이 붐을 이루었는데 한국의 바로 그런 세태에 빠져있다는 것이다.

미국에 온 사람들은 주말마다 우편함에 쌓이는 온갖 생필품의 판촉용 할인 쿠폰을 보고 놀랐다. 그들은 이 쿠폰을 일일이 챙겨서 10가지 정도의 물건을 살 때 1달러 정도의 할인을 받는다. 또 하나 재미있는 일은 소량 구매다. 사과 한 개, 포도 한 송이, 계란 한 개, 참외 반쪽 등을 구입한다. 반면에 우리는 한꺼번에 많이 사면 싸다는 고정 관념에 사로잡혀 있다. 사과가 아무리 싸다고 하더라도 궤짝으로 들여 놓으면 그 것을 소비하는 동안에 대부분 신선도가 가신 맛없는 사과를 먹고 또 변해서 버리게 된다.

호주 사람들에게는 '차고 세일(garage sale)'이라는 것이 있다. 이사 갈 때나 주말 등에 자기 집 앞에 쓰던 물건을 진열해 놓고 파는 것이다.

우리가 볼 때 거의 쓰레기 수준의 저런 구닥다리 물건도 내다 파나 하는 생각이 들기도 하지만 그들은 중고 물건을 구입하는 것이 조금도 자존심이 상하거나 체면을 손상시키는 일이 아니다.

캐나다에서는 지난 애틀랜타 올림픽에서 단거리 3관광을 격려하기 위해서 연방정부 수상이 도노반 베일리를 오찬에 초대했는데 샌드위치 한 조각이 전부였다. 또한 교사가 정규수업 외에 학교 공간을 사용하더라도 전기료 등을 내야 한다. 이런 과정을 통해서 불필요한 소비가 최대한 억제되는 것이다.

이스라엘 사람들의 검소한 생활은 정평이 나있다. 외식을 거의 하지 않으며 호사스런 식당 자체가 없다. 그들의 자동차는 거의가 10년 이상 된 것들이고 20년 이상 된 차들도 즐비하다.

열 번 돌아보지 않고는 구매하지 않는다는 독일인들은 어떨까? 검소함이 가장 극명하게 드러나는 부분이 결혼식이다. 독일의 결혼식은 두 번에 걸쳐서 이루어진다. 첫 번째 결혼식은 법적인 결혼식으로 나란히 혼인 신고를 하면서 서류에 서명하는 것으로 끝난다. 단 한 푼의 돈도 들지 않는다. 두 번째 결혼식은 교회에서 여러 사람들 앞에서 결혼 사실을 알리는 것이다. 피로연은 생각할 필요도 없다. 음식은 물론 음료수 한 잔도 준비하지 않는다. 예외적으로 음료수 한 잔 제공되는데 이 경우 소위 초호화 결혼식이 되는 셈이다.

소득은 2만 불이지만 소비는 3만 불 시대에 살고 있는 우리의 과소비를 없애기 위해서는 우리의 의식이 얼마나 크게 변화되어야 하는지를 느끼게 할 것이다. 그리고 이 절약문화의 패턴은 우선 주부의 손에서부터 이루어져야 한다는 것도 금세 느낄 수 있을 것이다.

(2006.)

대화(對話)가 말을 잃다

지하철 안이다. 사람들은 많은데, 너무 고요하다. 앞쪽, 열 사람이 앉아 있다. 그 중 아홉은 스마트 폰에 푹 빠져있고, 노인 한 분은 자고 있다. 젊은 커플은 기대서서 가끔씩 서로 미소를 나누며, 스마트폰 데이트를 하고 있다. 옆에 있어도 소통은 말로 하지 않는다. 시골 장터 같던 지하철이 갑자기 침묵의 대기실로 변해 버린 것이다.

이십여 년 전 리더스 다이제스트의 기사가 기억난다. 미국 대학병원의 한 의사는 휴일 또는 먼 외출을 했을 때 돌보는 환자의 긴급 상황으로 낭패를 볼 때가 많았다. 그는 휴대용 전화기 발명에 매달렸다. 몇 년 후 그는 가족과 소풍 갈 때는 한 짐이나 되는 고성능 무선기 수준의 휴대 전화기를 지고 갈 수 있게 되었고, 마침 응급 환자가 발생하여 빠른 귀대로 환자를 돌볼 수 있었다.

휴대 통신기는 삐삐에서 시작하여, 군용 무전기 수준의 휴대폰, 손안에 쏘옥 들어가는 핸드폰에서 스마트폰으로 변화를 계속하고 있다. 특히 스마트 폰은 고화질의 카메라, 동영상 촬영과 각종 어플리케이션, 정보 구독성으로 편리함이 이루 말할 수 없다.

스마트폰은 컴퓨터 기능을 가진 휴대폰이다. 청소년들은 거의 하루 종일 휴대폰을 손에서 놓지 않는다. 스마트폰은 청소년들에게 그야말로 가지고 놀기 좋은 IT기기가 아닐 수 없다. 경기도교육청이 최근 도내 초등학교 3학년부터 고등학생까지 145만여 명을 대상으로 스마트폰 이용 습관을 조사한 결과 66%가 스마트폰을 갖고 있었다. 이 가운데 45%가 하루 평균 1~3시간 스마트폰을 사용했다. 하루 5시간 이상 스마트폰을 사용한다는 학생도 10%나 됐다.

보도에 의하면 어느 대학교수인 아버지가 모바일게임에 빠진 아들의 스마트폰을 부숴버렸더니 중학생 아들은 이틀간 학교를 결석했다. 스마트폰을 다시 사주겠다고 약속한 뒤에야 아버지는 아들을 학교에 보낼 수 있었다. 학부모 중에는 자녀가 카카오톡 때문에 공부를 못한다고 토로하는 사람들이 많다. 아이들이 주고받는 문자가 많으면 1,000건이라고 했다. 문자는 수업 중에도 날아오고 자정에도 날아온다.

전화와 핸드폰, 그 편리성과 신속성이 우리에게서 뺏어 간 것은 편지쓰기였다. 이제 스마트 폰은 카카오 톡으로 인하여 우리에게서 대화마저 가져가 버리고 있다. 전기 없는 날, 자동차 없는 날처럼 한 달에 한번쯤, 아니 일 년에 한 번이라도, 원시로 돌아가서 미디어 없는 생활을 해 보는 것은 어떨까. 한 십리는 걸어서 말 심부름도 하고, 궁금한 알거리는 도서관에서 뒤져 읽어 보고, 또 할아버지에게서 귀신 이야기와 마을의 전설도 직접 들어보는 것은 어떨까.

이제 스마트폰은 인간사회를 통제하는 절대 권력의 리바이어던이 되어 버렸다. 스마트폰이 똑똑하게 진화할수록 우리는 뒤로만 물러설 수밖에 없다. '생각하는 대로 살지 않으면 사는 대로 생각하게 된다'는 폴 발레리의 말대로 세상이 돌아가고 있어선지, 이 가을이 무척 쓸쓸하다.

(2010.)

요즘 아버지

"연금저축 5만원이에요. 갖다내세요."

집 사람이 돈을 건네면서 하는 말이다.

"자동이체를 하지 어떻게 매달 갖다내요?"

얼마 전 연금저축을 들었다. 설명에 의하면 연말에 세금도 공제해주고 이율도 괜찮다니 사무실을 자주 찾는 지인에게 부탁했다. 집사람은 시큰둥하며 매달 현금으로 주겠다는 것이다. 자동이체를 하면 편할 텐데 10년 간 매달 5만 원씩을 주겠다니 얼마나 번거로운 일이 되는지 모르겠다.

나는 고민에 빠졌다. 이것은 일종의 경제적 예속이란 생각과 함께 얼마 전 읽은 일간지 기사가 생각났다.

최근 동창모임에 다녀온 주부 박 아무개 씨는 모임에서 친구들로부터 웃기는 이야기를 실컷 들었다.

"나이 먹은 여자한테 꼭 필요한 네 가지가 뭔지 아니? 첫째가 건강, 둘째가 돈, 셋째가 친구, 넷째가 딸이란다."

"그럼 가장 필요 없는 것 한 가지는? 바로 남편! 귀찮기만 하지 쓸데가 없잖아."

"맞아. 그래서 요즘 안 쓰는 물건 내 놓으라고 하면 늙은 남편 내놓는

단다."

폭소가 터지면서 이야기가 계속되었다. 요즘 남자들이 가장 무서워하는 건 아내가 해외여행 가자는 것과 이사 가자는 것이란다.

"그래서 요즘 남편들, 이사 갈 때 따라가려면 강아지라도 안고 있어야 한다잖니."

사실 요즘 우리 사회, 우리 가정을 이끌고 있는 것은 어머니라고 할 수 있다. 가정의 경제권은 특히 제주도는 전통적으로 여자의 소유였다. 자녀 교육권, 집안 운영권도 부인의 뜻에 따라 좌우된다.

작년 내가 근무하던 남자학교에서 학부모회의를 했다. 100여 명의 학부모가 참가했는데 남자는 딱 세 분이었다. 명칭을 학부모회보다는 어머니회라고 부르는 게 오히려 현실적이었다. 이제 자녀의 교육권은 확실히 어머니에게 이양되었다. 경제력은 있어도 경제권이 없고 자녀교육에 발언권을 상실한 것이 현대의 아버지라는 것이다. 또한 어머니와 아이들은 똘똘 뭉쳐 즐겁게 살아가지만, 아버지는 정서적으로 소외되어 사회와 가족의 외톨이로 전락하고 있다고 사회는 느끼고 있다.

두란노아버지학교에 의하면, 아버지의 존경과 권위를 다시 찾으려면 아버지는 경제권을 찾아야 하고, 자녀를 돌보는 일 중 하나를 맡아야 하며, 스트레스를 집으로 가져오지 말아야 한다고 한다. 아내는 자녀 앞에서 남편 험담을 하지 말고, 아이 생일 선물 사기 등 생각나는 지출은 남편에게 맡겨야 한다. 자녀는 아버지께 자주 전화하고 문자를 보내고, 아버지에게 "그때 어떻게 하셨어요?"하고 자주 조언을 구하라고 한다.

서로의 노력으로, 고개 숙인 아버지 보다 힘 있는 어깨에 가슴 활짝 편 아버지가 있어야 좋은 세상이 아닐까?

(2004.)

산물을 추억하며

"아휴, 고 선생님 그게 뭐예요?"

"예, 저희 집 밀감인데, 선생님들과 함께 들려고요."

키가 크고 얼굴과 마음이 따뜻한 정은이 선생님이 밀감 콘테이너를 동료 선생님과 들고 계단을 오르고 있었다. 화장기 없는 갸름한 얼굴이 노란 밀감처럼 예쁘고 탐스럽다.

요즘은 거의 매일 서귀포에 사시는 선생님들이 밀감을 가져온다. 아이들과 메마른 초겨울을 한 시간 씨름하다 10분 쉬는 시간에 까먹는 밀감 맛이 일품이다. 첫맛은 시원하고, 둘째 맛은 달콤 시큼하다. 나도 이젠 제법 밀감 골라 먹는 법에 익숙하고 세련됐다. 작고 둥글고 통통하고 단단한 것을 고른다.

나의 밀감에 대한 추억은 깊고 달콤하다. 청명한 가을 초등학교 운동회 때 할머니가 사 주셨던 밀감인 산물 생각이 난다. 시고 물 많고 또 반은 씨로 가득찬 이상한 감귤이었으나, 그 시절엔 밀감하면 으레 산물을 일컬었다. 또 탱자도 생각난다. 동네 과수원 울타리로 심어 놓은 가시나무 열매가 탱자다. 서너 곳에 가시 찔리고 겨우 따낸 탱자는 빛깔이 너무 곱고, 촉감은 더없이 부드러웠다. 예쁘고 완벽한 원형의 열매는 맛도 기가 막힐 것 같아 보였다. 그러나 맛보면, 입에 댈 수가 없을 만큼

시고 쓰다. 결국 탱자는 미니 축구공의 역할로 만족해야 했다. 그런대로 귀히 먹을 수 있는 것은 병귤이었다. 꼭지 모양이 병처럼 생겨서 이런 이름을 갖게 되었는지 모르겠다. 씨가 많지만 새콤하고 향이 짙다

밀감에 대한 가장 달콤한 기억은 최정숙 선생님(전 교육감) 댁에서였다. 저희 집과 나를 특별한 애정으로 보살펴 주시던 선생님 댁은 몸이 아프거나 하찮은 일에도 자주 들리는 곳이었다. 연초에 세배를 가면 선생님은 항상 아이들에게 귤을 한 알씩 주었다. 그 귤은 특별했다. 주먹보다 작고 황금색으로 반들거렸다. 말랑거리는 감촉은 너무도 좋았다. 먹는 게 아까워 한참을 주머니에 넣고 다녔다. 아무도 없는 곳에서 껍질을 벗기고 냄새를 맡으며 한 갑씩 음미했다. 입 안 가득 사르르 터져 녹아 흐르는 육질의 그 맛은 가히 천상적이었다. 당유자나 하귤에 매혹되었던 나에게 이 밀감은 참으로 놀라운 경험이었다. 선생님은 일본에 사시는 친구 분이 선물로 보내온 것이라고 했다. 껍질도 버리지 않았다. 약간 달고 자극적인 껍질은 뒷맛이 특히 좋았다. 나중에 알고 보니 이것이 온주 밀감이었다.

밀감은 제주사람들의 희망과 사랑과 때로는 좌절로 우리와 함께 많은 세월을 함께 해오고 있다. 한 때 제주 사람들에게는 유일한 부를 안겨주었던 생업이 밀감 재배였다. 대부분의 사람들에게 많은 재산과 윤택한 생활을 안겨주었다. 그러나 감귤을 싣고 가던 화물선인 남영호의 침몰은 많은 가정에 엄청난 불행을 가져다주었다.

처가댁에 들어서면 30,40년 생 밀감 나무들이 아직도 그 질긴 생명력을 자랑한다. 어르신 말에 의하면 그 몇몇 나무가 여섯 자녀의 학비를 다 대 주었다고 하니, 바로 이들이 대학나무라는 것을 실감한다. 다시 한 번 존경의 눈으로 쳐다 보지 않을 수 없다. 그러나 세월의 풍상과

더불어 쇄락을 거듭하더니 이제 몇 그루 남지 않았다. 그러나 그 고고한 기풍에 경외심을 떨칠 수 없다. 처가댁 인근에 살면서 보낸 그 몇 번의 겨울 동안 나도 밀감 따는 일을 거들곤 했다. 밀감을 가지에서 절단한 후 다시 꼭지 끝을 자르면 된다. 어떻든 밀감 한 알을 결실하는 데 최소한 두 번의 수고가 있어야 한다. 손에 남겨진 결실의 뿌듯함, 바로 이 맛이 행복이다.

최근 우리나라에서 가장 많이 소비되는 과일은 단연 밀감이다. 이 황금 작물이 수렁의 늪을 아직 빠져 나오지 못한 것이 애처롭다. 행정기관에서는 오히려 폐원을 권장하고, 적과를 의무화하고, 대체 작물을 탐색하는 등 슬픈 여정을 걷고 있다. 특히 밀감이 주 소득원인 산남 지역의 경제적 고통은 이루 말할 수 없다.

학교 사정도 여의치 않다. 3분의 1의 학생은 납부금을 제 때에 못 내고 있으며, 보충학습비 하물며 급식비도 못 내서 소위 급식도 신용거래다.

보도에 의하면 최근 7년 만에 가장 좋은 밀감가격이 형성되고 있다고 한다. 참으로 반가운 소식이다. 좋은 가격을 형성하기 위해서는 적정한 공급뿐만 아니라 맛 좋은 밀감을 생산하는 것이 중요할 것이다. 맛 좋은 밀감은 농부의 정성은 물론이요 하늘의 도움이 절대로 필요하다. 알맞은 강수와 적절한 일조량이 그것일 것이다.

밀감에서 시작된 제주의 행복과 번영, 이제 다시 찾아야 한다. 자연도 사람의 편에 서야 하고 사람도 자연의 편에 서야 한다. 이제 잃었던 웃음도 되찾아야 하고, 떠나간 친구도 다시 돌아와야 한다.

(1994.)

미술관에서 만난 나라꽃

거의 20년 전 일이다. 나는 연수중에 메트로폴리탄 미술관(The Metropolitan Museum of Art)에 들렀었다. 뉴욕시에 있는 미국 최대의 미술관으로, 규모나 내용면에서 세계의 굴지의 종합미술관이다. 이집트 미술 3만점, 그리스 미술 2만점 등 작품 총수가 100만점에 이르고, 관람객은 연평균 200만 명을 넘는다.

그림 감상에 넋을 잃고 있는 나에게 한 선배가 "이 선생! 저기 봐, 무슨 꽃이지? 꼭 무궁화 같은 데 말이야." 그 말을 듣고 전람실 모퉁이로 갔다. 고고한 자태로 아름다움을 한껏 뽐내고 있는, 큰 화분에 담긴 관상수가 있었다. 그것은 옅은 황색을 띤 무궁화였다. 엘그레코, 렘브란트, 모네, 르노아르의 걸작 사이에서 참으로 살아서 숨 쉬고 있는 가장 완벽한 작품은 무궁화였다. 만일 그 곳에 무궁화가 없었더라면 고금의 유명 작가 작품들이, 그 생명력은 반감되고, 그냥 벽에 매달려 있었을런지 모른다. 국내에서도 무궁화를 분에 심어 실내를 장식한 경우는 본적이 없었기 때문에 전시실 마다 놓여있는 무궁화에 대한 나의 감회는 더더욱 새로웠다.

나는 작품 감상은 잠시 미뤄두고 모퉁이 마다 다소곳이 놓여 있는 무궁화를 일일이 살펴보았다. 몸맵시 날렵한 여인이 긴 치맛자락의 실루엣

속에 화사하게 미소 짓고 있었다. 그녀의 고고함과 우아함이 내 정신을 온통 빼앗아 버렸다. 어려서부터 마음에 품고 있던 여인을 우연히 보고, 하던 일도 놓아두고 무심히 그녀의 뒷모습을 뒤따르듯이 말이다.

그런데 나는 왜 몰랐을까? 무궁화를 이렇게 아름답고, 이렇게 우아한 것을, 또 이렇게 고고하기까지 한 것을! 더구나 인류가 만든 최고의 걸작품 사이에서 가장 빛나는 자연의 걸작품이 될 수 있음을 말이다. 생각해 보면 국가마다 나라꽃이 있는데, 벚꽃은 너무 커서 화분에 키우기에 부적절하고, 클로버 같은 난방초는 분에 키우기엔 어울리지 않아 보인다. 그런데 무궁화는 다년생이면서도 크게 또는 작게 키울 수 있으니, 관상수는 물론이요, 분재용이나 화분용으로도 모두 어울려 보인다. 그리고 수반에 꽂꽂이한 무궁화는 얼마나 우아하고 기품이 상서로운가?

오래전 학교 주차장을 확장한 일이 있었다. 유일하게 무궁화 숲이 한 군데 있었는데, 점심을 먹고 올라오다 보니 무언가 허전한 느낌이 들었다. 자세히 살펴보니 주차장을 확보하느라 무궁화동산을 갈아엎어 버린 것이었다. 무궁화 수종도 다양했고, 수십 년 수령의 성목들이었다. 나는 갑자기 가슴이 먹먹해지면서, 머리가 텅 비어 그냥 주저앉을 것만 같았다. 해마다 그 희고, 푸르고, 노랗게 환생하는 여러 꽃들을 감상하던 내 작은 기쁨이 일순에 사라져 버린 것이었다. 그 곳이 콘크리트로 포장되었다. 그리고 국적 불명의 자동차 몇 대가 동산을 지키고 서있다. 왜 하필이면 무궁화 동산이었을까. 그 꽃들을 다른 곳으로 이식하고, 주차장 시설을 했으면 안됐을까 하는 아쉬움이 지금도 남아 있다. 교장 선생님은 다른 학교에서는 3·1 만세운동을 펼치기도 했던 분이었다. 무궁화동산은 또 다른 만세 함성의 상징임을 그 분은 깨닫지 못했을까?

최근에 우리 섬 제주에도 해마다 벚꽃축제, 유채꽃 잔치, 억새꽃 잔치, 철쭉제, 고사리 축제 등을 벌이고 있다. 그러나 전국적으로도 무궁화 축제나 나라꽃 잔치를 연다는 말은 들어 본 적이 없다. 빼어난 이웃 며느리 감을 무시하듯, 우리 것을 경시하는 풍조에서 기인한다고 밖에 할 수 없다. 알고 보면 무궁화야 말로 꽃 중의 꽃이 아닌가?.

무궁화는 아욱과의 내한성 낙엽관목에 속한다. 7월에서 10월 사이에 개화하며 예로부터 정원수 또는 나무 울타리로 많이 심었었다. 옛날 우리 집도 울타리는 무궁화였고, 지금도 동네 어구에 울타리 한 무궁화를 볼 수 있다. 나무껍질의 섬유는 제지원료로, 꽃봉오리와 나무껍질, 뿌리는 위장병 치료제로 쓰인다. 꽃은 반드시 새로 자란 잎겨드랑이에서 하나씩 돋아나며 종 모양을 이루고 자루는 짧다. 꽃잎은 다섯 개가 기부에 붙어있고, 연분홍, 다홍. 보라, 자주, 벽돌색 등이 있고 열매는 다섯 실(室)이 익으면 다섯 개로 나누어진다.

나라꽃의 우수품종에는 너무도 아름다운 우리 이름들이 붙어 있다. 화랑, 영광, 배달, 새아침, 원술랑, 아사달, 일편단심, 파랑새, 한서, 옥토끼, 관음, 고요도, 진이, 계월향, 소월, 한마음, 사임당, 눈보라, 설악, 평화, 첫사랑, 꽃보라, 산처녀, 아사녀 등 34종에 이른다. 외국품종도 Diana, May Robinson 등 30여 종에 이른다.

온대지방에는 여름에 피는 좋은 나무 꽃이 거의 없는데, 무궁화는 거의 100일간 계속하여 화려한 꽃을 피운다. 그래서 무궁화(無窮花)란 이름이 붙었다고 한다. 홑꽃은 반드시 이른 새벽에 피고, 저녁에 시듦으로써 항상 신선한 새 꽃을 보여 줘서, 정원수, 분꽃, 생울타리, 가로수로 더 없이 좋은 꽃이다.

동진의 문인 곽복(276~324)이 쓴 지리서에 "군자의 나라에 무궁화가 많은 데 아침에 피고 저녁에 지더라."라고 쓰여 있다. 고금지(古今誌)에는 "군자의 나라는 지방이 천리인데 무궁화가 많이 피어 있더라.”라는 말로 미루어 보아 무궁화는 이미 1,400 년 전 4세기 중엽에 우리나라 곳곳마다 무궁화가 만발했었다는 것을 알 수 있다. 일부에서 주장하는 동부아시아가 원산이 아니라 우리나라가 자생지로 오히려 믿을 만 한 것이다.

물론 무궁화가 냉대를 받게 된 원인은 일본의 총독통치라고 할 수 있다. 1910년 이후 해방될 때까지 민족의 상징 꽃이라 하여 모두 뽑아 버렸다. 꽃나무가 한 민족의 이름으로 이처럼 가혹한 박해를 받은 경우는 역사 이래 전무후무한 일이었을 것이다.

나는 제 집에서 천덕꾸러기인양 박해받고 천대받아온 무궁화가 가장 아름답게 빛나는 보석으로 사랑받기를 소망한다. 진흙 속에 파묻혔던 진주가 세상 속에 영롱히 빛나듯이 말이다. 무궁화 축제를 벌이자. 무궁화 노래를 만들어 부르자. 무궁화 정원 박람회도 열자. 무궁화 보급 운동도 크게 벌이자. 학교에선 무궁화 골든벨 퀴즈대회도 시작해 보자. 무궁화의 날도 정하자. 그리고 이날은 모두가 무궁화를 가슴마다 달고 다니도록 하자. 휴전선 너머 백두산까지.

이 너무도 아름답고 인내로운 나라꽃을 집집마다 심자. 그리고 관음이니 소심이니 하면서 난초 몇 종류를 즐겨 외며 자신은 고귀한 지위에 있음을 뽐내려하지 말고, 아직 한 품종의 무궁화도 잘 알고 있지 못함을 부끄럽게 여기자.

(2011.)

큰 손의 비애

얼마 전에 소위 가격파괴 마트에서 배추를 샀다. 동해를 겉에 입은 배추라면서 한 포기에 백 원씩 했고 천원어치를 사니 도저히 들고 나올 수가 없을 지경이었다. 최근에 여기저기서 생겨나는 물류센터의 난립에 대한 시장 경제의 파괴와 편성한 과소비에 대한 비난의 소리가 많이 들리고 있다. 그리고 집집마다 한두 차례씩 과구매로 인하여 부부싸움을 벌였다는 소문이 있다. 이런 시점에 우리의 소비 생활에 대해서 한 번 점검해 보는 것은 어떨는지 모른다.

최근에 이탈리아의 일간지인 'Il Gionale' 외신부장은 한국을 방문하고난 기사에서 한국인들은 마치 60년대에 끝없는 소비도취에 빠졌던 이탈리아 사람과 흡사하다고 보도했다. 당시 이탈리아는 피아트 자동차와 말보로 담배, 그리고 여성들의 첨단 유행 의상의 붐을 이루었는데 한국이 바로 그런 세태에 빠져 있다는 것이다. 가뜩이나 경제적으로 어려운 시대에 오히려 과소비가 치솟고 있음은 참으로 아이러니한 일일 뿐만 아니라 우리 스스로 심각하게 반성해 보아야 할 일이다.

최근에 나온 '소득은 1만 달러 소비는 3만 달러'라는 책에서 몇 가지 내용을 추려보면 다음과 같다.

미국에 온 사람들은 주말마다 우편함에 쌓이는 온갖 생필품의 판촉용 할인 쿠폰을 보고 놀란다. 그들은 이 쿠폰을 일일이 챙겨서 10가지 물건을 살 때 1달러 정도의 할인을 받는다. 또 하나 재미있는 일은 소량 구매이다. 사과 한 개, 포도 한 송이, 계란 1개, 참외 반쪽 등을 구입한다. 반면에 우리는 한꺼번에 많이 사면 싸다는 고정관념에 사로잡혀 있다. 사과가 아무리 싸다고 하더라도 궤짝으로 들여 놓으면 그것을 먹는 동안에 대부분 신선도가 가신 맛없는 사과를 먹고 또 변해서 버려야 한다. 미국 소비문화의 또 하나의 특징은 일회용 상품이다. 슈퍼마켓 샐러드 바에 가면 여러 가지 반찬을 1인분만 살 수 있다. 독신자들은 5달러 이내의 싼값에 골고루 영양을 섭취하며 한 끼를 때운다.

호주 사람들은 음식에서의 절약정신이 유명하다. 외식이나 단체회식을 할 때도 주문한 음식을 깨끗이 다 먹어치우며 간혹 가다 남게 되면 반드시 꼭 싸달라고 부탁한다. 우리나라 전체적으로 음식낭비가 한해에 7조 원이나 된다는 사실을 알게 되면 그들은 아마 까무라칠 것이다. 호주사람들에게는 '차고세일(garage sale)'이라는 것이 있다. 주로 이사 직전이나 주말 등에 자기 집 앞에 쓰던 물건들을 진열해 놓고 파는 것이다. 우리가 볼 때는 저런 구닥다리 물건도 내다 팔나 하고 생각이 들는지 모르지만 그들은 중고물건을 구입하는 것이 조금도 자존심이 상하거나 체면을 손상시키는 일이 아니다.

캐나다의 경우를 살펴보자. 지난 애틀랜타 올림픽에서 단거리 3관왕을 격려하기 위해서 연방정부 수상이 도노반 베일리를 오찬에 초대했는데 샌드위치 한 조각이 모두였다. 출장 중에도 햄버거로 점심을 때우는 것으로 이 수상은 유명하다. 이 나라에서는 학생회에서 자체행사를 할 경우에는 돈을 갹출하여 강당 사용료를 내야 한다. 또한 교사가 정규수업 외에 학교 공간을 사용하다 하더라도 전기료 등을 내야 한다. 이런 과정을 통해서 불필요한 소비가 최대한 억제되는 것이다.

이스라엘 사람들의 검소한 생활은 정평이 나있다. 외식은 거의 하지 않으며 호사스런 식당도 없다. 직장인들은 모두 점심으로 샌드위치를 갖고 다닌다. 그들의 자동차는 거의가 10년 이상 된 것들이고 20년 이상 된 차들도 즐비하다. 영국의 경우도 레저를 즐기는 데 필요한 소형 왜건만을 이용한다. 출퇴근은 대중교통수단을 사용하며 상품은 노브랜드로 차는 소형차만 선호한다. 그들은 자신의 신분을 과잉 포장할 이유가 있는 사람들만이 브랜드 상품이나 대형차를 이용하는 것으로 모두 이해하고 있다.

이스라엘 사람들에게 소비문화에 관해서 물으면 무슨 말인지 이해하지 못 한다. 그들은 꼭 필요한 것만 하고 또한 필요한 만큼만 하는 것이 몸에 배어있어서 과소비나 사치는 이스라엘 사람과 거리가 멀기 때문이다. 그런데 그들의 국민소득은 1만 6천 달러이다. 국민소득 1만 달러인 우리가 국민소득 1만 6천 달러 이상의 생활을 하고 있고 국민소득 1만 6천 달러인 이스라엘 사람들은 1만 달러 이하의 생활을 하고 있는 것이다.

열 번 돌아보지 않고는 구매하지 않는다는 독일의 경우를 보자. 검소함이 가장 드러나는 부분이 결혼식이다. 독일의 결혼식은 두 번에 걸쳐서 이루어진다. 첫 번째 결혼식은 법적인 결혼식으로 나란히 혼인신고를 하면서 서류에 사인하는 것으로 끝난다. 단 한 푼의 돈도 들지 않는다. 두 번째 결혼식은 교회에서 여러 사람들 앞에서 결혼사실을 알리는 절차다. 피로연은 생각할 필요도 없다. 음식은 물론 음료수 한 잔도 준비하지 않는다. 예외적으로 음료수가 한 잔 제공되는 데 이 경우는 소위 초호화 결혼식이 되는 셈이다. 부조금은 없으며 지극히 친한 경우도 꼭 필요한 주방용품을 선물한다. 우리나라처럼 수 천, 수 억의 돈을 들여 혼수, 예단, 피로연, 주택마련 등의 거액을 들이는 일은 거의 없다.

몇 가지 사례에서 보았듯이, 과소비를 줄이거나 없애기 위해서는 우리의 의식이 얼마나 크게 변화되어야 하는지를 느끼게 된다. 그리고 이 절약문화의 패턴은 주부의 손에서부터 이루어져야 한다는 것도 알 수 있을 것이다.

(2005.)

우리는 무엇을 남기는가?

몇 십 년 만에 만화를 펼쳤다. 단지 제목이 눈길을 끌었기 때문이다. '삼양사(三養社) 설립자 수당 김연수'.

나는 삼양사가 어떤 회사인지 김연수 선생이 어떤 분인지 전혀 몰랐다. 단지 엊그제 먹은 라면 이름이 생각나서, 또 수십년간 한국 서민의 건강을 책임지고 있는 그 라면에 대한 고마움으로, 궁금했을 뿐이었다. 그런데 알고 보니 삼양사와 라면은 아무 관계가 없는 회사였다. 민족 사업가 김연수 선생을 이제야 알게 되어 부끄러웠다.

그의 아버지 지산 김경중이 바로 일제의 압박 하에서도 사재를 털어 중앙학원을 창설하고, 고려대학교의 인수 기금을 마련한 분이었다.

수당 선생의 형이 인촌 김성수로 함께 보성전문을 인수했었다. 형이 걱정 없이 교육 사업에 헌신하도록 지속적 재정 지원해 온 것은 동생이었다. 경성방직, 삼양사를 운영하고 우리나라에서 처음으로 민간장학재단 양영회를 설립한 것도 그분이었다. 삼양은 '첫째 분수를 지켜서 복을 키우며, 둘째 욕망을 절제하여 기를 키우고, 셋째 낭비를 삼가서 재산을 기른다는 옛글을 따온 말이다. 그는 제당업, 섬유업, 수산업 등으로 확장하면서 한국 근대 산업의 선구자 역할을 다하였다.

또 한 권 펼쳐 들었다. SK이동통신 최종현 선생이다. 항상 10년 앞을 내다본 경영인이었다. 위스콘신대학 출신으로 선경직물을 창업하였다. 나는 선경하면 장학 퀴즈만 생각했는데 알고 보니 그는 위대한 사업가였다. 폴리에스테르와 석유화학 개발, 그리고 그는 우리가 매일 쓰는 이동통신 CDMA 방식을 세계 최초로 상용화를 성공시킴으로써, 한국이 휴대폰 강국으로 도약할 수 있는 기틀을 마련했다.

1972년에 헐벗은 인등산을 사서 가래나무 150만 그루를 심었다. 30년 후 장학사업을 위한 종잣돈을 마련하기 위해서였다. 또한 한국고등교육재단을 만들어 우리나라 최초로 해외 유학 장학재단을 설립했는데, 설립 35주년을 맞은 2008년 452명의 박사를 배출해 국내외 대학연구소에 한국인의 뿌리를 내리게 했다.

그는 헬기를 타고 출장을 가다보면 국토가 온통 무덤으로 덮여있는 것을 보고 늘 안타까워했다. 장묘 문화를 바로잡기 위한 유언대로 화장되었다. 죽음에 앞서『유해를 화장해 바다에 뿌려 달라』『유골을 안치하는 영당(靈堂)을 만들지 말라』『각막을 기증하며, 유해는 의학연구를 위한 해부용으로 써 달라』는 등의 유언을 남기고 세상을 떠난, 중국의 최고지도자 등소평을 생각나게 하는 부분이다.

50년 전 세계 최빈국에서 세계 15위의 경제 대국으로 성장시킨 그 분들은 '기업이 인생의 전부이고 사업을 통해 국가 발전에 이바지 한다'는 생각으로 우리 민족의 부흥에 전력했다. 우리나라가 가난의 고리를 끊고 번영의 길로 가도록 길을 닦아 놓았었다. 그들의 뜻대로 연신환허(練神還虛)했던 분들이었다. 그런데도 우리들은 지금 무엇을 꿈꾸고 있고, 떠날 때 무엇을 남기고 가려는지 우울하고 궁금하다.

(2009.)

너무 젊은 명문대 여교수

"솔아, 책상 위의 쪽지 읽어 봤니?"

"네!"

"혹시 가슴에 와 닿는 게 없었어?"

"우리나라가 캐나다와 같나요?"

며칠 전 신문을 보다 자랑스런 한국 여학생에 대한 기사를 보고 잘라서 딸아이의 책상 위에 같다 놓았었다. 캐나다로 조기 유학을 떠났던 20대 한국 여성이 미국 명문 대학인 카네기멜론대학 교수가 되었다는 내용이었다. 이런 글을 보면 마치 그 일이 우리의, 우리 가족의 일처럼 마음이 뿌듯하고 감격스러워지기까지 한다. 아마도 우리가 단일 민족으로서 느끼는 한겨레 의식 때문일 것이다.

주인공은 캐나다 토론토대학 경제학과 대학원을 졸업한 스물 여덟 살의 노정녀 씨다. 이민이 아니라 노 씨처럼 조기 유학을 통해 어린 나이에 명문대(미국 경제학 분야 2위 대학) 조교수로 영입되었다는 것은 놀라운 일이다. 무려 34개 대학에서 영입을 제의해 왔다니 얼마나 자랑스러운가?

노 씨가 캐나다로 간 것은 서울 강남에 있는 개원여중 졸업을 앞 둔 1900년 1월이었다. "네 자녀를 대학에 보내려면 사교육비가 걱정"이라는 어머니의 의견에 따라 아버지는 기러기로 한국에 남고 어머니와 1남 3녀는 토론토로 떠났다.

스칼렛고등학교에 들어간 노씨는 6개월간의 언어습득과정을 마치고 바로 정규과정에 입학했다. 귀가 시간은 항상 밤 1~2시였고, 밤새 숙제를 하다 아침을 거르고 학교에 가기가 비일비재했다. 그 결과 5학년의 정규과정을 4년 만에 마치고 토론토대의 장학금을 받고 입학해서 석사과정도 1년 만에 마쳤고 이어 박사학위를 받았다.

노 씨의 성공은 독서에 있었다. 그녀는 눈이 나빠진다면 책을 못 읽게 해도 이불을 뒤집어쓰고 책을 읽었던 독서광이었다. 아버지는 자녀들이 유학 갈 때 2,000권의 책을 싸 보냈다.

노 씨는 "좋은 환경을 만나 정말 열심히 공부해야겠다."고 스스로 채찍질을 하면서 "사춘기 이후에 유학을 떠나 한국인으로서의 정체성에 대한 방황이 오히려 적었다."라고 했다. 지금도 매주 금요일 밤이면 혼자 통계청에 들어가 2~3일씩 밤새워 연구 논문을 준비하고 있다고 한다.

얼마 전 업무차 캐나다에 있을 때 뱅쿠버대학에 들른 적이 있었다. 물론 한 귀퉁이에서 론도를 추며 조용히 시위하는 10여 명의 사무직원들이 눈에 보이기는 했으나, 조용하고 진지하면서도 부지런한 대학생들의 모습만 눈에 들어왔다. 우리나라 대학에서 보이는 수많은 현수막과 격문, 사회 참여와 이념을 표현한 문구들은 전혀 찾아 볼 수 없었다. 한 교민은 자기 딸이 얼마 전에는 1주일 동안 모두 합쳐 10시간 밖에 자지 않고 공부했다는 말을 들었다. 선진국에서의 대학생들의 노력이 얼마나 진지한지를 짐작할 수 있었다. 또 대학 입학은 쉽게 하지만, 1학년이 지나면서 절반이 유급한다는 말을 들었을 때 고등교육의 경쟁력을 알

수 있었다.

지금 우리는 혼란스럽다. 어느 것이 옳고, 어느 것이 이치에 맞지 않는
지. 그러나 이제는 고등교육도 정착단계에 이르러야 하지 않겠나 하는
생각이 든다. 언제까지 쉽고 편하게 기하급수적으로 고등학력자들을 양
산만 해야 할 것인지? 양성보다 더 중요한 것은 오히려 그들을 평생 책
임지는 교육기관과 사회라는 생각이 든다.

(1996.)

생명이 있으면 희망도 있다

플로리다 주립대학에서 공부하던 시절에, 우리학교에 다니는 학생 중에 킴벌리란 여학생이 있었다. 4년 전만 해도 그녀는 2급 살인죄로 39년형을 선고받고 복역 중이었다.

그녀는 지난 8월 사회사업학과 석사학위를 취득했고, 7개월 후엔 법학사 학위를 받을 예정이다. 법학과 교수들도 처음에는 그녀가 어떤 과거를 지니고 있는지 알지 못했다. 한 교수가 수업 중에 '여성 중죄'에 대한 경험을 리포트로 제출하라는 과제를 주었고, 이를 통해 그녀의 과거가 알려졌다.

그녀는 대학입시를 준비하다가 피에르를 알게 되었다. 84년 결혼했으나 의처증이 심한 남편은 자주 그녀를 폭행했다. 칼에 찔리고, 맞고, 담뱃불에 화상을 입는 일이 계속되었다. 임신 중에도 폭행은 계속되었다. 24시간의 산고 끝에 수술을 받고 딸을 데리고 집에 오자, 다시 성적 폭행을 당했다. 그후 2살 난 딸에게도 폭행이 거듭되자, 그녀는 부모의 집에서 살게 되었다. 딸을 데려가겠다며 폭행하자 그녀는 총으로 남편을 살해했다. 결국 2급 살인죄로 30년형을 선고받았다.

남편의 가혹행위를 인정치 않는 판결 내용을 도저히 이해할 수가 없었다. 갱생 프로그램에 참여하여 '상담활동, 대학교육, 에어로빅 강좌'에 적극 참여했고, 주정부가 이 비용을 부담했다.

5년 후 '수감자 관용제도'에 대한 기사를 읽고서 교도소 법률도서관에 살면서 75통의 서신을 여성단체, 법원, 국회에 발송했다. 여러 단계의 심의를 거쳐 93년 석방되었다. 그후 딸과 살면서 올랜도 대학에서 학사학위를 받았고, 지금은 내가 있는 대학에서 공부하면서 주정부 벌률사무소에 근무 중이다.

그 사이에 코헨이라는 새 남편을 만났다. 그는 민사담당 전문 변호사이다. 이제 악몽은 끝났고, 그녀의 얼굴엔 웃음이 떠나지 않는다. 그녀의 소망은 소년범죄 담당 전문 변호사이고, 그 꿈은 곧 실현 단계에 이르고 있다. 우리나라에도 '수감자 관용제도' 같은 것이 빨리 도입되어 수많은 억울한 이들이 새 길을 개척해 나갈 수 있도록 도와줬으면 좋겠다.

(2001.)

유학생의 서글픔

플로리다의 기후는 연중 여름이다. 남부 아열대의 뜨거운 태양과 비옥한 사암성 토양, 그리고 많은 강수량은 이곳을 울창한 삼림과 풍부한 농산물 생산지로 만들어 왔다. 그러나 연중 에어컨 속에서 살아야 하고 선글라스 없이는 외출할 엄두가 나지 않는 날카로운 햇살을 생각하면 사람이 살기에 알맞은 곳은 아니라는 생각이 든다.

유난히 많은 흑인들의 얼굴 속에서 아직도 가슴 깊은 어느 곳에 은밀히 숨겨져 있는 남북전쟁의 상흔을 들쳐보는 것 같은 느낌이 들기도 한다.

얼마 전에 대학에 다니다 어학 연수차 이곳에 와 있는 최 군을 만났다. 그는 이곳의 의사와 의료시설들에 대해서 크게 불평을 늘어놓았다. 친구들과 농구를 하다가 넘어지면서 머리가 땅에 부딪혔다. 혹시 뇌출혈이 있는 게 아닌지 걱정돼 병원에 갔다.

응급실로 가서 간호사의 안내를 받아 의사의 진찰을 받았다. 의사는 손가락을 쥐었다 펴 보라고 했다. 이때 한 의사가 와서 거들었다. 아무 이상이 없다고 돌아가라고 하면서 약을 처방해 주었는데, 타이레놀 두 알이 전부였다. 진료시간은 2분을 넘지 않았다.

그러나 요구된 청구서는 모두 4장이었다. 응급실 사용료 1백 달러 중에서 본인 부담금 20달러, 간호사 수고료 1백 달러 중 20달러, 보조 의사에게 20달러, 진찰의사에게 20달러. 그래서 통 진료비는 40달러인데 보험이 적용되어 80달러를 지불했다.

이곳에서 박사 과정을 밟고 있는 김 씨 부부의 말도 이해할 수 있었다. 그는 1년에 1천 5백 달러 가까이 되는 보험료를 감당할 수 없어서 보험에 들지 않고 있다고 한다. 한국에서 두 달에 한 번씩 필요한 약들을 부쳐오게 해서 소위 '몸으로 때우고 있다'고 했다.

이곳에 비하면 우리나라는 의사들, 특히 이웃집 아저씨나 다정한 친구 같은 제주의 의료인들이야 말로 진정한 히포크라테스의 후예라는 생각이 들지 않을 수 없다. 그들은 아무리 사소한 병도 모든 지식과 기구를 활용해 누구나 가족처럼 돌보려고 애쓰고 있기 때문이다.

노동의 신성함이란 미명 아래 턱없이 비싼 서비스료와 인건비로 유학생의 얼굴엔 어두운 그림자가 더욱 더 짙게 드리워져 가도 있는 것 같다.

(1997.)

인간 농장

"평준화 해제로 시험을 치른 우수한 학생들이 모여 자율적으로 공부할 거란 기대는 입학 다섯 달 만에 산산 조각났습니다. 저희 학교생활은 동물과 다를 바가 없습니다. 오전 7시 전에 집을 나가 오후 11시가 넘어서 돌아오면 그냥 쓰러집니다. 매우 건강한 편인데도 하루 종일 해를 못 보고 지내니 운동장에서 쓰러지기도 했습니다. 몸무게는 입학 당시 보다 5kg이 줄었습니다. 맞지도 않은 책걸상에 온종일 앉아 있으니 허리가 끊어질듯 아프고 무릎도 시큰거립니다. 일요일엔 지쳐서 교회도 못 갑니다."

이 말은 강원도 제일의 명문고인 춘천고에 올해 입학한 최우주군의 말이다. 그는 헌법재판소에 소원을 정구하기에 앞서 대통령에게 진정서를 냈다. 이 학교의 유 교장은 "현재 여건에서 학생들을 명문대에 보내려면 이럴 수밖에 없다. 다른 고교는 우리보다 더 한다."라고 말하고 있다.

최근 겪고 있는 일반계 고등학교의 교육 현장은 어디서나 별 차이가 없다. 우리 학교도 여름방학 보충수업이 시작된 지 며칠이 벌써 지났다. 3학년 학생들은 이 땡볕 더위 속에 하루 여섯 시간의 수업을 받고 또 몇 시간의 자율학습을 한다. 창의적이고 효율적이고 탐구적이고 전인적인 교육은 요원하고 입시라는 전쟁에 억매인 교육 현장은 십분 이해는 되면서도 현실이 너무 잔인하지 않은가 하는 생각이 든다.

우리에게 꿈처럼 느껴지지만 핀란드 고등학생의 경우를 한번 살펴보자. 헬싱키 시청의 청소년 담당과장 톰미(36세)에 따르면 핀란드 고등학생의 45%가 파트타임 일을 갖고 있다고 한다. "학교가 오후 4시에 끝나면 곧장 이리로 와서 8시까지 일해요. 수업이 없는 토요일은 아침부터구요." 슈퍼마켓에서 일하는 고등학교 2학년 야나(16세)의 얘기다.

그녀의 아버지는 임시 실업자이다. 가족은 국가에서 지급하는 실업자 수당으로 먹고 산다. 그녀가 일하는 이유는 "컴퓨터나 자전거를 사야 되는데 부모가 이해하지 못하기 때문"이라고 한다. 핀란드는 고등학생의 취업이 급격히 늘고 있는데 그 이유는 대학졸업장이 더 이상 직장을 보장해 주지 못하고 있기 때문이다.

아이들은 식당 보조, 청소, 창고지기 등 무슨 일이나 즐겁게 하려 든다. 그들의 생각은 여러 가지 일을 통해 풍요로운 인생을 사는 것이 행복한 것이라는 생각을 가지고 있다. 취업을 하게 되면 아이들은 하나둘씩 부모 곁을 떠나게 되고 고등학교를 졸업하면 혼자 집을 얻어가지고 나가는 아이들이 많이 생겨나게 된다.

최근에 우리나라에도 일부 대기업에서 학력제한을 없애기로 했다는 보도는 상당히 고무적이다. 따지고 보면 대학입시가 고교 교육 정상화의 저해 요인이 되는 것이 아이라 오히려 취업에 있어서의 학력제한이 교육정상화를 근본적으로 뒤흔들고 있다고 할 수 있다. 따라서 청소년에 꿈과 낭만 그리고 봉사정신을 심어주려 한다면 모든 취업에 있어서 학력제한은 완전히 철폐외어야 하고 단지 능력과 적성만을 선택의 척도로 삼아야 할 것이다.

(2007.)

학교 속의 작은 학교

엊그제 연이어 장대비가 쏟아졌다. 일부지역은 하룻밤 사이에 5백 밀리를 넘어섰고 산지천이 범람하여 남수각 일대는 물바다로 변했다. 우리는 너무도 고민스러웠다. 과연 졸업반 수학여행을 떠날 수 있을는지. 그러나 언제 그랬냐는 듯이 25일 아침은 너무도 청명했다. 방송고 졸업반 학생들과 선생님 70여명은 수학여행을 겸한 제주 유적 사적지 답사에 나섰다.

항파두리에선 항몽기념비에 분향하고 대정읍으로 가선 전쟁 사적지와 신석기 유적지를 둘러보고 용머리 해안에 이르렀다. 기묘한 퇴적 사암층에 바람과 파도가 빚어낸 신비스럽고 조화로운 천혜의 조각품들에 탄성을 자아내며 들이키는 한 잔의 소주는 사바 세계의 시름을 일순에 씻어버렸다.

송악산 분화구 속에 우리의 작은 소망을 숨겨두고 성판악 물오름에 오르니 위미, 성산, 남원 등 제주 섬의 수줍은 모습이 한 눈에 들어오면서 자연스레 원초적 생명 그 자체로 둘러싸인 원시림에 안긴 느낌이었다.

내가 근무하는 제주일고에는 또 하나의 학교가 있다. 방송통신고등학교가 그것이다. 개교한지 25년이 되었다. 이곳을 졸업한 학우들은 각계

각층에서 눈부신 활동을 펼치고 있다. 10대에서 60대에 이르기까지 남녀를 불문하고 누구나 입학할 수 있다. 또 각종 기존 교육 체제에서 소위 퇴출당한 학생은 이곳을 찾으면 된다. 거의 완전한 자유 속에 학업에 대한 부담도 받지 않고 여유롭게 하고 싶은 일을 하면서 2주일에 한번 꼴로 일요수업을 한다. 고등학교 학력이 인정되므로 바로 대학 진학이 가능하다. 전국적으로 방송고는 수많은 법조인, 교수, 예술인, 정치인, 실업가 등 엄청난 고급 인력을 양성해 오고 있다. 올해는 방송고 출신 학생이 서울대에 추천 입학되기도 했다.

이곳에 적을 두고 있는 학생들은 모두가 가슴 저린 사연을 담고 있는 경우가 대부분이다. 작년에 졸업한 40대의 한 주부는 세 자녀의 어머니이자 해녀였다. 또한 화장품 외판원, 보험설계사, 학교 어머니회 회장, 과수원과 밭을 4천 평이나 경작하는 농부 등의 일을 하면서도 3년 개근을 하였다. 지금은 대학에서 국문학을 전공하고 있다. 또 한 할아버지는 60이 넘었으나 3년 개근 끝에 올해부터는 대학에서 법학을 전공하고 있다.

설음에 깊게 절었으나 희망의 눈빛이 너무도 고운 이런 분들을 모시고 수학여행을 떠나니 너무도 감격스러웠다. 아마 많은 학생들이 이 수학여행이 첫 경험이었을 것이다.

황량한 사회와 기존 학교에서 퇴출당한 학생들도 이곳에 오면 온순한 아이로 변한다. 비록 노랑머리에 배꼽티가 어설퍼 보이지만 수업시간엔 너무도 진지하고 엄숙해 보이기까지 한다.

이곳에서는 어느 학생도 다른 친구, 선생님이나 학교와의 마찰이나 이견이 발생하지 않는다. 이미 너무나 많은 사회의 부조리와 어둠에 익숙해져 버려서인지 서로는 모든 것을 폭넓게 이해하고 받아들인다. 학급 운영은 마치 조화로운 가정이 별 규칙 없이 잘 살아가듯이 자연스럽게 운영된다. 연로한 학생들은 어린 학생들을 친자식처럼 또는 손자같이 이끌어 주며 학교생활과 사회생활을 잘 해 나갈 수 있도록 인생의 선배로서 도와주고 격려해 준다. 이곳에서는 보이지 않는 엄숙함과 규율이 자연스럽게 흘러가고 있는 듯하다.

한 달에 두 번하는 일요일 출석 수업에만 충실히 하면, 누구나 졸업할 수 있고 대학진학 합격률도 거의 100%에 이른다. 요즘 말하는 대안교육이나 평생교육의 차원에서 가장 성공한 제도가 방송통신고라고 해도 지나친 평가는 결코 아닐 것이다.

방송고는 제주일고에 부속한다. 그러니 또 하나의 제일고인이고, 방송고 학생들은 또 다른 제일인이다. 그들이 제주일고에 대한 사랑이 극진하듯이 우리 제일인도 그들이 따뜻한 관심과 보살핌 속에 많이 익히고 배워 크게 성장할 수 있도록 도움과 격려를 아끼지 말아야 한다.

(1998.)

찰옥수수

지난 여름 강원대학교에서 '전국 영어교사 워크숍'이 있었다. 해마다 전국에서 영어교사들이 1년 동안 개발한 영어교수법을 발표하는 것이 중요한 일정이다. 한 사람이 50분 정도 발표하는데 각종 첨단 수업 기기가 동원되고 또 발표자는 반드시 영어로만 발표하여야 한다. 발표가 끝나면 청중과 영어고 질의응답을 한다.

나는 심사위원으로 참여했다. 20명 중에서 우수 발표자로 4명이 선정되었다. 이들은 내년 영국에서 열리는 전세계영어교사회의(IATEFL)에 한국대표로 참가해서 새로운 영어교수법을 발표하게 된다. 우리 제주도는 매년 참여해서 항상 뛰어난 성적을 거두고 있다. 입상자 4명 중 3명이 멀티미디어를 활용한 영어 교수법을 발표했다.

일정이 끝난 후 우리는 소양댐을 관광했다. 주변에서 홍합, 조개, 찰옥수수 등을 파는 상인들이 좌판을 벌이고 있었다. 동동주를 곁들여 찰옥수수를 뜯으며 시원한 강바람을 만끽했다.

옥수수를 깨물자 여러 가지 생각이 스쳐갔다. 우선 북한 동표들이 생각났다. 홍수와 수해로 따뜻한 남쪽 나라를 찾아 생명을 위태롭게 물에 띄우고 남쪽으로 내려오는 북녘 동표들이 생각났다.

우리의 어린 시절도 떠올랐다. 나의 어린 시절, 50년대 말이었다. 정말로 우리는 먹을 것이 없었다. 성당에서는 강냉이죽을 매일 공급했다. 그러면 바깨스를 들고 그 먼 길을 가서 한참 줄을 섰고, 그리고 힘겹게 들고 오곤 했다. 오다가 돌부리에 걸려 넘어져 쏟아진 죽을 보며 울기도 했었다. 집에 사카린이라도 있으면 식구들이 얼마나 맛있게 먹었는지 모른다.

학교에서도 강냉이죽을 배급했다. 각자 그릇과 수저를 갖고 다닌 것 같다. 점심시간이 되면 당번은 바깨스에 죽을 타 와서 질서 있게 배급했다. 배급하는 학생은 인원수에 맞게 알맞은 양을 나누어져야 하는데 그게 쉬운 일이 아니었다.

한 번은 이런 일이 있었다. 배급을 하면서 서로 많이 달라고 하다가 바깨스가 넘어졌고 교실 바닥은 죽으로 뒤범벅이 되어 버렸다. 대강 훔쳤지만 교실은 냄새와 지저분한 분위기가 남아 있었다.

선생님이 들어오셨다. 선생님은 너무나 화가 나서 10여명의 흘린 학생들을 일렬로 세우고 긴 왕대나무로 때리기 시작했다. 열대씩 때렸는데 너무 아파서 한 대 맞으면 바로 꼬꾸라졌다. 그러나 선생님은 그 숫자를 꼭 채워나갔다. 앞에서 몇 명이 맞았는데, 그 신음소리가 너무 커서 온 교사를 진동시켰다. 결국 일층에 계시던 교장 선생님이 이층 구석에 있는 우리 교실까지 들어오셨다. 담임 선생님을 데리고 나갔다. 얼마 후 선생님이 들어오셨고 체벌은 거기서 그쳤다. 나는 뒤쪽에 서 있어서 매를 맞지 않았는데, 그 때는 그저 천만 다행이라고 마음속으로 환호성을 쳤으나, 나중에 친구들에게 너무나 미안했다.

그때 선생님은 이런 얘기를 했다. 산에 자라는 나무를 보아라. 그 중에는 곧고 바르게 자란 나무도 있고, 삐틀어지게 자란 나무도 있다. 곧게 자란 나무는 나중에 크고 훌륭한 목재로 쓸 수 있지만 삐틀어지게 자란 나무는 땔감으로 밖에 쓸 수가 없다. 어려서 굽은 나무는 커서도 곧지 않는다. 그러므로 어려서부터 바른 습관을 지니고 자라야 한다.

아마도 4, 50년 전에 가장 부유한 사람도 지금의 가장 가난한 사람보다 생활이 낫지 않았을 것이다. 옥수수를 보면 아른거리는 강냉이 죽이 우리의 눈시울을 적시게 한다.

(2000.)

제
6
부

기적은 당신 안에

까치 통신

얼룩까치 부부야! 지금도 금실 좋게 잘 지내고 있겠지. 네 곁을 떠난지 열흘은 족히 지났지만 마음은 네 동네 언저리를 떠나지 못하고 있구나.

얼마 전 라오스 고원에서 건너온 '볼라벤'이 한반도를 휩쓸고 지나갔지. 비상근무가 끝나고 우선 사무실 앞 소나무를 올려 봤어. 높은 가지 끝에 네 보금자리가 걱정되었기 때문이야. 너희 부부는 언제나 함께 종종치며 모이를 쫓고, 또 까마귀들이 떼거지로 몰려와도 치열하게 물리치곤 했었지. 태풍으로 여기 저기 새집들이 나뒹굴었지만, 그 높은 곳의 너희 보금자리는 완벽했어. 얼기설기 엉성하게 엮여 보이지만, 초속 50 미터의 강풍을 능히 이겨낼 수 있도록 치밀하게 설계했기 때문이겠지.

너희 부부와 함께 살고 있는 3백 명의 아이들은 참으로 예쁘고 사랑스럽고 영특했지. 요즘 유치원 학생들도 들고 다니는 핸드폰도 쓰지 않고, 텔레비전도 보지 않았지. 또 특이한 것은 치마 길이가 나날이 길어진다는 거야. 10여 년 전 일본에 갔을 때 여학생들의 너무도 짧은 치마에 깜짝 놀랐단다. 그 차림으로 자전거 통학하는 여학생들은 또 얼마나 많은지! 금방 우리나라도 그렇게 변해 버렸어. 우리 아이들도 입학할 때는 너무도 짧은 맞춤이었지. 그런데 시간이 흐를수록 무릎 밑 7센티까지 모두가 길어지더구나. 아마 긴 치마의 아름다움을 깨닫거나, 멋진 선배의 뒷 모습을 닮고 싶었을 수도 있었겠지. 나는 철이 일찍 들거나 시대를 앞서가고 있으려니 생각해 버렸지.

달마다 우리는 큰 축제를 열었지. 미역국 끓여줄 어머니가 없으니 학교에서 단체 생일잔치를 벌이는 거야. 급식실 선생님들은 최고의 음식, 최상의 케이크, 싱싱한 과일로 상차림하고, 친구들은 멋진 공연을, 그러니 나도 아이마다 축하 편지를 쓰고 선물도 준비했었지. 새벽부터 밤 12시까지 희생과 열정만으로 고생하는 선생님들을 보며 제자 사랑의 참 의미를 새삼 깨닫게 되었지. 그러니 부모님께 투정도 했었지. 집에서 한두 명의 자녀를 키우기도 얼마나 힘든데, 300명을 맡겨 놓고 부모마다 이것 저것 요구하면 우리는 어떻게 하느냐고. 대부분의 부모님들은 잘 이해하고 도와주었으나, 모두가 그런 것은 아니었기에, 선생님들의 마음이 슬퍼질 때도 있었지.

나를 가장 기쁘게 하는 것은 나날이 변해가는 아이들과 점점 더 사색에 빠져드는 그 심각한 모습들이었지. 며칠만 안 봐도 훌쩍훌쩍 커버리는 아이들을 보면서, 변화 하는 인간 여정을 통찰하기도 했었지.

교정을 떠나는 날, 아이들이 찾아와 슬퍼 울었다는 말을 듣고, 사실은 나도 이임사를 하면서 눈시울이 뜨거웠다고 말하고 싶었지. 그때 요한 바로오 2세가 세상에 남긴 마지막 말을 기억하여 "나는 행복했었습니다. 여러분도 행복하십시오."라고 말했지. '빛나는 그대, 세계의 등불되리!' 란 우리의 모토처럼, 모두가 세계의 빛이 되길 기도하면서.

얼룩 까지 부부야! 너희를 이웃에 두고 나는 항상 근심과 염려 속에 살았다는 것을 잊지 말기 바란다. 유해조류 포획으로 짝을 잃지나 않았는지, 까마귀 떼의 급습으로 보금자리가 망가지지 않았는지 하고 말이다. 이젠 이런 시름을 접을 수밖에 없구나. 그런데 내가 얼룩까치 부부에게 부탁할 일이 생겼구나. 남겨진 아이들을 염려하며 밤낮으로 잘 지켜주기 바란다. 물론 나도 네 부부의 안전과 행복을 늘 기원하겠다.

(2012.)

어떤 졸업생

그녀는 요즘 큰 고민에 빠져있다. 대학에 진학할 것인가 아니면 평범한 가정주부로 돌아갈 것인가. 지난 3년 동안 그녀는 너무도 바쁘고 힘겹게 살아왔다. 수천 평의 과수원과 밭을 일궈야 했을 뿐만 아니라 해녀이며, 보험 설계사이면서 가정주부, 학교 어머니 회장, 또 고3생으로서 그야말로 눈코 뜰 새가 없었다.

일전에 그녀의 넋두리를 들은 적이 있다. 추석날 차례를 지내고 몰래 과수원에 나가 풀을 베다 깔면서 남은 해를 보냈다. 집으로 돌아오면서 혹시나 동네 사람의 눈에 띄면 어떨까 하고 어두워 진 틈을 타서 얼굴이 가린 깊은 모자를 쓰고 몰래 몰래 집으로 숨어 들어와야 했다고,

그렇게 바쁜 와중에서도 그녀는 결석 한 번 않았고, 국가가 실시하는 졸업인정고사에 당당히 합격했으며, 이제 대학 진학을 앞두고 진로를 고민하고 있는 것이다. 이제는 남편과 자녀들에게 시간을 돌려주어야 하는 게 아닐까 하고. 그녀를 보면 인간의 능력은 끝이 없으며 시간은 다분히 주관적이라는 생각을 하게 한다.

우리학교에는 방송통신고등학교라고 하는 학교가 있다. 중학교 졸업자나 학교생활 부적응 학생, 고등학교에서 제적당한 학생은 누구나 편입학할 수 있다. 평소에는 방송을 듣고 공부하며, 한 달에 두 번 정도

일요일에 출석 수업을 한다. 3학년의 과정을 마치면 국가에서 시행하는 졸업인정 고사를 거쳐서 대학에 진학하게 된다. 올해의 경우 졸업예정자 137명 전원이 합격했고, 거의가 대학에 진학할 예정이다. 전주의 방송고 출신 중에 한 학생은 서울대에 진학이 확정되었다.

학생들을 보면 학교에 적응하지 못 했던 10대들과 20, 30, 40대의 아주머니들과 또 40, 50대의 늦깎이 학생들이 대부분이다. 그러나 수학여행, 체육대회, 전국 연합 MT 등, 어느 고등학교보다도 다양하고 풍부한 활동과 학문 익히기에 몰두하고 있는 곳이 이곳이다.

방송고 출신 가운데는 검사나 교수, 국회의원, 유명 서예가로 활동하시는 분도 있다. 지금 내 수업을 듣고 있는 학생 중에는 나의 중학교 동창생도 있다. 집안 사정으로 고등학교를 채 졸업하지 못했었다. 이제 아이들도 모두 장성했고 또 사회의 요구화 배움에 대한 갈증이 그를 다시 학교로 불러들인 것이다.

어느 40대 학생의 회고는 너무도 새롭다.

"나이 40 넘어 배우는 공부가 어떠했을까? 그래도 힘들었던 그 시간이 아니었던들 이렇게 값진 보람을 느낄 수 없었을 것이다. 얼마 안 있으면 졸업한다 생각하면 가슴이 벅차다. '쉬운 길을 참 힘들게 돌아왔구나' 하는 생각과 함께 마음 한 구석이 찡하여 온다."

사실 언제나 늦었다고 생각되는 순간이야말로 가장 빠른 순간이다.

(1997.)

철새는 날아가고

사당역 출구로 향했다. 어디선가 구성진 가락과 노래가 들린다. 소리를 따라 가본다. 어느덧 3,40명의 군중이 노래패를 애워 싸고 있다. 사람 사이를 헤집고 살펴본다. 네 젊은이가 신들린 듯 노래하고 있다. 모두 짧은 키에 머리를 길게 따 묶었다. 까무잡잡한 얼굴 모습이 인디언 후예인 듯싶다.

설명을 들어 보니 에쿠아오르에서 온 뉴칸치난 4인조 보컬그룹이라고 한다. 애절한 소리의 피리, 베이스와 멜로디 기타, 불과 리듬으로 구성되어 있다. 특히 조개껍질로 엮은 리듬은 경쾌하면서도 청명한 음향을 내고 있다. 마치 하늘에서 살짝 살짝 떨어지는 천사의 웃음처럼 깨끗하고 명랑하다.

에스파냐 노랫말을 이해할 수 없었으나, 빠르고 경쾌하면서도 끊어질 듯 이어지는 리듬 속엔 애절한 사랑과 고독한 철학이 배어있을 느낄 수 있었다. 익숙한 노래는 '앨 콘도 파사(철새는 날아가고)'였다.

사람들이 점점 더 모여들고 어떤 젊은이들은 리듬에 맞춰 몸을 신나게 흔들고 있다. 관객들은 퇴근길의 아저씨, 막일꾼, 대학생, 상인들로 보인다. 대부분 미동도 않고 무표정하게 쳐다 보고 있다. 그러나 좀체 자리를 뜨지 않고 있다. '차라리 못보다 망치가 되고 싶다'는 음조와 사설이 그들의 지치고 스린 가슴 속을 꽤 뚫고 있나 보다.

서울시에서는 지하철 공간을 시민들에게 돌려줄 방법을 고민하다 그 방법을 궁리했다. 몇 군데 '지하철 예술무대'를 설치했다. 국내외의 예술인들은 이곳에서 그들의 능력을 시험하고 검증받는다. 시간이 흘러 재능을 인정받으면 언제가 그들도 '지상의 무대'로 터를 옮기게 될 것이다.

해외에 나가보면 많은 축제를 경험하게 된다. 그 중에서도 재즈 페스티벌은 어느 나라나 있고 또 거의가 유명하다. 지역 그룹들도 많고, 세계를 순례하며 거리의 축제를 벌이는 팀들도 많다. 연주자들은 할아버지에서 아버지로, 아버지에서 아들로 이어진다. 식사를 일찍 끝낸 가족들은 거리로 광장으로 모여든다. 함께 노래하고 춤추고 환호하며 즐긴다. 가면무도회, 거리의 악사 퍼포먼스, 화가와 광대, 판토마임과 일인극 등, 거리는 언제나 최고의 예술 무대가 된다.

우리에게도 가족들을 위해 일상화된 축제가 있었으면 좋겠다. 그래서 술집으로 간 부모와 오락에 빠진 아이들이 저녁마다 함께 모였으면 좋겠다.

이제 국제자유도시 제주의 예술과 문화 지수는 어느 정도가 되는지, 또 일부 축제는 항상 그들만의 축제를 벌이고 있지는 않은지, 관행적으로 예산 낭비를 하고 있지는 않은지, 이제 세심히 평가해볼 때가 되었을 것이다.

우리 제주 사람들은 생활 소득은 17개 광역시도 가운데 끝에서 한두 번째에 이르고 있다. 소득 향상을 위한 노력과 더불어, 그들을 노고를 위해 노래와 연주와 축제를 베풀어 주고, 희망의 기도를 받쳐 줄 그 누구와 그 무엇이 필요한 때가 아닐까 생각해 본다.

(2004.)

닫힌 음악회

내가 즐겨보는 텔레비전 프로그램은 열린음악회다. 한 시대 지난 포크송과 가요와 팝송들을 따라 부르며 일요일 저녁을 즐긴다. 탑동에서 열린 녹화방송 때는 꼬마들의 보챔과 또 녹화 현장을 보고 싶은 욕망 때문에 갔으나 이미 대만원이었다. 아이를 목마 태우고 한 시간 반을 고통과 즐거움으로 보냈다. 이 녹화공연을 보면서 나는 제주시민의 대중음악에 대한 향수와 굶주림 그리고 열망을 피부로 느낄 수 있었다.

몇 년 전 캐나다 오타와의 고문서 박물관에 자료를 찾기 위해서 좀 늦은 시간에 들른 적이 있었다. 몇몇 자료를 수집했으나 한쪽으로 정장 차림의 사람들이 줄지어 서있는 모습을 보고 나도 따라가 보았다. 박물관의 작은 홀에는 30여명의 관현악단이 구슬땀을 흘리면서 연주를 하고 있었으며 청중은 이미 좌석을 가득 메우고 있었다. 나를 포함한 백여 명의 청중들은 바닥에 앉아서 연주를 즐겼다.

오타와에는 해마다 7, 8월이 되면 재즈 페스티벌이 열린다. 국내는 물론이요 세계의 유명 재즈 그룹들이 몰려들어 두 달 동안 신명나는 축제를 벌인다. 물론 이 많은 그룹과 많은 청중들을 동원하려면 많은 장소와 공간이 필요할 것이다. 그러나 공연 장소는 대부분 박물관(문명 박물관, 미술박물관, 자연사 박물관 등), 야외 공연장, 큰 거리, 도처의 잔디밭, 시청사 등

공공건물을 주로 이용한다. 물론 임대료나 입장료는 전혀 없다.

문명박물관에서 음악을 감상할 때다. 처음에는 누구나 조용히 빠져들었다. 흥겨운 음악이 나오니까 누구나 어깨와 몸을 흔들기 시작했다. 잠시 후엔 모두가 일어서서 춤을 추기 시작하더니 나중에는 서로 어우러져 흔들어댔다.

음악과 꽃을 사랑하고 즐기는 민족치고 선량하지 않은 민족은 없다. 음악은 소재인 소리의 순수성에다 시간적 성질을 바탕으로 한 가장 단적인 시간 예술이다. 그래서 음악을 '유동하는 건축'이라고 한다.

요즘 어느 곳에서나, 노래 연습장과 단란주점의 인기가 치솟고 있다. 점차 청소년에 대한 출입 규제도 완화되고 있으며 어른들은 모임이 끝나면 으레 '닫힌 음악회'가 열리고 있는 이 음악당을 찾는다.

노래방은 확실히 음악에 대한 국민적 수요와 갈증을 상당히 해갈시켜 주고 있다. 따라서 긍정적인 면이 상당히 있다고 할 수 있다. 그러나 이곳도 점차 선정적 시설, 술과 유흥적 분위기로 변질되어 가고 있음은 부인할 수 없다.

열린음악회에 대한 열광적 관심을 보면서, 이런 열림 모임이 매일 우리 주변에서다양하게 펼쳐진다면 우리의 정서는 순수하고, 아름답게 변하리라고 생각해 본다.

이제 어두컴컴하고 야하고 광란적인 '닫힌 음악회'에서 순수하고 아름다운 '열린 음악회'가 마을마다 건물마다 열려서, 이웃이 매일 모여 하루의 수고를 깨끗이 씻고 새로운 마음으로 창의로운 생활을 충전할 수 있는 시대가 빨리 도래하기를 기원해 본다.

(2003.)

수상한 카메라 맨

"한 잔 하시지요."

"아, 저는 카메라 맨이어서 지금 못 합니다."

카메라맨은 좋은 장면을 남기려는 듯 이리저리 분주히 뛰어다니면서 사진 찍기에 바쁘다. 그런데 그의 모습은 좀 이상스러웠다. 왼쪽 바지를 반을 걷어 올리고 넥타이는 풀어 목에 드리웠고 행동과 말은 거침이 없다. 그러나 상대방을 편하고 즐겁게 하는 분위기를 만들고 있는 게 예사로운 사진사는 아니라는 느낌이 들었다.

그는 갑자기 사회석으로 가더니 마이크를 잡고 "제가 지금 교육원장님과 우정의 표시로 넥타이를 교환해서 매겠습니다." 원장이 앉아 있는 의자 앞에 가서 바닥에 무릎을 꿇고 큰절을 하자 원장도 덩달아 바닥에 꿇어 인사를 교환했다. 그리고 서로 넥타이를 풀어 교환해서 매었다. 이 작고 이상스러운 카메라맨의 행동이 긴장감이 서려있던 차가운 분위기를 화기애애한 분위기로 갑자기 바꾸어 놓았다.

다시 그는 도승희 교육감이 앉아 있는 헤드 테이블로 가서 교육감과 중등교육회장(KOSETA)이 서로 넥타이를 바꿔 매도록 했다. 처음 당황한 표정을 지었던 교육감은 이내 미소를 지으면서 넥타이를 바꿔 맸다. 바꿔 맨 넥타이가 오히려 두 분에게 더 어울려 보였다. 안동대학교에서 열린 한국중등영어교육학회 리셉션의 분위기는 더더욱 무르익고 있었다.

나는 그가 누구인지 몰랐다. 그냥 카메라 맨인가 했다. 알고 보니 그는 계명대학교 경영학과 교수인 김원기 박사였다. 첫 인상으로는 기인으로 여겨질지 모르나 참으로 그는 우리 시대가 요구하는 개방적인 마인드를 지닌, 사람 맛이 나는 사람이었다. 일찍이 서울대 의대에 입학했으나 가정 형편이 어려워 중퇴하고 지방대학을 졸업했다. 미국에 유학 중에는 학비를 벌기 위해 해보지 않은 일이 없었다. 누구나 기피하는 화장실 청소는 물론이요, 마스크 메이크업(시신의 얼굴 화장)을 120명이나 해주었다고 한다.

그는 특히 우리 제주도 영어교사가 사례 발표를 할 때는 발언 시간이 지났는데도, 마이크를 뺏어가면서 제주 관관영어를 활용한 영어말하기 지도 사례를 극찬해 주었다. 그래선지 제주도는 한국의 영어교육을 대표하여 내년 영국에서 열리는 '세계영어교사대회'에서 영어교육 우수사례 발표를 하게 되는 영광을 얻게 되었다.

우리 시대는 어떤 사람이 필요한가? 삶을 여유롭고 지혜롭게 운영하면서도 다른 사람에게 즐거움과 에너지를 발산하게 해주는 사람이 필요한 것이다. 김 교수에게서 나는 그 잔영을 보았다.

(2008.)

국화차와 노부부

국화, 가을비에 흠뻑 졌어 온몸이 땅바닥에 뒹굴고 있다. 교정은 온통 노랗고, 빨갛고, 흰 국화로 넘실댄다. 봄부터 정성껏 가꾼 화단의 국화들과 현 선생님이 일 년 내내 집 마당에서 키워 시집보낸 화분들로 입초의 여지가 없다. 우리학교의 아름다움은 가을, 그도 늦가을이 돼야 진수를 드러내는가 보다.

국화를 보며, 나는 늘 이런 생각을 해오곤 했다. 가끔 맛보는 국화차를 나도 직접 만들어 맛 볼 수 있는 게 아닐까? 오늘 그 일을 저질러 보기로 했다. 우선 꽃술이 많은 순백의 중국(中菊)을 한 송이 땄다. 물에 씻어 찻잔에 넣고 끓는 물을 부었다. 5분쯤 후에 뚜껑을 여니 상큼한 국화 향과 여린 황갈색이 너무도 어울린다. 이제 맛을 볼 시간이다. 예전에 마셔본 그 맛과 별 차이가 없어 보였다.

나는 성공한 것이다. 그런데 국화차 제조법이 이렇게 쉬울 리가 없다는 생각에 제조법을 알아봤다. 역시 하나도 제대로 한 것이 없었다. 어설픈 맛과 향기와 색깔을 그럭저럭 흉내 낸 것이었다.

한 가지 방법은 다음과 같다. 산이나 들에서 핀 국화(감국:甘菊, 山菊)를 채취한다. 깨끗하게 씻어 말린다. 말린 국화를 끓인 꿀에 재운다. 3~4주 숙성한 뒤에 음용한다. 1인분의 양은 1~2스푼의 국화차에 끓는 물을 부어 열탕으로 마신다.

찻잔을 씻고 있는데 손님 오셨다. 머리가 은백인 노부부다.

"선생님, 학교에 단감을 한 그루 심으려는데 괜찮겠습니까?"

"네? 어떻게 해서 감나무를 심겠다는 말입니까?"

"저는 오랫동안 학교 숲 가꾸기 운동을 하고 있는데, 전국의 학교를 다니면서 무상으로 감나무를 심어드리고 있습니다. 단감과 떫은 감이 있는데, 단감을 심을까요?."

"이왕이면 둘 다 심어 주십시오."

신사임당 동상 옆에 터를 잡았다. 렌트카에서 묘종, 삽, 괭이, 양동이를 꺼내 심기 시작했다. 나는 물을 떠 나른다. 이 모든 재료를 비행기에 싣고 오셨다고 한다. 남선생님은 3년 전만 해도 경기도교육청연수원장을 하던 분이셨고, 옆에 있는 부인도 초등교사로 정년을 하신 분이셨다.

가시겠다는 걸 붙들어 차 한 잔 권했다. 퇴임 후 항상 관심을 갖고 있었던 학교 숲 가꾸는 일, 특히 '사람과 자연이 행복한 세상' 만들기를 실천하고 있다고 했다. 목표는 전국 12,000 학교에 감나무를 심는 일이고, 또 여건이 허락되면 100개 나라에 100 그루의 나무를 심는 일도 해나가겠다고 했다. 감나무는 감동, 감격, 감화, 감명, 감사 등을 떠올리기 때문에 아이들이 감나무를 가꾸어 거두며, 감나무의 숨은 뜻을 깨달았으면 좋겠다고 한다.

나도 작은 기념품을 전하며, 뜻있는 노고에 감사했다. 그들은 아름다운 정년을 실천하고 있다. 그런데 뒤돌아본 나의 모습은 찬비에 쓰러진 국화이고, 설익은 국화차라는 생각에 가슴이 먹먹하다.

(2010.)

서른 해, 그리고 선생님께

항상 더 없이 존경하옵고, 그리워하던 선생님들 안녕하신지요. 옛 어른들이 세월은 유수, 흐르는 물과 같다고 하였는데, 지금 이 순간 그 말들이 절실하게 다가옵니다. 고등학교를 졸업한지가 벌써 30년이 지났다니 도저히 실감도, 믿을 수도 없는 것처럼 보입니다.

저희 제주일고 14기들은 대부분 1952년생들로 6·25전쟁이 채 끝나지 않은 참으로 암담한 시대에 이 세상에 태어났습니다. 그리고 1960년대에 초등학교에 들어가서 구호물자와 사라호 태풍 속에 초등학교를 보내고, 1968년 3월 제주제일고등학교에 입학하여 71년 2월 졸업하게 되었습니다. 우리가 살았던 시대는 참으로 역경과 역동과 혼란과 변화의 시대였다고 말할 수 있을 것입니다.

저희들은 처음 5학급으로 입학하여 이런저런 사정으로 4학급이 졸업을 하게 되었습니다. 이미 저희 선배들이 명문고등학교의 기틀을 닦아놓은 상태였지만, 저희들도 어느 선배 기수들에 못지않게 그 영광을 충실히 이어갔으며, 지금도 이를 우리는 큰 자랑으로 여기고 있습니다. 그러나 이 모든 것은 결국 선생님들의 끊임없는 관심과 보살핌과 지도 덕분임은 두말할 필요가 없을 것입니다.

선생님들은 돈 한 푼 받지 않으면서 수업을 보충해 주시고, 모든 일에

솔선수범으로 본을 보여주셨습니다. 우리가 어려움에 휩싸여 방황하고 있을 때, 때로는 아버지처럼, 때로는 형처럼 자기 일 같이 가족처럼 돌봐주신 것을 지금도 우리는 생생하게 기억하고 있습니다. 저희들은 그 어느 기수에 못지 않게 선생님들의 마음을 끈질기게 고통스럽게 만들었던 일들을 잘 기억하고 있습니다. 선생님을 교체해 달라거나 교육과정을 변경해 달라거나 하는 등, 학교에 너무나 강하게 의견을 개진하기도 했습니다. 그 결과 학생회를 다시 구성하거나 했던 일들도 알고 보면, 우리가 너무 철이 없어서 그랬던 것 같습니다.

선생님들의 가장 큰 보람은 자기 제자들이 자신의 꿈을 열심히 이루어가는 모습을 지켜 볼 때라고 합니다. 저희들이 과연 선생님이 지켜보는 눈높이로 얼마나 착실하게 꿈을 실현해나갔느냐고 물으신다면, 저희들은 감히 선생님들의 가르침대로 살아왔고 앞으로도 그렇게 살아갈 것이라고 말할 수 있을 것입니다.

스물다섯 분의 선생님들이 저희들을 직접 가르쳐 주셨고, 지금 이곳에는 14분의 선생님들이 자리를 함께 하고 계십니다. 서로 연락을 주고받으며 지내는 동기생들은 130여 명이 됩니다. 그리고 지금 이 곳에는 선생님들을 만나 뵙기 위해 서울, 부산 등 전국에서 80여 동문이 모였습니다. 어떤 친구들은 저희들도 30년 만에 해후하게 되었습니다.

헤아려 보면 선생님들만 나이 드신 게 아니고, 저희들도 이제 50을 넘어서고 있습니다. 50이란 나이는 우리와는 너무도 먼, 우리와는 아무 인연이 없는 세월인줄 알았는데, 참으로 세월은 숨 가쁘게 우리를 달려오게 했나 봅니다. 그 사이에 자주 찾아뵙고 안부도 전해야 했겠지만 이런 저런 핑계로 선생님들과 소원히 보냈던 것들을 용서해 주십시오. 이제나마 30년의 세월을 뒤로 건너 광양벌 교정에서 처럼 서로 만나 안

부를 전할 수 있으니, 그 기쁨을 어찌 말로 다 표현할 수 있겠습니까?

저희들이 함께 만나면 항상 고등학교 시절을 되새기며 30년전의 쓰러져가던 디근자 교실들을 생각하며 그 교실 속에서 겪었던 웃음과 울음과 설음을 추억으로 얘기하곤 합니다. 백호기 축구대회, 차돌가, 교련 사열, 제주도 횡단 도보 훈련 등이 주마등처럼 스쳐갑니다. 당시 우리학교는 응원가가 없어서 송정언 선생님이 외국곡을 번안하여 차돌가를 응원가로 처음 도입해 부르게 되었습니다.

우리가 현재 이렇게 살고 있는 것은 알고 보면 모두가 선생님께서 가르쳐 주시고 보여주신 지혜의 덕분입니다. 오늘 선생님의 은혜를 다시 한 번 생각해 봅니다. 선생님은 저희들이 언제나 착한 마음을 갖도록 가르쳐 주셨습니다. 튼튼한 몸을 갖도록 돌봐주셨습니다. 살아가는 지혜와 삶을 헤쳐나가는 능력과 슬기를 가르쳐 주셨습니다. 가끔은 매서운 충고와 매를 드시기도 했지만 그 선생님의 고통으로 지금의 저희가 있게 된 것이 아닙니까?

선생님들은 저희들을 언제나 사랑과 이해와 관용으로, 신성한 인격자와 인생의 동반자로 대해 주셨습니다. 그 고마우신 선생님들의 은혜에 저희들은 너무도 무심했고 또 아무런 보답도 하지 못한 것이 항상 죄송스러웠습니다. 그러나 저희들은 이제 말할 수 있습니다. 저희들은 14기를 이끌어 주신 선생님들을 항상 존경하는 마음으로 살아왔으며, 앞으로도 선생님들이 쏟아주셨던 사랑과 뜻을 받들어 사회에 보람을 남기는 제자들로 살아갈 것을 약속드립니다.

달마 스님은 이렇게 말했습니다. "한 물건도 얻을 것이 없으나, 만약 알 지 못하면 반드시 선지식을 찾아가 간절하게 힘써 구해야 한다. 생각가 큰 일이니 헛되이 지내지 않도록 하여라. 돌이켜 보아라. 비록 보배가

산과 같이 쌓이고 권속이 황하의 모래처럼 많다 하더라도 눈을 뜨면 보이지만 눈을 감고는 볼 수 없다. 유위법은 모두 꿈과 같으며 꼭두각시와 같은 것이다. 스승을 찾아가라. 급히 스승을 구하지 않으면 일생을 헛되기 보내게 된다. 스승을 인연하지 않고는 바르게 알지 못하는 것이니, 스승 없이 깨친 자는 만의 하나도 드물다."

달마의 갈파처럼 저희들은 참으로 운 좋게 훌륭한 선생님들을 찾아서 스승으로 모시게 되었습니다. 운명으로 만난 선생님과의 인연을 아주 소중하게 여기며, 지난 30년간의 깊은 배려와 관심에 다시 한 번 머리 숙여 감사드립니다. 영원한 스승님이신 선생님, 부디 오래 오래 건강하십시오.

(2001.)

일흔 할머니의 첫 나들이

"안녕하세요! 이 선생님이시죠? 여긴 미국 녹스빌입니다."

"아! 할머니시군요. 아드님이랑 잘 도착하셨어요?"

"네, 덕분에 무사히 오게 되었습니다. 내년에 귀국하면 꼭 연락하겠습니다."

얼마 전에 미국무성 초청으로 한 달 반 동안 세계영어교육자를 위한 특별 연수를 다녀올 수 있었다. 스물다섯 나라에서 한 명씩 선발했기 때문에 혼자 출국할 수밖에 없었다. 체크인을 위해 유나이티드 카운터로 갔는데, 한 할머니와 장애인 아들이 함께 있었다. 맑고 따뜻한 표정을 지닌 할머니는 일흔이 다되었고, 몸도 못 가누는 마흔의 아들은 뇌성마비로 심한 지체, 언어장애를 겪고 있었다. 미국이 초행이었고 시집간 딸을 찾아간다고 했다. 일흔의 나이에 처음으로 혼자 외국으로 떠난다는 것이 쉬운 일이 아닌데, 또 장애가 있는 아들까지 데리고 떠나는 마음이 얼마나 무거울까 하는 생각이 들었다.

할머니는 한참 동안 좌석 배정을 못 받고 있었다. 가보니 출국신고서 작성을 하느라 애쓰고 있었다. 나이와 다르게 한글과 영문 글씨는 단정하고 깨끗했다. 나는 잘 못 쓰인 부분을 고치고 못 채운 부분을 작성했다. 나는 다른 카운터에서 체크인을 끝냈다. 그런데 그분들은 여전히 좌석 배정을 못 받고 있었다. 가보니 문제가 생겼다. 초청 방문의 경우 반드시 왕복 항공권을 구입해야 하는데, 할머니는 편도 항공권만을 구입했기 때문에 좌석배정과 탑승이 불가능하다는 것이었다. 미국에 가서 그냥 눌러 앉거나 불법 이민을 하는 사람들이 있기 때문이라는 생각이 들었다. 방법은 지금 귀국항공권을 구입하라는 것이었다. 그러나 할머니는 구입할 돈도 카드도 없었다. 직원은 편도로 입국하더라도 미국에서 입국 심사 때 강제 귀국 조치되기 때문에 돈을 낭비하고 고생만 한다고 설명했다. 커다란 네 개의 가방에 바리바리 싸들고 딸을 찾아 떠나는 할머니는 난감한 표정으로 어떻게 했으면 좋겠느냐고 물었다. 나는 그것은 입국 후에 생각할 일이고, 귀국당해도 좋으니 좌석배정을 해주도록 요청하라고 했다.

장애아들이 허리띠를 풀고 신발을 벗고 소지품을 꺼내서 검사대를 통과하는 일도 쉽지 않았다. 나리따에서 환승하고 입국 서류를 작성하고 시카고 공항으로 입국했다. 테네시주 녹스빌로 가는 비행편에 탑승할 수 있도록 하고 검색대까지 안내했다. 마음 조렸던 시카고 공항에서의 강제 귀국은 없었다.

틈틈이 나눈 대화를 통해 장애아들을 낳아 기르며 오늘까지 함께 생활하고 있는 인고의 시간을 조금은 짐작할 수는 있었다. 할머니는 내내 고마워했다. 그러나 한 평생의 가슴앓이와 수고를 생각한다면, 이 짧은 시간 동안의 나의 관심은 참으로 하찮은 것이었다.

(1997.)

참 초등학교

낯선 할머니의 차에 편승해서 공항으로 가고 있는데, 할머니 기사님이 뒤 돌아 보면서, "혹시, 남국민학교 졸업하지 않았어요?"라고 물으신다. "네. 그런데요." "국민학교 때와 얼굴이 조금도 변하지 않았네요." 자세히 살펴보니 내가 졸업한 국민학교 선생님이셨다. 세월과 더불어 겉모습이 많이 변하셨지만 미리 알아보지 못한 내가 부끄러우면서도, 한편으로는 시원치 않은 나를 이토록 오래 기억해 주신 선생님이 몹시 고마웠다.

누구든지 마음속에 각인되어 있는 학창생활 중에서 가장 깊게 심어있는 것은 아마도 국민학교 때의 기억일 것이다. 입학하던 날 새까만 교복 왼쪽 가슴에 손수건을 달고 교문을 들어설 때, 교사 앞에 너무 크게 팔 벌려 섰던 팽나무, 그리곤 사라호 태풍에 힘없이 뽑혀 누워있던 모습, 형님들이 물려 준, 헐려 찢기고 몇 장씩 떨어져 나간 교과서들, 5학년 때 겨우 한권 얻어 봤던 반쯤 떨어져 나간 전과책, 그리고 졸업식 날 앨범살 돈이 없어서 친구들의 모습을 마음에 묻고 교문을 나오던 기억들이 지금도 눈에 선하다.

그 동안 우리가 무심히 써오던 '국민학교'란 명칭도 이제 더 이상 쓰지 않게 되었다. 국민학교라는 명칭은 일제 강점기인 41년 2월 공포된 일왕의 칙령 148호에 의한 것으로 '황국신민'의 '국'자와 '민'자에서 따 온 것이다.

원래 일제시의 교육제도는 일본에서의 소학교를 조선에서는 보통학교라 했고 중학교는 고등보통학교로 불러 차별했다. 그뿐만 아니라 조선에서도 일본인만이 다니는 학교를 따로 만들어 중학교니, 소학교니 하고 불렀다.

그후 보통학교는 '심상소학교'로 바뀌었다가 중일전쟁에서 태평양전쟁으로 침략전쟁을 확대하는 과정에서 일본과 조선의 초등학교의 명칭을 모두 '국민학교'로 바꾸었다. 말하자면 '국민학교'라는 명칭은 일제 파쇼체제의 산물이며 내선일체, 조선민족 말살정책의 산물이었다. 이 명칭이 군국주의 체제의 산물이기 때문에 일본에서는 패전 직후 바로 그 이름을 없애고 소학교로 불렀던 데 반하여 한국에서는 이후 50년 동안이나 이 명칭을 사용했다.

식민 지배를 한 나라에서는 군국주의 청산을 위해서 곧 없애는데 오히려 식민 지배를 당한 나라에서 그 이름을 계속 사용했던 것은 아이러니라고 아니 할 수 없다. 현재 초등교육기관의 명칭을 국민학교 따위로 쓰는 나라는 우리나라와 북한(인민학교)밖에 없다. 국민학교는 '학제'가 아니라 교육의 '대상'을 지칭하고 있어서 중, 고, 대학의 학제와도 연계성이 없다는 것이다.

교육부는 이에 따라 국사편찬위에 명칭변경을 의뢰했고, 그 동안 거론됐던 이름은 초등학교 외에도 보통학교, 소학교, 어린이학교, 새싹학교, 기초학교 등이었다. 결국 '초등학교'로 결정됐고 영문표기는 Primary School로 확정됐다.

그러나 국민학교를 초등학교로 바꾼다고 해서 민족정기가 저절로 바로 서는 것은 아니다. 모든 교육의 시발은 초등학교에서 비롯된다. 그러나 교육정책은 대학 위주로 편중되어 있다. 말이 의무교육이지 사교육비가 초등교육에서 이렇게 많이 드는 나라도 별로 없을 것이다. 국민총생산의 4%가 교육재정이지만 초등교육에 투자되는 돈은 교사의 월급이 대부분을 차지하고 있다. 아직도 콩나물 교실에서 1천 6백 52학급이 2부제 수업을 하고 있다. 40년 이상 방치된 학교건물이 1천 6백여 곳이다. 국민학교에서 초등학교로 바꾸는 시점에서 올바른 초등교육을 바로 세울 획기적 초등교육 지원책이 나와야 될 것이다.

학교 환경개선과 교육의 질적 개선을 위한 여러 교육적 대안이 광복 50주년을 맞아 새롭게 제시되어야 한다. 초등교육의 기초를 새롭게 다질 집중적인 교육투자가 요구된다. 이름만 바뀐 초등학교가 아니라 겉과 속을 완전히 새롭게 갈아입은 참 초등학교를 그려보고 싶다.

(1997.)

언어와 문화와 우정의 체험

　네 번째 비행기를 갈아타고 내린 탤라하시 공항에는 젱스 박사, 케럴 선생님 그리고 협력교사인 으라씨와 남편 스톤 씨가 마중 나와 있었다. 다음 날 아파트로 이사를 하고 살림살이와 그릇과 식품을 구하러 초대형 마트인 퍼블릭스, 윈딕스 등으로 부산히 돌아다녔다.

　CIES(영어집중연수원)에서 반 배치고사를 치렀다. 영어의 다섯 가지 기능 시험이었다. 말하기, 듣기, 쓰기, 독해, 문법 분야다. 곧 바로 4단계의 반으로 편성된 연수생들에게 소위 수준별 이동수업이 실시되었다. 일주일에 3시간씩 TESOL 대학원 강의에도 참석하여 영어교수법과 비교문화론을 수강했다.

　캄캄한 새벽에 집을 나서 대학원 강의가 있는 날은 7시가 돼야 수업이 끝나는데다가, 거의 매일 부과되는 과목별 과제 때문에 너무도 힘겨운 나날이었다. 인터넷과 도서관 마이크로 필름 등을 추적하여 얻어낸 자료들을 정리하여, 암기 발표하는 일은 버거우면서도 가장 효과적인 학습법이었다. 파트너와 주어진 주제에 대한 대화를 구성하여 암기 발표하는 일, 일정한 단원을 강의하는 일, 또 매일 써내야 하는 저널, 수정 보완하며 4, 5차례 반복하여 써내야 하는 스마다 박사의 작문시간, 인터넷 속에 띄어있는 전 세계 영어학자들의 제시 문제들을 해결해 나가는 일, 문법에 대한 집요한 토론 등이 특히 기억나고, 대학원생 이상의 원어민들이 대화 파트너가 돼서 매주 토론하고 이를 기록하여 학점을 취득하는 일도 흥미로웠다.

1학기에 2개월씩 모두 3학기를 수강했다. 학기가 끝날 때마다 평가를 하는 데 평가는 TOEFL시험으로 대체한다. 작문만은 특정 주제에 대해서 쓰 돼, 여러 가지 조건을 부과하며, 그 반을 담당하지 않는 교사들이 복수로 채점하여 평가한다. 수료일에 TOEFL 성적을 포함하여, 분야별로 5단계의 성적표가 배부되며, 다음 학기의 반편성 자료로 활용된다. 미국에서는 대부분의 대학부터 박사과정까지는 TOEFL 550점이 출발선이기 때문에 이 점수를 넘으면 일단 목표한 성취도에 접근한 것으로 간주된다.

장기연수이기 때문에 문화와 생활적응을 위해서 면허시험도 치러야 했다. 필기는 컴퓨터로 치르며 필기고사에 합격하면 바로 주행시험을 보고 면허증이 발급된다. 중고자동차를 공동으로 구입하여 보험에 들고 자동차 등록을 하고 대학교 6개월 주차권을 구입했다. 아파트 임대 계약, 은행 구좌 개설, 의료보험 등에 가입했다.

특별활동은 학교에서 세운 주말 활동 계획에 따라, 주립공원 견학, 영화 감상, 체육관 시설 이용, 학교 휴양 센타 방문, 주립 자연과학 박물관 견학 등을 했으며, 성당을 중심으로 한 교민과의 연합활동에 적극 참여했다.

젱스 박사와 캐럴 선생님 등은 주말마다 인근 지역의 명승지와 유적지로 안내해 주었고, 항상 유머 속에 명쾌한 설명을 잊지 않았다. 추수감사절에는 집으로 초대해 주었고, 2박3일간 센 어거스틴 지역과 케네디 스페이스센타 견학을 계획하고 인도해 주셨다. 예순을 넘긴 노학자임에도 불구하고, 20대 젊은이 보다 더 열정적으로 추진하고 또 다정한 친구로서 도와준 것을 잊을 수 없다.

우드빌 초등학교 방문도 인상적이었다. 2학년, 3학년, 4학년 학급을 하루 종일 견학했다. 이날은 웨키대이(시험다음 날)여서 아이들과 선생님들의 복장이 이상했다. 짝짝이 양말과 신발, 잠옷 차림의 선생님과 아이들, 한 평짜리 교장실의 츄레이닝 차림의 교장선생님, 너무도 천진하게 따르던 어린이들.

이번 연수는 언어 실습은 말할 필요도 없이, 영어사용권의 문화와 우정에 대한 깊은 인식과 체험을 얻게 된, 더 없이 유익한 6개월이었다.

(1997.)

기적은 당신 안에

"이 상은 오스카상이 아닌가요?"

"예, 맞아요. 아카데미상이고 진품이지요. 손에 들고 사진에 담아가세요."

몇 년 전 미국에서 여성인권박물관을 방문할 기회가 있었다. 미국 여성 인권에 커다란 영향을 끼친 사람 중의 한 분이 헬렌켈러이고, 그녀가 남긴 많은 흔적들이 그 곳에 남아 있었다. 나는 오스카상을 안고 초등학교 시절 그녀를 처음 읽었을 때의 감동과 세상에 대한 용기가 새삼 솟구침을 느낄 수 있었다.

헬렌은 '삼중고(三重苦)의 성녀'라고 불린다. 1900년에 하버드대학교에 입학하여 세계 최초로 대학교육을 받고, 박사학위를 받은 맹농아자였다. 그녀의 노력과 정신력은 전 세계 장애인들에게 희망을 주었고, 다양한 활동으로 '빛의 천사'로도 불렸다.

헬렌의 으뜸가는 사명은 시작장애인 복지 운용이었지만, 여성 참정권을 옹호하고 아동의 노동을 반대하는데 주력하였다. 장애인들을 위해 11년 동안 36개국을 방문하였고, 1955년에 '운명을 이긴 사람들'이란 영화를 찍어 기록 장편영화 부문에서 아카데미상을 받았다.

그녀는 '세상에서 가장 아름답고 소중한 것은 보이거나 만져지지 않는다. 단지 가슴으로 느낄 수 있다. 우리가 최선을 다할 때 우리의 삶에, 아니 타인의 삶에 기적이 일어난다.'는 말을 남겼다.

이 말은 나에게 또 한 사람을 생각하게 했다. 세계 최고의 병원 존스홉킨스 병원 재활의학과 병동에 들어서면 아주 특별한 의사 한 명을 만날 수 있다. 휠체어를 타고 병동을 누비는 한국인 의사 이승복이다. 그는 여덟 살 때 미국으로 이민 가 고등학교 3학년 시절 전미 올림픽 최고 체조 상비군으로 선발됐다.

미시간대 등 10여개의 명문대학에서 스카웃을 받고 있는 상태였다. 그러나 18세의 여름날, 그의 인생이 한 순간에 산산조각 났다. 공중회전을 하다 턱을 땅에 박은 것이다. 사지마비라는 청천벽력의 선고를 받았다.

절망의 나날을 보내다 간호조무사가 건네준 의학책을 일고 의학에 뜻을 두었다. 누구도 가능하다고 생각하지 않았던 명문 다트머스의대를 거쳐, 하버드에서 인턴과정을 수석으로 졸업했다. 마침내 세계 최고의 병원인 존스홉킨스의 수석 재활의학 전문의가 된 것이다. 이젠 올림픽 금메달리스트가 아닌 휠체어를 타고 다니지만, 그는 절망의 늪에 빠진 사람들에게 새로운 도전과 희망의 증거가 되고 있다.

어둠의 긴 터널을 뚫고 찾아온 생명의 시간에 잠시 그 말을 기억하자. "나를 지금 이곳에 있게 한 세 가지를 꼽으라면 그것은 꿈과 목표, 그리고 사랑이었다. 사랑이 없으면 꿈이 있을 수 없다. 꿈이 없으면 목표도 있을 수 없다."

(1998.)

한류와 혐류 사이에서

나고야 역 광장이 갑자기 어슬렁거렸다. 김 군 등 몇 명의 학생들이 일본인 할머니 할아버지들에게 큰절을 올리고 있었던 것이다. 그리고 30명의 한국 고등학생, 대학생들이 호스트 패밀리들과 서로 부둥켜안고 울음을 그치지 않고 있다. 이들은 이틀 동안 홈스테이를 제공해준 나고야 시민들이었다. 호스트 패밀리를 선정할 때 협회 회원들이 포함되지만 나고야 시민들을 대상으로 모집했다고 한다. 그러니 젊은 가족도 있었지만 나이 많은 부부도 많이 참가 신청을 했었다. 그리고 히로요시 가토(加藤廣好) 교류협회 부회장 등 간부 일행은 몇 달 전부터 이 홈스테이를 준비해 왔고 우리 방문단 사진을 소재로 캘린더를 제작해 모두에게 선물로 증정했다. 또 협회 일행은 환승역까지 나와 열차가 보이지 않을 때까지 손을 들어 작별하는 일본인 특유의 아쉬움을 보여주었다.

나는 이번에 일본 외무성이 주관하는 열흘간의 한일 학생 교류 프로그램에 참여하게 되었다. 도오쿄, 나고야, 교오또, 오사카 지역을 통해 대학에서의 학술 교류, 국제고등학교에서의 교환 교육 체험, 문화 유적 탐방, 방재 교육 체험 등이 주요한 프로그램이었다.

이 프로그램 참여자들은 지난 1년 동안 제주 일본총영사관에서 주최하는 각종 일본어 프로그램에 참여함으로써 선발된 학생과 일반인들이다. 일본어 경시대회, 일본어 말하기 대회, 자신의 미래 설계하기 등에 참여하면 된다. 일본어를 전혀 못하더라도 이웃나라에 대한 관심만 있으면 누구나 선정될 수 있다.

한류와 혐한류라는 말이 있다. 한류 반대 시위가 일본에서 있었다는 보도는 한국에는 있었지만 일본 공영 방송에는 보도되지 않았다고 한다. AP에 의하면 일본의 한국 선호도는 세계 3위(31%)로 나타나고 있다. 한일교류 기금은 1983년 전두환 대통령과 나카소네 수상에 의해 설립 운영되고 있다. 정치리더의 결단에 의해 교류가 시작되었다는 것은 의미 있는 일이었다. 그 사이에 한일 학생회의가 발족되고 한일학생 포럼이 한국학생 주도로 만들어졌다.

한류의 역사를 잠시 살펴보자. 1987년 조용필의 창밖의 여자가 처음으로 일본에서 불려졌고, 1990년 이 노래가 일본 전국에 위성중계되었다. 1977년 가수 이성애의 '가슴 아프게'가 레코드 발매되었고, 1980년 이성애, 조용필이 처음으로 한국식으로 발음되었다. 한국에서도 1998년 일본대중문화가 개방되어 영화 비디오, 출판 일부가 개방되기 시작했다. 2000년 미이니찌 신문은 일본인 48%가 한국에 친밀감을 느낀다고 했다. 2000년 1월 일본에 쉬리가 상영되었고 2001년 가수 보아가 일본에 데뷔했고 영화 JSA가 상영되었다. 모아는 이해 일본레코드 대상을 수상했다. 2002년 일본 TBS와 한국 MBC가 처음으로 한일공동 드라마를 제작했고 월드컵 공동 주최를 하게 되었다. 드디어 2003년 3월 NHK가 「겨울연가」를 방영하면서 한류가 등장하게 된다. 12월에 재방되면서 욘사마가 탄생했다.

조사에 의하면 '2004년 이후 한국 안 가본 대학생은 없다'가 그들의 조사라고 한다. 한류란 말은 2001년 11월 처음으로 등장하는데 '중국에서 한류란 말이 쓰여지고 있다'란 보도가 있었다. 최근의 혐한류(嫌韓流)란 말은 논리적인 말이 아니라 감정적인 말이라고 한다. 한국에 대한 관심이 커지는 것에 대한 일본 것에 대한 아쉬움의 표현이라고 그들은 해석하고 있다. 그들의 근본적인 시각은 가까운 나라로 언제나 쉽게 이해할 수 있는 상황과 여건을 지니고 있다고 이야기한다.

이번 여행을 통해 록본기 힐즈를 살펴 볼 수 있었던 것은 큰 기쁨이었다. 이 지역은 원래 재래식 판자촌 같은 지역이었다고 한다. 화재가 나도 소방차로가 없어 소화할 수 없는 불편한 지역이었다고 한다. 그러나 모리 부동산이 재개발을 한 것이다. 1986년에 착공하여 2003년 4월에 완공되었고 17년이 소요되었다. 그러나 이중 14년은 지주들과의 도시계획 결정을 위한 절차 및 합의 협상으로 보낸 시간이었으며 시공에는 3년이 소요되었다. 그 결과 지상 54층의 건물군과 호텔, 극장, 방송국, 쇼핑센터, 아파트 등이 들어선 상주인구 2,000명. 취업인구 20,000명. 일일 방문객수 20,000 명 주말에는 15만 명 이상 방문하는 일본 최대 규모의 복합 재개발 사업이 가장 빛나는 성공 사례가 되고 있다.

특이한 점은 그 비싼 대지에 록본기힐즈 아레나앞에 있는 모리정원이다.

에도시대 다이묘(大名: 만 석 이상을 소유한 막부전속 무사) 저택의 여운이 그대로 남아있는 모리정원(毛利庭園)은 도쿄의 번화함을 상징하는 록폰기힐즈의 도심 속 휴식처 역할을 하는 곳이다. 4,300㎡의 넓은 부지에 연못을 중심으로 폭포와 계곡이 울창한 나무와 조화롭게 어울려 있어 사계절의 변화를 그대로 만끽할 수 있는 회유식(回遊式) 일본정원중의 하나이다. 힐사이드 동쪽에 위치한 이곳은 일반 관광객은 물론 테레비아사히와 록폰기힐즈에서 근무하는 회사원들의 안식처로 가벼운 차와 식사를 즐길 수 있음은 물론 엔터테이먼트 공간인 아리나에서 펼쳐지는 다양한 이벤트도 즐길 수 있는 곳 이다.

약 12헥타(25,652평)의 면적에 총 2조 5,000억 원이 투입되었는데 자금 조잘 방식은 자신의 땅을 사업체에 제공하고 개발이후 부동산 임대 및 수익배분방식을 택했다고 한다. 곳곳에 설치된 모든 조형물과 편의시설 등은 공간디자인의 전체적 통일성, 일체감 추구하여 개발주체회사가 디자인에 대한 종합 조정 작업 수행 공간의 일체감 창출로 지역 자체를 브랜드화하고 있다. 특히 5층 옥상에 정원을 만들어 논과 강을 만들어 놓고 이곳에 4계절 자연을 느낄 수 있게 하고 있으며, 논에서 거둬들인 쌀로 직접 떡을 만드는 행사를 하고 이 행사에 일본 총리가 참석했었다.

오사카 시립대학생들과의 교류 활동, 간토국제고등학교에서의 교류 활동이 있었다. 고등학생들이 조를 이루어 하루 동안 동경 시내를 탐방하고 그 결과를 작성하여 한국학생은 일본어로 일본학생은 한국어로 프리젠테이션을 하는 것은 상호간의 이해에 효과적이었다.

일본에서는 고등학교라도 8시30분 수업을 시작하고 오후3시30분이면 파한다. 일본은 주5일제이지만 선생님의 설명에 의하면 50%의 교사들은 매주 토요일도 근무하고 평일도 수업 준비를 위해서 5시30분이 퇴근 시간이지만 보통 7,8시가 돼서야 퇴근한다고 했다.

일요일 아침 오사카 지하철을 탔다. 인적이 드문 사이로 교복 입은 학생들만 몇 명씩 앉아 있다. 그런데 이상했다. 일요일 아침인데 왠 교복이고 왠 책가방인가? 그리고 책을 들고 읽고 있다.

"아니 학생 일요일인데 어데 가세요?"

"아 오늘 센타 시험이 있습니다."

센타 시험은 우리말로 대입수능을 말한다. 고등학생들은 토요일이나 일요일 희망하는 대학에 가서 입학수학능력시험인 센터 시험을 치른단다. 일 년에 몇 차례 있으니 희망대로 가서 치르면 되고 부모도 사회도 전혀 관심이 없어 보였다. 우리처럼 출근시간이 늦춰지거나 특정 시간대에 비행기 이착륙이 금지되거나 모범 택시가 조를 편성하여 수험생 수송을 지원하거나 부보가 담장에 서서 기도를 하거나 언론이 떠들썩하거나 하는 것이 없다니 참으로 싱거웠다.

방문 중에 일본 공영 TV의 흥미로운 프로그램을 보게 되었다. "저에게 키스해 주세요!"라는 피켓을 든 금발의 서구 미녀가 광장에 서 있다. 많은 사람들이 그녀의 뺨에 입 맞추고 지나갔다. 기자가 그들의 국적을 조사하여 통계를 내고 있다. 그리스, 이태리, 독일, 미국, 중국, 일본 등이다. 그런데 한국 칸에는 끝날 때까지 단 한명도 기록되지 않았다. 한국 남자들은 철저히 순결했다. 이런 모습에 일본 여인들이 호감을 느끼고 있는 것이 아닐까 하는 생각이 들었다.

오사카시립대 미치오 미야노(宮野道雄) 부학장의 설명에 의하면 최근의 혐한류(嫌韓流)란 말은 논리적인 말이 아니라 감정적인 말이라고 한다. 한국에 대한 관심이 커지는 것에 대한 일본 것에 대한 아쉬움의 표현이라고 그들은 해석하고 있다. 그들의 근본적인 시각은 한국은 가장 가까운 나라로 언제나 쉽게 이해할 수 있는 상황과 여건을 지니고 있다는 것이다. AP 통신은일본의 한국 선호도는 세계 3위(31%)이고, 2004년 이후 한국 안 가본 대학생은 없다고 한다.

일본, 여전히 가깝고도 먼 나라다. 사람과 정서는 가까이 다가서려는데, 정치논리와 통치 수단은 자꾸만 뒤로 물러서려 하는 이유가 무엇인지 너무도 궁금하다.

(2011.)

꽃에 대한 진실

"이 선생! 지난해 우리 집에 왔을 때 사다 준 호접란이 조화였어?"

"아니, 그 유명한 화원에서 생화로 알고 준비했었는데. 왜 그래?"

"글쎄. 1년이 지났는데도 꽃잎 하나 떨어지지 않으니 말이야!"

참으로 황당한 일이었다. 친구 몇이서 집 방문을 하면서 화원에서 샀던 호접란이 아마도 조화였던 모양이다. 그에 의하면 본인과 부인이 매주 잊지 않고 물을 주었고, 호접란도 이에 화답하듯 1년이 지나도 싱싱하고 우아한 자태를 뽐냈다고 했다. 얼마 전 한 지기가 집을 찾았기에, 그 이상한 호접란 이야기를 했단다. 한 참을 뜯어보더니만, 아무래도 조화인 것 같다고 했다는 것이다. 너무도 미안한 마음이 들었다. 조화인지 생화인지를 확인해 보지 않은 우리들의 부주의가 컸었다. 아니면 너무도 정교한 조화 제작자의 잘못도 있었을 것이다. 그래도 조화라면 조금은 조화 닮은 어설픔이 섞여있었어야 옳지 않았을까?

전에 여학생 교실에서 수업을 할 땐, 이런 농담을 곧잘 하곤 했다. "오늘 아침, 여러분들 모두가 꽃 같아 보이는 군요." 그러면 학생들은 모두가 꽃 인양 공주인양 미소를 함박 머금고, "예! 우리는 꽃이예요!"라고 대답한다. "그래서, 금방 시들지요!"라고 말하면, 그네들은 질색하곤 했다.

꽃의 속성은 피는데 있는 것일까, 지는데 있는 것일까? 꽃이 아름다움은 꽃의 소명을 다하기 위한 과정이다. 개화의 아름다움으로 나비와 곤충을 유혹하고, 그 유혹의 결실로 후손을 퍼트리는 것이다. 그러니 꽃은 지지 않으면 열매와 자손을 얻지 못 한다. 마치 밀알이 떨어져 썩어야 새로운 생명이 잉태되는 이치와 같다.

며칠 전 상해시 교장단과 함께 학교를 방문한 일이 있었다. 학교에서는 장미꽃다발로 환영했는데 화환이 유난히 반짝거렸다. 자세히 보니 금분이 꽃마다 달라 붙어있었다. 묘미도 있었지만, 장미의 순수함이 착색물에 가리어 아름다움이 덜해 보였다. 요즘에는 꽃에 인조 향수도 뿌려 향기를 더한다니, 순수 자연의 미와 향을 찾기도 쉽지 않을 듯싶다.

꽃에 대한 진실, 흔들린 지 오래다, 그러나 꽃보다 아름다운 인간은 방부 처리된 표본이나 인조인간처럼 늘 푸르기를 추구해서는 안 된다. 성형미인, 형태를 가공하고 갖은 화장재와 화장술로 외형을 꾸밀 수도 있을 것이다. 그러나 외연이 본질을 가리거나, 그 가치를 잃게 해서는 안 된다. 사람의 아름다움은 시간을 역류하는 것이 아니라, 세월에 순응하고, 타협하며 살아가는데 있는 것이 아닐까 생각해 본다.

(2007.)

에머스트에서 보낸 여름

"Nice to meet you! I'm Mr. Lee. Where are you from?"

"Happy to see you! I'm from France, and my name is Florence."

미국 매사추세츠 주에 있는 에머스트 대학(Amherst College) 젱킨스 기숙사 앞에서 우리는 처음 만났다. 25개 나라에서 온 29명의 연수단이다. 각자 개인별로 출발하여 이곳에 집결했다. 한국사람은 나 혼자였다. 호주, 프랑스, 독일, 브라질, 스웨덴, 네덜란드, 이집트, 인도, 오만, 남아프리카공화국, 중국 등 세계 각국에서 선발된 대표자들이다. 중국의 경우 5개의 영사관이 있는데 영사관 별로 1명씩 예비 선발을 한 후 5명이 인터뷰 등의 시험을 거쳐 용펑뤼가 선발되었다. 그녀는 영국에 유학했었고 전국 영어 수업 발표대회에서 3년간 계속 1등을 한 재원이었다. 늘 나와 붙어 다녔던 베트남의 Mr. Diep는 호주 시드니 대학에서 석사와 박사학위를 취득한 사범대학 교수로 학장이다.

에머스트 대학은 1821년에 설립되어 1,600여명의 학생이 재학하고 있는 뉴잉글랜드의 유서 깊은 대학이다. 캠퍼스가 그지없이 아름답다. 50여개의 낮은 건물들이 울창하고 하늘을 찌를 듯한 수목사이로 조화롭게 자리잡고 있고 드넓은 잔디밭들이 모든 교사(校舍)들을 그림처럼 연결하고 있다.

이튿날 연수본부(Institute of Training and Development)에서 개막식이 있었다. 게양된 수많은 국기들 중 태극기가 눈이 뛰게 아름답다. 1시간 동안 둘씩 짝지어 서로에 관한 정보를 교환하고, 나머지 세 시간 동안 상대방에 대한 정보를 모든 사람들에게 차례로 전달하는 소개 행사가 있었다. 나의 파트너는 그리스 출신 교육청 장학사 드미트리라는 여자였다. 현재 할머니와 함께 홀로 살고 있으며 그리스 근대 문학 박사학위를 갖고 있다. 한 사람이 한 사람만 상세히 소개하면 모두가 서로를 알게 되는 편리한 방법이었다. 물론 모두가 영어만 사용하니 신경을 집중해야 했다.

저녁 때 구내식당인 Valentines에서 환영 리셉션이 있었다. 원장인 마크 박사, 연수부장인 로리 박사, 운영자인 에드가르도, 인턴직원인 니꼴, 사무직원인 케이씨 부부 등이 참여했다. 모두가 처음으로 만나는 사람이어서 마치 스폰지처럼 서로에 대한 정보를 흡수하기에 바빴다.

미국무성에서 주최하는 연수이므로 각 분야의 최고 권위자들이 강사로 위촉되었다. 모든 강좌는 3시간에서 5시간씩 집중적으로 행해졌고 토론과 질의응답이 병행되었다. 나는 주요한 내용을 요약하면서 가능한 모든 강의와 토론에 반드시 한번 이상 질의를 하고 의견을 개진했다. 미국 대학의 경우 모든 강의에 있어서 참여도(challenge)가 중요한 평가 기준이 된다.

역사, 문화 차이, 인종 차별, 환경 보호, 영어 교육 등 30여 강좌의 수강과, 에머스트 교육위원회, 노스앰프톤 시장, 각 종교집단과의 패널 토론 등이 진지하게 이루어졌다. 또한 이스터앰프톤 고등학교, 인디언 자치마을, 이민교육협회, 미국무성, 국제난민위원회, 미의회 등도 방문했다.

이스트앰프톤 고등학교는 7:30분부터 90분씩 수업한다. 쉬는 시간은 겨우 5분이다. 학생들은 민첩하게 볼일을 마치고 다음 교실로 이동하게 된다. 점심시간을 별도로 정해져 있지 않다. 옆 학급 식사가 끝나면 다음 교실 학생들이 이어서 식당으로 가고 끝나면 바로 돌아와서 수업을 계속한다. 3교시 후 보통 오후 2시에 학생과 교사는 하교한다. 동 새벽에 등교하여 심야까지 자율학습을 하고 방학도 없이 입시에 매달리는 우리 아이들을 생각하니 너무도 측은하다.

국제난민위원회(Refugees International) 사무총장 Ken Bacon 씨 등 3명의 관계자들과 난민 현황, 정책 등에 대한 의견을 청취했다. 나는 북한 주민의 중국에서의 난민 신청을 중국이 묵살하여 강제 송환함으로써 북한의 집단 수용소에서의 참혹한 형벌을 감수해야하는 현실에 대한 북한 난민에 대한 정책과 노력을 질의했고, 사무총장은 해마다 5만 명이 탈북하고 있으며 여러 분야의 NGO, 국경 없는 의사회 등을 통해 노력하고 있다고 답했다.

미의회(Capitol)로 갤러리 방문 허가를 받아 미하원 회기에 2시간여 참관했다. 환경관련 법안을 심의, 표결하고 있었으며, 회의 분위기는 참으로 자유스러웠다. 의장은 의장석에서 콜라를 마시고 햄버거를 들면서 의사 진행을 하고 있었다. 표결은 의석에 없더라도 전자투표에 의해 정해진 시간 안에 지정된 구역 내에서 투표할 수 있다. 본회의장은 대단히 협소한 편이다. 우리나라 국회 본회의장의 1/2도 안 된다. 400여석이 극장식 붙임 의자처럼 되어 있으며 우리나라처럼 회전의자에 거대한 책상, 명패는 없다. 그래서 그들은 의자를 뒤집고 명패를 집어던지는 일도 없나 보다.

에머스트 지역은 미국 문화의 정수가 스며있는 대단히 유서 깊은 역사적 도시다. '가지 않은 길(The Road Not Taken)'을 쓴, 미국의 계관시인이라고 불리는 로버트 프로스트가 후학 가르쳤던 곳이고, 미국 사실주의의 선도자인 마크 트웨인이 작품 활동을 했던 곳이다. 19세기 미국의 최대 여류 시인인 에밀리 디킨슨이 평생을 독신으로 살며 1,700편의 시를 창작했던 요람이기도 하다. 그녀의 집을 방문하여 즐겨 입었던 순백의 드레스를 만지는 순간 짜릿한 전율이 내 심장까지 멈추게 했다. 웅장하고 고풍스러운 마크 트웨인 저택 맞은편엔 스토우 부인 집이 있다. 그녀가 바로 남북 전쟁의 단초가 되었던 '톰 아저씨의 오두막집'을 저술했었다. 대시인 에머슨의 생가가 있고, 또 근처엔 간디와 톨스토이의 '무저항 비폭력'을 모든 삶에서 발견하며, 자연의 예찬과 문명사회의 통렬한 비판을 실천한 초절주의자로서, 월든(Walden)의 저자인 데이비드 소로우의 통나무집과 호수가 있다.

이처럼, 완전한 고립 속에 영어만을 사용해야하는 연수는 이번이 처음이었다. 달 반 동안 우리말을 쓰지 못하니 가슴이 답답하고 소화도 잘 안 되었다. 그러나 실제 완벽한 영어를 구사하는 사람은 미국인도 없기 마련이므로 조금도 겁먹을 것은 없었다. 모두가 완전히 이해한 척 하고서도 나에게 내용을 문의해 오는 것을 보면 그들도 여전히 완전한 영어를 이해하고 구사하는 것은 아니었다. 물론 많은 어휘를 기억해야 하고 듣기 연습을 많이 해두는 것이 중요하다고 생각한다.

이번 연수는 외롭고, 새롭고, 고통 속의 보람 많은 유익한 기회였다. 우리가 고도에 갇히면 누구의 도움도 받을 수 없다. 지금까지 배운 지식과 경험을 기억하며 생존의 길을 터득해 나가야 한다. 그 인고의 시간을 겪고 나면 새로운 지혜와 용기와 창의성이 생겨나기 마련이다. 고도(孤島)에서 살아남기, 그 것이 남긴 조그만 편린을 겪어 보았다.

(1998.)

가정은 가장이다

캐나다 칼튼 대학에서 공부할 때의 일이다. 언어학 박사이신 프링글 씨가 집으로 초대했다. 대학 기숙사까지 차를 갖고 왔다. 집은 교외의 푸른 잔디위에 회색 페인트가 선명한 아담한 집이었다. 부인이 반갑게 맞는데 동양인이다. 나중에 들어보니 그녀의 아버지는 이름만 대면 누구나 알만큼 이름있는 베트남 정치가였다. 동양풍으로 꾸며진 식당에서 세 시간 동안 신사와 대화를 나누면서 부인은 겨우 한 번 자리를 떴고, 남편인 프링글 박사는 10여 차례나 들락거리면서 그릇을 치우고 새 음식을 가져오고 정신없이 바빴다. 그리고 아들도 항상 함께 거들었다. 이런 모습은 해외의 가정에서는 누구나 흔히 목격할 수 있는 부분이다. 물론 요즘 부부라면 우리 주변 가정에서도 부엌에서 부인이 해야 할 일을 열심히 해주는 가정적인 남편들이 많다. 예전에 어떤 글에서 '내 취미는 틈날 때 마다 부인의 일을 도와주는 것'이라는 말을 읽었을 때 가슴이 시렸다.

좋은 아버지가 되려는 사람들이 선정한 '좋은 아버지 20 계명'이라는 글이 있다. 그 내용은

1, 좋은 일로 대화하고 노부모님을 공경하라.

2, 똑같은 일로 두 번 야단치지 마라.

3, 자녀의 손을 잡고 문방구나 서점에 가 보라.

4, 집안의 하찮은 물건들도 모두 가정의 소중한 문화유산임을 일깨워라.

5, 화난다고 자녀를 손으로 때리지 마라.

6, 집안에 문화적 기둥을 세워라.

7, 휴일이라고 놀러 다니지 마라.

8, 자녀와 공동의 경험을 늘려 대화의 소재를 축적하라.

9, 남의 아이도 내 아이처럼 사랑하라.

10, 다 쓴 물건은 바꿔 쓰고 안 쓰는 물건은 재활용하라.

11, 자녀가 스스로 판단한 의사를 존중하라.

12, 자녀가 좋아하는 책이나 어린이 프로그램을 보라.

13, 자녀 앞에서 부부싸움을 하지 마라.

14, 한 번 한 약속은 반드시 지켜라.

15, 자녀의 일을 스스로 먼저 말할 수 있게 하라.

16, 공부하라는 말을 적게 하라.

17, 외제 물건을 갖고 자녀 앞에서 폼 잡지 마라.

18, 힘든 일에도 자녀를 참여시켜 협동심을 길러 주라.

19, 가족끼리 식사할 때 신문을 보지 마라.

20, 자녀 앞에서 새치기 하지 말라 등이다.

모든 사람에게는 자기 아버지의 모습이 어떤 형태로든지 남아 있다. 나의 아버지의 모습도 역시 나에게 많은 모습으로 살아계시지만 그 중에서도 한 가지는 영원히 잊혀지지 않는다. 초등학교 4학년 때의 일이다. 개울가에서 넘어져 발가락이 돌에 채였고 피가 흘러 내렸다. 아버지는 발가락을 한참 입으로 빨아 주셨다. 약도 안 발랐지만 신기하게도 금새 다 나았다. 그 지저분한 발가락을 빨아 주시던 모습이 지금도 눈에 선하다. 예수가 제자들의 발을 씻어주어 세상의 죄를 씻고 스승과 제자의 관계를 세우신 것처럼 아버지는 육체의 상처를 치우한 것이 아닌가 하는 생각이 든다. 또 어머니 없는 5남매를 키우면서 속상한 일들이 너무 많았을 텐데, 한 번도 매를 든 적이 없었다. 물론 공부하라 지시한 말을 한 번도 들은 기억이 없다.

바쁜 직장 생활 때문에 자녀의 교육 지도를 늘상 어머니에게 맡기는 것은 바람직하지 못할 것이다. 마음을 순화시키고 삶의 긍정적인 태도를 키우는 것은 부모의 삶은 통해서 자연스럽게 이루어질 수 있을 것이다. 아버지의 권위를 지킴으로써 존경심을 갖게 해야겠지만 자녀와 마음을 같이 함으로써 좋은 친구가 되어 주는 것이 바람직하지 않을까 하고 다시금 생각해 본다.

(1995.)

이태리에는 이태리 타월이 없었다

　지난달 제주국제화장학재단의 지원으로 외국어 능력이 띄어난 도내 중고등학생 20여명과 함께 유럽의 문화와 언어 체험연수를 다녀왔다. 워낙 빠듯한 예산이라 모스크바를 경유하여 파리고 갔다. 소련제 일류신 여객기는 아마도 군용기를 개조하여 만든 것인지 이륙하자마자 착륙할 때까지 몹시도 덜컹거렸다. 그러나 소련은 인류 최초로 우주선을 쏘아 올린 항공에 대해서는 앞선 나라이므로 차마 가다가 멈춰서지는 않겠지 하는 믿음으로 비행기에 올랐었다.

　루브르박물관에서 천년의 혼이 아직 살아 숨 쉬고 있는 밀로의 비너스는 그 완벽한 아름다움과 생생한 표정으로 사랑을 만난 소년처럼 숨이 멈춰버렸고, 심장이 한 없이 뛰었다.

　6백 년의 정성이 스민 두모오 성당의 웅대, 화려, 섬세함에는 정신이 혼란스러웠고, 40년만의 더위를 즐기던 트레비 분수대의 위용은 '로마의 휴일' 아이스크림을 다시금 그립게 했다.

　천상적 걸작인 성베드로 대성전과 자연과 모방의 한계를 시험하고 있던 몽마르트르 화가들의 치열한 손놀림이 아직도 눈에 잔영으로 생생히 남아있다. 그러나 긴소매 외투를 입고서야 방문을 허락하던 몽블랑의 자존심과 긴 바지를 입어야 입장을 허용하던 시스틴 성단의 권위는 누가 더 센 것인지 아직도 알 수 없다. 메디치가의 혜안과 시대가 맞물린 레오나르도 다빈치, 미켈란젤로, 라파엘로의 탄생은 결코 우연의 일치로 치부할 일이 아니었다. 재능을 알고, 지원하고, 격려하고, 창의성을 일으켜 세우는 사회적, 시대적 분위기가 중요하는 사실을 느끼게 되었다.

이 의미로운 순간에도 틈만 나면 수험서를 펴들고 수능 공부 사매경인 정훈이와 혜원이의 모습이 사랑스럽고 가여웠다. 수능을 앞두고 연수 포기를 종용하던 주변 사람들의 걱정을 뿌리치고 참여했으니 마음은 얼마나 조마조마 불안불안 했을까? 이런 기회가 다시 오더라도 선택은 꼭 같았을 것이라는 그들의 고백 속에 이번 연수의 의미는 더욱 빛나고 있었다.

우리는 이 기간 동안 유럽 문화의 원류뿐만 아니라 다양한 언어를 폭넓게 체험하고 익히는 기회로 삼고 싶었다. 자신이 익힌 외국어가 정말로 의사소통 능력이 있는지를 마음껏 시험했다. 이태리어는 몰랐지만 '아쿠아'가 물이라는 것을 알게 되었고, 기본적인 어휘와 몇 마디의 필수 어휘도 손쉽게 익힐 수도 있었다.

바티칸 대성당을 비롯한 유명 관광지에는 '하나에 5 유로'하면서 관광서적과 기념품을 판다. 생존을 위해 한국말을 배워서 돈을 벌고 있었다. 중국인들은 한국인만 보면 '싸다! 싸!' 하면서 물건을 파는 모습을 볼 수 있다. 국제자유도시 관광지에서 살려면 최소한의 외국어 의사소통능력이 필요하리라는 것을 실감할 수 있었다. 우리도 꼭 필요한 문장 20~30개 정도는 익혀 쓸 수가 있어야 하지 않을까 하는 생각이 들었다.

'로마는 하루 아침에 이루어지지 않았다.', '로마에 가면 로마인같이 행동하라.', '모든 길은 로마로 통한다.' 등 유럽을 대표하는 로마가 어떤 곳인지 알고 싶었다. 그러나 아직 알 수 없었다. 쓰레기를 아무데나 마구 버리는 그 생활 문화 수준이 이해되지 않았다. 우리는 종이 한 장을 함부로 버려도 양심이 자유롭지 못 하기 때문이다.

이태리 타월도 한 장 사고 싶었다. 그러나 찾을 수가 없었다. 그들은 몸에 붙은 때도 남겨 보존하기를 좋아하고, 우리는 거리에서 옮겨 붙은 먼지 하나라도 말끔히 지우 없애기를 좋아하는 습성 때문에 이태리 타월은 이태리엔 없었던 것이다.

(2003.)

종이컵 속의 무소유

종이컵 속의 무소유

10여 년 전 프랑스에서 김포로 오는 비행기에 한 스님이 타고 있었다. 스님은 생선은 물론 샐러드조차 입에 대지도 않았다. 걱정이 된 여승무원은 주스와 빵을 갖다 드리자, 그것을 조금 들었다. 그녀가 보기에 스님은 정갈하게 사는 게 일상화된 것처럼 보였다.

한국에 도착한 그녀는 법련사에 들르게 되었다. 법련사 서점에서 책을 살 예정이었는데, 그곳에서 스님을 우연히 만났다. 그녀를 알아본 스님이 차 한 잔을 하고 가라고 했다. 걸망에서 컵을 꺼냈는데 그것은 그녀가 스님께 주스를 대접했던 항공사 로고가 새겨진 일회용 컵이었다. 스님은 끈적거리는 종이컵을 씻어서 너덜거릴 때까지 계속 쓰고 있었던 것이다. 그 모습을 보고 충격을 받은 그녀는 그 뒤 어떤 것도 함부로 버리지 않았다고 한다.

내가 일회용 종이컵을 처음 본 것은 70년대 군복무 시절이다. 나는 고위 장성들의 외국 출장 업무도 담당하고 있었다. 미국대사관에 비자 신청을 하러가곤 했는데, 그곳에서 처음 일회용 컵으로 마시고 버리는 모습을 목격했다. 나는 물을 마시고 종이컵을 그냥 버려야 하는지 한참 망설였다. 이해가 되지 않았다. 이렇게 멋있고 견고하고 촉감 좋은 컵을 단 한번 쓰고 그냥 버리다니 말이다. 잘사는 나라 미국이 부러웠다. 미국에서 생활할 땐, 한번 쓰고 버리는 예쁜 플라스틱 컵을 보면 늘 안타까웠다. 어느덧 우리도 이런 소비 의식과 행태에 물들어 버렸으니, 항상 자연에 죄스러울 뿐이다.

윗분이 바로 법정 스님이다. 유지에 따라 49제 후, 출가 본사인 송광사 불일암에 30년 전 친히 심어 정성으로 가꾸었던 후박나무에 산골했다. 완전히 무소유의 자연으로 돌아가면서, 이미 다른 생명으로 회귀한 것이다.

재가제자(在家弟子) 정찬주 작가에 의하면 스님은 생명 중심과 무소유 사상 속에 인간적 고뇌가 깊었던 분이라고 한다.

"주로 사람들이 붐비지 않는 아침 시간에 영화를 즐겨 보셨는데, 언젠가 서편제를 함께 보면서 시작부터 끝까지 그렇게 우셨습니다. 어머니와 누이에 대한 마음의 빚 때문이었던 것 같습니다. 네 살 때 아버지를 잃으셨던 스님은 고등학교 때 어머니가 다른 남자에게서 여동생을 낳아오자 충격을 받으셨습니다. 스님은 여동생을 낳기 이전의 어머니만 인정했는데 입적하시기 전까지 그때 일을 미안해하셨던 것 같습니다."

스님은 '베푼다'는 말을 싫어하고 '나눈다'는 말을 좋아하셨다고 한다. "나도 없는데 하물며 내 것이 있겠느냐?"는 무소유 철학을 일상으로 생활했다. 그래서 영상법문을 통해서도 '마음을 찾으려 하지 말고, 현재의 자기 마음을 잘 쓰는 것이 이 세상의 행복을 찾는 길'이라 들려주지 않았던가?

무엇이든 소유한다는 것은 괴로운 일이요, 얽매이는 일이요, 불편한 일이다. 소유하지 않는다는 것은 자유로운 일이요, 평화로운 일이요, 행복한 일이다. 종이컵 하나도 소유하려면, 컵 속의 공기, 컵 속의 물 한 방울을 염려하여, 지극 정성으로 아끼고 사랑하고 잘 보살펴야 한다.

(2011.)

세 가지 경험

사람에게 가장 소중하고 중요한 경험이 세 가지 있다. 그것은 물론 생명으로의 탄생과 결혼과 죽음이다. 그러나 두 가지 경험은 엄격히 말한다면 경험이라고 할 수 없을 것이다. 누구나 태어났지만 태어나는 순간의 경험을 기억하는 사람은 하나도 없다. 괴로웠는지 즐거운 순간이 었는지. 또 누구나 죽지만 죽음의 신비를 그 경험을 들려 준 사람은 아무도 없었다. 그러므로 인간이 겪는 가장 중요한 경험은 결혼이라고 말할 수밖에 없을 것이다.

수년전 캐나다 오타와에서 한 교수의 결혼식에 참여했다. 친하게 지낸 분은 아니지만 몇몇이 작은 선물을 준비해서 갔다. 그러나 그 결혼식은 그냥 평범한 집회 같았으며 초라했고, 또 신부는 너무도 나이가 들어 보였다. 알고 보니 재혼식이었다. 우리가 공부하는 학과의 20여 명의 교수 중에 한 사람의 총각을 제외하곤 모두 재혼 이상이라는 말을 듣고 놀랄 수밖에 없었다. 그나마 그 총각도 한 번의 결혼, 한 번의 동거 후에 지금 독신 상태라는 것이다.

"허드슨 연구소" 부소장이었던 윌리엄 파프 씨가 1만2천명의 유럽인을 면접 조사한 가족과 결혼에 대한 조사를 살펴보자. 유럽인들의 가족과 결혼에 대한 전통적인 견해는 변화했을까? 놀랍게도 그렇지 않다.

결혼은 시대에 뒤떨어진 것이라고 생각하는 유럽인은 5명중 1명이었다.

결혼생활을 성공으로 이끄는 요소로는 상호존중, 성실성, 이해와 관용의 순서였다. 성적인 만족도가 그 다음이고 뒤이어 자녀가 나왔다. 이상적인 자녀수는 2~3명이라고 말하고 있다. 사회적 뿌리가 같다거나 종교 및 정치적 견해를 같이하는지의 여부, 그리고 금전적인 문제는 훨씬 덜 중요하게 생각하는 경우가 많았다.

유럽인들은 결혼이 행복에 이바지 한다고 믿는다. "아주 불행하다"을 100점으로 하고 "아주 행복하다"를 400점으로 잡은 척도를 살펴보면 다음과 같다. 결혼한 사람의 평균점수는 317점, 동거하고 있는 사람들은 305점, 결혼한 적이 없는 사람들은 299점, 이혼자와 별거자들은 276점으로 나타났다. 그러나 대다수의 유럽인들은 이혼을 용인하고 있다. 이혼의 정당한 사유로는 폭행, 불성실한 행위의 반복, 서로간의 애정의 소멸, 알콜 중독 등이며 질병, 경제적 파탄과 불임은 중요한 사유로 생각지 않고 있다.

질문을 받은 유럽인의 절반이상이 성문제를 제외한 종교, 사회 및 도덕적 문제에 있어 부모와 의견을 같이 하고 있다. 그리고 자녀수가 많은 가정일수록 의견의 차이는 적었다. 완전히 자유로운 섹스를 지지하는 사람들은 전체 조사대상자의 4분의 1인데 미혼자들 사이에는 약 40%가 이를 찬성하고 있다. 높은 연령층일수록 프리섹스에 대한 찬성률은 떨어진다. 그러나 젊은 사람들 사이에도 10명중 6명은 성의 자유화에 반대하거나 최소한 "상황에 따라 달라진다."고 말하고 있다.

우리나라는 어떠한가. "한국갤럽조사 연구소"가 조사한 결과다.

가정생활은 "매우 행복하다"(12.4%)를 포함해서 65%가 행복을 느끼고 있다. 그러나 그 가운데 상류층이 50.8%, 하층이 17.8%로 생활수준에 따라 차이가 있다. 또 연령이 낮고 교육수준이 높을수록 남자, 전문직, 학생이 여자, 생산직, 단순노동자보다 높다. 서울, 경기, 전남이 타지역 보다, 대도시 보다 면단위나 중소도시가 높다. 삶의 보람은 가족과의 결합(34.9%), 육아와 자녀(32.4%), 가사, 재산 증식, 신앙 순으로 가정관계가 압도적으로 높다.

결혼에 대해서는 일부일처제에 대한 찬성이 67.1%, 그러나 동성애, 임신중절, 인공수정, 미혼모, 혼외정사에 대한 찬성이 극소수(각각 3%내외)로 성 개방에 반대하는 성향이다. 전통적인 결혼제도에 대한 높은 신뢰를 보임으로써 결혼과 성에 대한 보수적 성향을 보이고 있다.

결혼 생활의 성공적 요소로는 경제적 안정(28.6%), 같은 인생관(26.1%), 자녀, 비슷한 환경, 동일한 종교, 성적 만족도의 순이었다. 이혼의 이유는 성격차이, 배우자의 부정, 폭력, 애정소멸과 불임 등이었다. "어떤 경우에도 이혼은 반대한다"가 25.5%로 서구 선진국과는 대조적이다.

어떻든 우리는 어떤 면에서는 한국이라는 이 시대, 이곳에 태어나서 살아가고 있는 것이 행운일 수 있다. 또 많은 한국인들은 큰 행복감과 성취감을 느리며 살고 있다. 그러나 우리가 이 세상에 살고 가는 사이에 우리는 선조와 후손에게 행복과 만족의 끈을 연결시켜주는 역할을 충실히 해 나가야 할 것이다.

(1994.)

시인(詩人)과 지인(至人)

박연은 잠시 눈을 감고 숨결을 가다듬은 다음 들고 있던 박(拍)을 쳤다. 아름답고 그윽한 화음이 일제히 울렸고 그 음악은 하늘에서 내려온 화음이었다. 이렇듯 아름다운 음률은 들어 본 적이 없었다. 악성(樂聖) 박연이 일생일대의 숙업으로 만든 십이율관과 편종, 편경이 아닌가? 주위에 도열해 있던 대신들의 입이 크게 벌어졌다. 이제껏 궁중에서 들었던 아악이 얼마나 엉터리였던가를 깨닫는 순간이었다.

왕은 눈을 지그시 감았다. 음 하나가 변할 때마다 고개를 끄덕이기도 하고 미소를 머금기도 했다. 그런데 편경을 연주하다 악공들이 윗 단 다섯 번째 이칙음을 때렸을 때였다. 왕은 고개를 약간 갸웃거렸다. 연주가 끝나자 왕은 박연을 극찬한 다음, 좌중을 놀라게 하는 천부의 지음을 보였다. "경은 윗 단 다섯 번째의 이칙을 살펴보도록 하라. 음계가 맞지 않았어." 박연에게는 청천벽력이었다. 자신으로서는 빈틈없이 시험하고 조율했던 일이었다.

그는 이칙의 편경을 벗겨들고 세세히 살펴보다 숨을 멈추었다. 먹줄이 남아 있었다. 공원들이 경석을 갈 때 남아있는 먹줄을 보지 못한 듯했다. 악성의 귀에 예사롭게 들렸던 음이 세종의 귀에 거슬렸던 것이다. 그는 박연의 공적을 치하하여 관습도감제조를 제수하고, 우리나라 고유

정악인 아악의 제정을 명했다. 이리하여 종묘제향악과 회례아악 등이 완성되었다.

조선시대에는 또 한 사람의 특이한 왕이 있었다. 그는 유명한 시인이었다. 그리고 왕으로서 시집을 낸 것은 그가 유일했다. 지금도 전해지는 110여 편의 시 중에서 한 편을 보자.

'들국화는 시들었는데 집 국화는 난만하고, 붉은 매화 떨어지자 흰 매화는 한창이네. 풍물을 구경하며 하늘 이치 안다지만, 인군의 도는 제일 먼저 화목한 정사를 펴는 일이로다.'

그가 연산군이다. 희대의 폭군은 누구 못지않게 시를 즐겨 짓고 읽었고, 그의 시는 감각적이며 인생론적인 것이 많았다. 사생활을 염려하여 궁궐 주변 민가를 모두 헐어 주민들을 내쫓고, 극악무도한 정치와 주색잡기에 골몰했다. 그러나 위대한 세종의 시대는 소명된 인재들이 직분을 다했던 시대였다. 동래 관노 장영실이 일약 정5품직으로 발탁되어 천문기기를 완성하고, 악학별좌 박연이 조선의 아악을 정비했으며, 느지막하게 등과한 이순지가 칠정산내외편으로 천문학을 정비하였다. 단벌 관복의 황희, 쓰러져가는 초가의 맹사성 등 정치와 학문과 학예가 조화를 이루었다. 김종서가 육진을 개척하고 최윤덕이 4군을 설치하여 태평성대를 이룬 것은 지인 세종의 덕치의 결과였다.

다시금 우리 시대의 지인(至人)을 생각해 본다.

(2007.)

폐가 옆에서

오랜만에 큰 형님을 찾아뵈었다. 시를 쓰는 형님은 최근에 가곡으로 태어난 시집과 CD를 주면서 시와 세상을 얘기한다. 관악산 남현동 기슭을 오르다 폐가 옆에서 잠시 숨을 골랐다.

"저 집이 누구의 집인지 아니? 바로 서정주 시인의 집이다. 완전히 폐가로 변했지."

그러고 보니 언젠가 기사에서 읽은 듯 했다. 글에서처럼 칙칙하고 검게 어둠이 짙게 드리워진 정원 속 2층 집이 을씨년스러웠다. 대문은 쇠사슬로 묶여 있고 대문과 본체, 울타리 축대는 무너졌고 흘러내린 기와와 흙더미가 여기저기 쌓여있었다. 영화에 나오는 흉가나 폐가가 따로 없었다. 그러나 서정주라는 문패만은 뚜렷하게 옛 주인을 밝혀 지키고 있었다.

미당이 귀천한 것은 부인 방옥수 여사가 세상을 뜬 후 74일이 지나서였다. 벌써 7년 동안 사람 없이 집을 비워두고 있으니 폐가가 될 수밖에 없기도 하다. 두 아들이 변호사와 의사로 모두 미국에 살고 있으니, 부모의 집과 유품을 돌보기는 어려울 것이란 생각도 들었다. "여기저기서 서정주의 집 관리에 대해서 말들을 하고 있으나, 친일 행위 등에 대한 판단이 쉽지 않아 아무도 관여하려 들지 않고 있는 모양이다"라고 형님은 설명했다.

미당(未堂) 서정주(徐廷柱)는 누구인가? 현대 한국의 대표 시인이자 '백 년에 한번 나올까 말까한 시인'(김재홍 교수)으로 언어의 연금술사, 신라 향가 이래 최고의 시인, 살아있는 시신(詩神) 등으로 경의와 극찬을 받으며, 시력(詩歷) 70년에 1,000편의 주옥같은 시를 남긴 분이 아닌가? 특히 중학생이면 누구나 입에 달고 다니는 '국화 옆에서'와 가수 송창식이 노래한 '푸르른 날'은 얼마나 우리의 가슴을 저리고, 그리움에 젖어들게 하는가? 또한 고은, 황동규, 박재삼 등 한국 시단을 이끌고 있는 100여 명의 시인을 등단시킨 스승이 아니던가?

단지 그에게 오점이 있다면 스스로 '창피한 이야기들'이라고 표현했던 일제 강점기에 10여 편의 친일 작품을 쓰거나, 정치에 문외한인 그가 대통령 후보 지원연설을 했던 것일 것이다. 이는 동시대 시인으로 시래 기죽으로 연명하다 영양실조로 아사한 만해나, 차가운 감방에서 외롭게 숨진 이육사, 윤동주와 비교되는 그의 처신 때문이었을 것이다.

그러나 그는 아마 일생을 두고 그의 시 '자화상'처럼, "세상은 가도 가도 부끄럽기만 하더라/ 어떤 이는 내 눈에서 죄인을 읽고 가고/ 어떤 이는 내 입에서 천치를 읽고 가나/ 나는 아무 것도 뉘우치진 않을란다" 라고 읊조리며, 찬란한 아침 이슬에도 핏방울이 서려 있음을 세상 사람이 이해해주길 바라며 살았을 것이다.

치매를 막으려고 매일 1,629개의 산 이름을 외우고, 부인을 잃은 슬픔에 몇 차례 곡기를 끊으며, 어렵게 영면한 그의 폐가 옆에선, 아이들은 여전히 뛰놀고 있었고 생선 파는 특장차의 호객 소리는 남현동 예술인 마을을 급하게 내려오고 있었다.

(2008.)

음악의 아름다움, 악기의 숭고함

"눈가가 왜 그리 붉습니까?"

"아휴, 너무 감동 먹었나 봅니다. 저도 모르게 눈물이 흐르고 있었습니다."

얼마 전 우리 학교 현악 오케스트라 창단 연주회에 참석했던 어느 학부모님의 말씀이다. 우리들은 모두 가슴이 촉촉이 젖었고, 밖으로 나오니 함박눈은 축복처럼 소리 없이 쌓이고 있었다.

아이들은 1년간 학생 모두가 악기를 익혀왔다. 온통 선율에 묻혀 살았다. 바이올린의 높고 화려한 소리, 비올라의 어두우면서도 감미로운 소리, 첼로의 강하면서도 따뜻한 소리, 천상적 음색의 플롯, 부드럽고 안정된 클라리넷를 통해 정서적으로 안정된 삶의 방식을 터득해 왔다.

악기를 익힌다는 것은 쉬운 일이 아니다. 많은 인내심이 필요한 과정이다. 그래서 흔히 '악기를 연습하는 것은 꽃을 심는 것과 같다.'라는 말을 한다. 꽃을 키울 때는 먼저 씨앗을 심어 물을 준다. 이 때 아무런 변화도 볼 수 없다. 하지만 씨앗 내부에서는 성장이 시작되고 있는 것이다. 꽃 한송이 피우는 수고를 생각하면, 악기 익히는 인내도 터득하게 된다. 삶의 가치가 인생 여정에 쏟는 정성으로 정해지는 것과 같은 이치다.

한 해 동안의 수고와 번민의 순간들이 주마등처럼 스쳐간다. 예산을 어떻게 확보할 것인가? 누굴 모셔와 지도를 부탁할 것인가? 어느 시간에 가르쳐야 할 것인가? 무엇을 가르쳐야 할 것인가?

겨울바람이 교정을 헤집고 지나자 낙엽이 우수수 떨어진다. 화단의 국화들도 칼바람에 고개를 떨구고 화려했던 지난 가을을 추억한다. 겨울나무와 꽃을 보며, 음악이 없는 세상은 마치 잎새 잃은 나무와 같고, 꽃이 피지 않는 국화와 같다는 생각이 들었다. 우리는 하루 종일 음악에 묻혀 살고 있다. 그러나 너무도 일상화되다 보니, 마치 공기와 물의 고마움을 느끼지 못 하듯이, 음악의 고마움을 잃고 살아가고 있는 것이다.

음악이 있는 인생은 아름답지만 악기를 다룰 줄 아는 삶은 숭고하다고 할 수 있다. 얼마 전에 대학교수부터 연탄장수, 자동차 운전수 등 다양한 인생을 살아온 김효근 할아버지 얘기를 읽은 적이 있다.

"그동안 한 3년 넘게 색소폰을 불었지요. 지나간 세월, 내 자신이 주위 사람들에게 잘못한 것이 있다면 용서를 빌고, 고마운 것이 있다면 감사하는 마음을 표현해 보려고 색소폰을 불었죠. 나의 칠순 잔치에서도 초대한 자녀들과 친구와 아내를 위해 색소폰을 연주하여 고마운 마음을 전달했지요. 색소폰은 그저 악기가 아니라 나의 친한 친구입니다. 색소폰 더러 항상 '나와 친하게 지내자'라고 말하곤 하지요."

악기를 불고 있으면 마음에 평화와 여유와 안정이 와 그저 신기했다는 할아버지의 말은 황혼이 돼 악기 하나 정도는 다룰 수 있다면, 황혼의 맛이 더 해질 거라는 생각이 스치게 한다.

평생 할 수 있는 취미가 되면서, 두뇌발달에 도움이 되는 활동은 여러 가지 있겠지만, 악기를 배우는 것이 가장 좋다고 한다. 악기 연주는 매우 복잡한 두뇌 활동을 하는 작업이다. 음표를 보고 손이나 입의 운동으로 전환하면서, 동시에 악기에서 나는 소리를 듣고 조율하는 등 다양한 시청각 및 운동 감각들을 통합하여 처리하는 과정이기 때문이다.

오케스트라에는 여러 종류가 있다. 살론, 무도, 취주, 현악, 실내, 심포니, 가극 등이다. 우리학교는 현악 중심 오케스트라로 구성되어 있다. 현악기는 오묘하고 세련되며 고급스러운 악기이고, 현악은 섬세하고 차분하고 고상한 음감을 제공한다. 바이올린의 높고 화려한 소리, 비올라의 어두우면서도 감미로운 소리, 첼로의 강하면서도 부드러운 소리를 통해 정서적으로 안정된 삶의 방식을 학생들도 터득하게 될 것이다.

현악과 잘 어울리는 악기로는 플롯과 클라리넷이 있다. 사람들이 악기를 배워봐야지 할 때 0순위로 떠오르는, 너무도 음색이 아름다운 것이 플롯이고, 부드럽고 안정된 소리를 만드는 악기는 클라리넷이다.

작곡가 중에는 비발디와 헨델이 현악 오케스트라를 특히 좋아했다고 한다. 비발디의 「사계」 중 겨울 3악장을 들어 보면 꽁꽁 얼어버린 빙판길을 걷다가 미끄러지는 모습을 실감 있게 묘사하고 있다. 우리 오케스트라는 이런 악기들로만 구성되어 있다.

우리학교 오케스트라는 몇몇 학생을 위한 조직이 아니다. 모든 학생이 참여하고 모든 학생이 함께 연주하는 심포니, 즉 '함께 어울림'이다. 학생들은 교육과정상의 음악시간, 특별활동 시간 등을 통해 악기를 익혀왔고, 지난 3월에 시작했으니 연습한 시간도 얼마 안 된다. 하지만 지금까지 익힌 것이 밑거름이 되어, 일생동안 스스로 익혀가면서 삶을 풍요롭게 가꾸어 가면 될 것이다. 이제는 모두가 악기를 다룰 수 있게 됨으로써, 우리 학생들의 삶의 질은 근본적으로 다른 사람들과 차별화 되리라 믿는다.

나는 거듭 이렇게 터득했다. 음악이 있는 인생은 아름답지만, 악기를 다룰 줄 아는 삶은 숭고하다고. 국제컨벤션센터에서 연주된 81명의 초대형 연주회의 웅장한 화음의 '시인과 나', '사냥꾼의 합창' 등을 들으면서 매료되고 감동받지 않을 사람은 없어 보였다. 나도 가슴이 벅차 눈시울이 뜨거웠기 때문이다.

긴 인생을 멋지게 살기 위해, 평생 즐기면서 행복한 취미생활을 지속하기 위해, 올해는 악기 익히는 해로 삼는다면 그것은 참으로 가치가 있는 선택이 될 것이다.

(2009.)

새해 그리고 바늘

"휴대용 미싱이 단돈 2천원입니다. 보십시오! 이렇게 두 손가락으로 간단하고 편하게 바느질할 수 있지 않습니까?"

지하철에서 한참 잠들어 있는 승객 사이로 가방을 끌고 들어선 아주머니가 단잠을 깨운다. 미싱 한대가 2천 원이라니 사람들은 일제히 시선을 집중한다. 정말 엄지와 검지 사이에 낀 손가락 미싱이 천위를 능숙하게 지나며 바느질한다. 참으로 놀라운 발명품이다. 그런데 또 가격은 얼마나 싼가? 그러나 구입하는 사람은 없다.

우리 집에도 재봉틀 한 대가 있다. 결혼 이듬해에 장모님이 집사람에게 사준 혼수품인데, 지금도 1년에 한두 번 사용되는 것 같다. 미싱은 원래 재봉틀인 쏘우윙 머쉰(sewing machine)에서 머쉰을 일본식으로 표기한 것이다.

옛날에는 양가 규수의 가장 큰 덕목 중의 하나는 바느질 솜씨였고, 섬세하고 촘촘한 바느질 솜씨는 유능하고 세련된 여성의 표징이었다. 우리시대는 누구나 어머니가 손수 옷을 짓고, 헌 옷과 구멍 뚫린 양말을 깁던 모습을 기억하고 있을 것이다.

사실 나도 바느질 잘 한다는 칭찬을 받은 적이 있다. 신병 훈련소에 가면 M1 총을 지급하고 거기에 헝겊으로 된 천에 군번과 이름을 쓰고 멜빵에 그 천을 기워 넣는다. 그 때 조교가 와서 일일이 점검하면서 내 총을 보고 잘 기워졌다고 하는 평가를 받았다. 기분이 괜찮았었다.

三子經(삼자경)으로 苟不敎性乃遷, 敎之道貴以專(구불교성내천, 교지도 귀이 전)이라는 말이 있다. 이백은 어려서부터 영민했다. 그러나 스승으로부터 크게 칭찬을 받으면서 마음이 나태해져서 거들먹거리며 생활했다. 하루는 산을 오르다 큰 바위 위에 앉아 철 방망이를 바위에 대고 열심히 갈고 있는 할머니를 만났다. 할머니는 철 방망이를 갈아서 바늘을 만들고 있는 중이었다.

어찌 그렇게 굵은 방망이를 갈아서 바늘을 만들 수 있느냐고 묻자 할머니는 "세상에 하기 어려운 일이란 없단다. 문제는 오직 마음먹기에 달려단다. 전심전력으로 한다면 이 철 방망이도 결국은 가는 바늘이 되고말고!"라고 대답했다. 이백은 큰 깨달음을 얻고 학문에 전심전력하여 시성이 되었다.

새해 들어 나는 줄곧 바늘과 실을 생각해 왔다. 바늘은 우리의 옷을 체형에 맞게 만들어낸 도구였고, 아름다움과 멋을 문명에 도입한 이기였다. 그러나 중요한 것은 바늘에 의해 추위를 막고 재해를 이겨낼 수 있었다는 점이다.

올해는 우리 모두에게 부서진 친구와 떨어진 이웃들을 따뜻한 마음으로 연결시켜주는 그 바늘이 있었으면 좋겠다. 그리고 마을마다 솜씨 좋은 침모가 있어 불신의 틈새를 잇고 차가운 이웃을 따뜻한 품안으로 꿰매 하나가 되었으면 좋겠다. 슬프고 깨어진 가슴들이 모여 흥부네 집처럼 한 이불을 덮고 살았으면 좋겠다.

(2009.)

다시, 베토벤을 생각한다

"집중력이 떨어지고 장난이 심합니다."

"수업 중 분필과 과자를 계속 집어 던집니다."

"하급학교 학년에서 아이들을 그냥 놓아 키운 것 같습니다."

선생님들과 만나면 한결같이 현장의 어려움과 걱정들을 쏟아 놓는다. 학급 학생 수는 날로 줄고, 수업기술은 나날이 향상되는데도 학생들의 학업지도, 생활지도는 한없이 뒷걸음질 치고 있다.

얼마 전 교과부에서 생활지도를 담당하다 서울의 중학교장으로 근무하고 있는 김 선생님의 말씀을 들을 기회가 있었다. 생활지도 전문가이던 그 분은 지난 2년 동안 20여회의 학교폭력자치위원회를 열었다고 했다. 거의 매달 개최했다는 것이다. 그날도 한 여학생이 다른 여학생의 얼굴에 큰 상처를 내어 수술과 성형비를 부담하고, 전학가기로 합의하고 오는 길이라고 했다.

국가도 혼란스럽고, 사회도 전쟁 중인데, 학교도 조용할 날이 없다. 이런 모든 혼란은 단적으로 우리 특유의 조급함에 기인하고 있는 듯하다. 예수님은 3년간의 공생활을 위해서 30년 간 조용한 사생활을 하셨고, 간디는 물레를 돌리면서 조국의 독립을 실천했고, 스피노자는 렌즈를 닦으면서 철학적 성찰로 고뇌했다. 위대한 학문적 성과를 얻기 위해서는 깊이 있고 인내로운 관찰과 성찰이 필요하다.

세기의 예술은 모두 엄청난 노력과 인내와 명상의 결과다. 베토벤을 보자. 그는 대표적인 인종(忍從)의 예술가였다. 그는 하이리겐슈타트의 유서에서 절망과 통곡을 인종(忍從)과 체념의 덕으로 꿋꿋이 이겨나간 헤로이즘임을 보였다. 엘테니백작 부인에게 보낸 서간에서 '고뇌를 넘어서 환희로!'라고 말했다. 베토벤의 인생의 서곡은 고뇌였다. 그러나 종곡은 환희였다. 그는 고뇌의 십자가를 지고 일생을 살았지만 인종으로 견디고 불굴로써 운명을 극복하고 분투로서 창조의 환희를 쟁취했다.

그는 사랑도 인종했다. 테레제는 소녀시절부터 베토벤에게 피아노를 배웠다. 연인이 되어 약혼했다. 그의 75년의 생애에서 가장 행복한 시기였다. 그해에 작곡한 교향곡이 4번이다. 3번 에로이카와 5번 운명 모두 비장하고 무거운 심포니지만 4번은 명랑하고 우아하고 행복한 곡이다. 그러나 둘은 결혼하지 않았다. 파혼하고도 그는 항상 '그 여자를 생각하면 처음 만났을 때처럼 내 심장이 너무도 뛴다.'라고 했고, 사망 다음날 발견된 편지에도 '나의 천사, 나의 생명, 영원한 나의 것'으로 표현했다. 무한하고 끝없는 인종의 사랑이었다.

귀가 멀어 고독과 비애와 절망에 빠진 그를 사람들은 완고하고 오만하다고 오해했다. 그러나 그는 이를 이기고 위대한 작품들을 창조해 나갔다. 저주받은 스스로의 운명을 굳센 덕의 힘으로 이겼고, 인종을 인생의 안내자로 선택했다.

이 시대, 무척이나 어려워 보인다. 더 이상 세파에 내맡겨 흔들리지 말고, 진득한 인종의 덕으로 극복해 나가야 한다.

(2011.)

느티나무여 영원하라!

한 학부모님이 찾아 왔었다.

"무슨 음악입니까? 처음 들어보는 노랜데요."

"당연히 처음 듣는 노래일 것입니다. 금방 나와서 아직 따끈따끈하거든요. 그런데 괜찮아 보입니까?"

"아, 정말 좋아 보입니다. 서정적이면서 힘이 있어 보입니다. 두 가지를 다 갖춘 노래는 보기 힘들거든요."

학교 인근에 오랜 지기가 전원주택에 살고 있다. 작곡과 교수인 그는 여러 가지로 나에게 많은 배움과 도움과 의지가 되는 절친한 벗이다. 틈 있을 땐 걸어서 5분 거리인 그의 집에 들러 차도 마시고 세상의 흐름도 나눈다.

음악에 대한 얘기도 빼지지 않는데, 그날은 교가에 대한 얘기가 많았다. 도내의 교가를 보면 많은 생각을 하게 한다. 대부분의 가사가 한라산 높은 기상, 태평양 푸른 물결을 소재로 한 천편일률적인 가사에 비슷한 가락을 담고 있다. 친구의 설명에 의하면 학교의 교가나 찬가, 응원가는 그 학교의 앞날을 예측하고 운명을 결정한다고 한다. 사실 맞는 말 같았다. 제주시내 유명 학교의 경우도 교가는 모르지만 응원가는 아는 사람이 많다. 경희대학의 경우도 그 대학 이름은 모르는 사람이 있겠지만,

그 대학 찬가인 '목련화'는 국민 모두가 알고 있지 않은가?

우리학교도 찬가가 있으면 좋겠다는 생각이 들었다. 며칠간 생각 앓이를 하면서 노랫말을 만들었고, 또 몇 달간 친구의 산고로 우리학교 찬가 '느티나무여 영원하라!'가 탄생했다.

〈첫 노래〉 느티나무 그늘 아래 영롱한 그대 모습, 언덕 위 두 팔 벌린 희망의 깃발이여. 차가운 머리 따뜻한 가슴으로 세상 품으며, 어둠의 빛이 되리 광야의 소리가 되리

〈둘째 노래〉 잎새마다 새겨 걸던 소망의 조각들, 지금도 언덕위에 흩날리네요. 따뜻한 마음 뜨거운 가슴으로 세상 밝히며, 세계의 진리되리 언덕 위 무지개 되리

〈후렴〉 내 사랑 그대여! 언제나 그 곳에 우리를 지켜다오. 내 사랑 느티나무! 그대 빛나리 영원히 영원히!

어느 날 오후 학생들이 모두 강당에 모였다. 우리는 음악과 생활에 대한 강 교수의 강의를 들으며, 찬가도 익혔다. 가사에 숨어 있는 의미를 내가 설명하고, 강문칠 교수의 작곡 의도와 활용에 대한 설명이 있었다. 천재성을 지닌 학생들은 단 몇 번의 들음과 연습으로 곡을 모두 익혔다. 학교 홈페이지에서 성악가 배서영 교수님이 부른 서정 깊은 이 찬가를 들을 수 있다.

나는 지금도 엠알로 녹음된 이 곡을 들으며 학생들의 현재와 미래를 기도한다. 영롱한 모습을 지닌 그대들이 모두 세상의 빛이 되고 광야의 소리가 되기를!

(2011.)

파란 눈의 동양 여인

"사관학교 외에 네가 갈 수 있는 학교가 있느냐? 군벌의 장군이 될 네가 책만 가지고 배운다면 무슨 소용이 있겠느냐?"

왕후는 아들이 15세가 되자 다닐 학교에 대해서 말했다.

"농사짓는 법과 농업에 관해 가르치는 학교가 있다는 것을 들었어요."

왕후는 어처구니가 없었다. 갑자기 거친 말투로 소리 질렀다.

"그런 학교가 있다면 그건 정말 한심한 짓이다. 농사짓는 사람이 학교에 가지 않으면 씨 뿌리고 거두는 것, 또 밭갈이도 할 줄 모른단 말이냐?"

아들은 한숨을 쉬었다. 아버지가 큰 소리를 치면 시무룩해졌다. 그는 이상할 만큼 참을성 있게 대답했다. "그렇다면 사관학교에 가겠습니다."

이 참을성 있고 온순한 태도가 아직도 왕후의 마음에 거슬렸다.

나는 최근 푸른 눈의 동양 여인 펄 S. 벅이 쓴 '대지'를 다시 읽어 보았다. 보통 처음 펴낸 '대지'만을 생각하지만, 후속 작품인 '아들들'과 '분열된 일가' 3편을 패키지로 함께 읽어야 '대지'를 읽었다고 할 수 있다. 천 쪽이 넘는 방대한 작품이다.

펄 S. 벅은 선교사인 아버지를 따라 생후 3개월 만에 중국에 건너왔고, 17세까지 남빛 중국옷을 입고 중국에서 공부하며 살았다. 중국이 현실이었고 미국은 바다 건너, 꿈의 나라였다. 당연히 중국어가 모국어이고 영어가 외국어였다.

그녀는 이 작품을 통해 중국 농민들의 놀라운 힘, 선량하고 익살스러우며 민첩하고 슬기로운 기질, 냉소와 소박성, 타고난 재치, 자연스러운 생활습성을 잘 그려냈다. '군벌의 압제에 시달리면서도 대지를 믿고 사는 농민들의 모습을, 인간답게 살아가려는 사람들의 운명을 이야기하고 싶었다.'는 것이 그녀의 의도였다.

사관학교에 입학한 아들은 군벌대장 아버지에게 총부리를 겨눌 수 없어, 자퇴하고 미국에 6년간 유학한다. 비옥한 땅의 가치, 근면한 노동, 검소함과 책임감이야말로 궁극적 진리인 것이다.

그녀의 한국 사랑은 극진했다. 5차례나 우리나라를 방문했고, 한미 혼혈아들의 생활과 교육을 위해 펄벅 재단을 세우고 꾸준히 지원했다. 병약한 몸으로 마지막 방문을 했을 때는 천명의 고아를 일일이 만나 사랑과 용기를 쏟아 부었다.

'동양인은 가족단위이며, 가족 모두가 행복하지 않으면 어떤 개인도 행복할 수 없다. 인간의 행복에 대한 강조는 동양인이 서양인에게 줄 수 있는 최고의 선물'이라는 것이 그녀의 일관된 믿음이었다. 왕위안은 아버지의 뜻을 거스르지는 않았지만, 결국 배운 것은 농업이었고, 돌아온 곳은 대지였다.

요즘 우리는 혼란스러운 가치와 불안한 경쟁 속에 헤매고 있다. 그러나 이미 한 세기 전, 한 동양 여인의 푸른 눈 속에 자유를 넘어 행복의 길이 있었다.

(2009.)

우리는 모두 자기 인생의 조각가입니다

— 젊은이들에게 보내는 메시지

우리는 모두 자기 인생의 조각가입니다

거대한 성전을 짓는데 세 사람의 석공이 와서 날마다 대리석 조각을 하고 있습니다. 현인이 지나가다 왜 돌을 쫓고 있는지 세 사람에게 물었습니다. 첫째 사람은 험상궂은 얼굴에 불평불만이 가득 찬 어조로 말합니다. "죽지 못해서 이 놈의 일을 하고 있소," 둘째 사람은 담담한 어조로 이렇게 말합니다. "돈 벌려고 이 일을 하오." 셋째 사람은 평화롭고 만족스러운 표정을 지으면서, "신의 영광을 나타내기 위해서 이 대리석을 조각하고 있어요."라고 대답합니다. 그는 자기가 하는 일에 보람과 행복을 느끼는 사람입니다.

사람은 모두 제 각각의 안경을 쓰고 세상을 바라봅니다. 검은 안경, 파란 안경, 초록 안경, 노란 안경 등입니다. 검은 안경을 쓰고 세상을 보면 세상은 어둡게 보이고 노란 안경으로 세상을 보면 세상은 노랗게 보입니다. 따뜻한 눈으로 세상을 보면 세상은 따뜻하게 보이고, 고통의 눈으로 세상을 보면 세상은 고해(苦海)로 보일 수밖에 없습니다.

행복에 이르는 가장 중요한 길은 스스로 행복하다고 느끼는 것입니다. 맹자는 항산(恒産)이 없으면 항심(恒心)이 없다고 말했습니다. 그러나 그는 또 말하기를 선비는 항산이 없어도 항심이 있다고 말합니다. 항산이란 말을 '행복의 조건'으로 항심이란 말을 '행복'이란 말로 옮겨 놓고 생각하면 이해가 쉬울 것입니다.

'네 운명의 별은 네 가슴 속에 있다.' 독일 시인 쉴러의 말입니다. 쉴러는 항상 괴테와 함께 이야기됩니다. 둘 다 시인이요 극작가이지만 둘은 깊은 존경과 이해 속에서 생애를 두고 변치 않은 친교와 우정을 나누었습니다. 괴테는 풍족과 여유 속에서 83년의 생애를 살았고 쉴러는 가난과 불우 속에서 45년의 생애를 살았습니다. 괴테는 대자연처럼 모든 것을 풍성하게 받아들이고 원숙하게 발전시켜 위대한 조화의 시인이 되었습니다. 쉴러는 병고와 실의 속에서 악전고투의 생애를 살면서 고난 속에 자신을 대성시켰습니다. 사람은 저마다 어떤 운명의 별 아래 태어납니다. 세상에는 플러스만의 인생도 없고 마이너스만의 인생도 없습니다. 재주가 뛰어나면 덕이 모자라고, 얼굴이 잘 생기면 몸이 약하기 쉽습니다. 부유는 지혜와 짝하기 어렵고 영화에는 단명이 따르기 쉽습니다. 그래서 세상은 공평하다고 합니다. 중요한 것은 주어진 운명, 맡겨진 인생을 어떻게 자기만의 것으로 이끄느냐에 달려있는 것입니다.

우리 앞에 거친 대리석이 한 덩이씩 놓여 있습니다. 로댕의 손으로 조각되면 '생각하는 사람'으로 탄생하고, 미켈란젤로의 손에 맡겨지면 '다비드'로 태어납니다. 우리 모두는 우리 운명의 조각가이며 미술가입니다. 아름다운 인물을 조각하느냐 실패의 운명을 조각하느냐는 이제 우리의 몫입니다. 비록 솜씨는 모자라지만 성실한 마음으로 열심히 조각하면 명품, 걸작품이 만들어져 나올 것입니다. 솜씨를 믿고 정성을 기울이지 않으면 실패하고 쪼개져 버려질 것입니다.

인생에서 중요한 것은 솜씨보다 마음입니다. 성실의 정신입니다. 참되고 진실된 마음으로 일을 대하고 사람을 대하고 나 자신을 대해야 합니다. 세상에는 플러스만의 인생도 마이너스만의 인생도 없습니다. 내 인생의 플러스에 감사하고 내 인생의 마이너스를 꿋꿋이 극복하여 앞으로 나가는 것이 행복의 길이요, 지혜의 샘인 것입니다.   (2009.)

낮과 밤을 어떻게 알 수 있을까요

한 대학교 물리학 교수가 학생들에게 물었습니다.

"낮과 밤을 어떻게 알 수 있습니까?"

학생들은 해가 뜨면 낮이고 해가 지면 밤이라는 사실쯤은 다 아는 것인데 이런 물음을 던지다니 이상하다고 생각했습니다. 한 학생이 대답했습니다. "네, 낮과 밤의 구별은 멀리 떨어진 동물이 개인지 고양이인지 구별할 수 있을 때라고 생각합니다."

또 다른 학생이 대답했습니다. "멀리 있는 나무가 사과나무인지 복숭아나무인지 구별할 수 있을 때입니다." 교실안의 학생들은 허리를 잡고 웃었습니다. 가만히 학생들의 대답을 듣고 있던 교수가 말했습니다. "아무래도 내 질문에 올바른 대답을 할 학생은 없는 것 같습니다. 모두 옆에 앉은 사람들의 얼굴을 보십시오." 학생들은 서로의 얼굴을 쳐다보았습니다.

"옆 사람의 얼굴이 낯선 얼굴이 아니라 친밀한 나의 형제자매라고 생각할 때가 바로 낮입니다. 여러분들이 옆 사람 얼굴을 결코 형제, 자매로 볼 수 없다면 그 사람의 시간은 바로 밤이라고 생각하십시오."

우리도 한번 옆 친구의 얼굴을 보고 친구의 얼굴이 다정하게 느껴진다면, 서로 기쁨과 즐거움을 나눌 수 있는 사리라고 느껴진다면 그 사람은 정말 행복한 사람입니다. 이웃과 함께 살아갈 수 있는 사람은 이 캄캄한 세상에서 환하게 불 밝히며 사는 사람입니다. 오늘과 오늘밤 그리고 내일까지 우리는 바로 이웃을 행복하게 만들고 친구에게 기쁨을 주는 기회를 갖게 될 것입니다.

또한 인간은 누구나 건강하게 살기를 원합니다. 이런 말이 있습니다. 재산을 잃은 것은 조금 잃은 것이요, 명예를 잃은 것은 많은 것을 잃은 것이요, 건강을 잃은 것은 모두를 잃은 것이다. 오늘은 걷기와 발에 대해서만 조금 생각해 보도록 하겠습니다.

사람이 일생에 발을 땅에 부딪히며 걷는 횟수는 1억 번 이상이라고 하며 사람이 평생 걷는 거리는 지구를 네 바퀴 반 도는 것과 맞먹는다고 합니다. 이런 엄청난 걷기와 일을 견디기 위해 발은 경이로울 정도로 복잡한 얼개를 갖고 있다고 합니다. 발에는 26개의 뼈와 114개의 인대, 20개의 근육이 있고 7천2백여 개의 신경이 뼈와 인대, 근육을 거미줄처럼 둘러싸고 있습니다. 이러한 복잡한 장치와 균형을 이뤄 무릎과 허리 뇌에 전달되는 충격을 최소화하는 것입니다. 레오나르도 다빈치는 발의 이런 구조를 가리켜 '공학의 최대 걸작품'이라고 불렀습니다.

전문의들은 발을 잘 못 다루면 여러 가지 질병이 생기기도 하고 수명을 줄일 수도 있다고 합니다. 발이 피곤하면 관절, 허리, 목 따위의 신체 모든 부위에 무리가 생기고 결국은 온몸에 노폐물이 쌓여 장기의 노화를 재촉한다는 것입니다. 한의학에서는 발의 각 부위가 오장 육부와 연결되어 있어 발을 잘 관리하고 많이 걸어야 건강하게 장수한다고 합니다.

그리고 건강한 생활을 위해서는 혼자 외롭게 시간을 보내는 것보다 좋아하는 사람들과 함께 어울려 보람있는 일을 하고 가급적 스트레스를 덜 받는 상황에서 생활하는 것이 필요합니다. 최근에 NEW START 운동이라고 하는 것이 유행하고 있습니다. 이는 모두 영어의 첫 글자 즉 이니셜을 따온 것으로 Nutrient(영양), Exercise(운동), Water(물), Sun(태양), Trust(믿음), Air(공기), Rest(휴식), Temperature(절제)를 나타내는 말입니다. 즉, 영양 섭취에 신경 쓰고 적당한 운동을 하고 신선한 물을 마시고 태양 광선을 받고 사람사이에 믿음의 생활을 하고 정신과 육체의 안정 속에 열심히 일한 후 적당한 휴식과 생활에 절제가 있으면 건강한 삶을 살 수 있다는 것입니다.

아침 일찍 일어나 상쾌한 아침 공기를 마시며 가벼운 운동을 하고 건강하게 하루를 출발하면 기분이 좋아집니다. 건강한 육체는 생활의 활력이 되고 건전한 마음은 여유와 사물을 긍정적으로 바라볼 수 있으며 낙천적인 사고방식, 어떠한 어려움도 극복해 낼 수 있는 정신력이 생산될 수 있습니다.

인생에 있어서 건강은 목적이 아니지만 가장 중요한 삶의 조건입니다. 사람이 행복하고 자신의 보람 있는 일을 하며 삶을 살기 위해서는 무엇보다 건강이 우선되어야 합니다. 참으로 건강을 잃으면 모든 것을 다 잃게 됩니다.

(2008.)

절망의 늪에서도 희망의 싹을 틔우자

우리는 종종 삶이 고단하고 일상이 지긋지긋하게 느껴질 때가 있습니다. 때론 가진 것에 감사하기보다 갖지 못한 것에 억울해하며, 불평을 늘어놓기도 합니다. 현대의학으로도 치료법은커녕 병의 원인조차 밝혀지지 않은 루게릭병, 그 가혹한 병마와 싸우면서도 희망의 끈을 놓지 않고 엄청난 의지로 영예로운 성취를 이룬, 꽃보다 아름다운 향기가 나는 사람이 있습니다. 이원규 박사입니다.

고려대학교 영문과를 졸업하고 서울 동성고등학교에서 20년 가까이 교편을 잡았던 이원규 선생님은 때로는 엄하지만 특유의 유머 감각을 곁들인 명쾌한 수업으로 제자들에게 존경받고 학교에서도 신임받는 유능한 교사로 평생을 배우고 가르치며 살고 싶어 하는 교사였습니다. 초등학교 교사인 아내 이희엽 씨와의 사이에 알토란 같은 두 아들을 두고 남부럽지 않게 화목한 가정을 이루던 그에게 청천벽력 같은 소식이 처음 전해진 건 1999년 겨울이었습니다. 그 해 봄부터 술 취한 듯 혀 꼬부라지는 목소리가 나와서 동네 이비인후과를 찾아 치료를 받아봤지만 효과가 없었고, 이듬해 초 서울대병원에 입원해 검사를 받은 후 루게릭병임을 알게 되었습니다.

세계적인 물리학자 스티븐 호킹 박사가 앓고 있어 널리 알려진 루게릭병은 '근위축성측삭경화증'으로 불리며, 운동신경세포가 점차 소실되어 근력이 약화되고 근위축을 초래하여 언어장애를 비롯해 사지에 마비가 오고, 급격한 체중 감소와 폐렴 등의 증세를 보이다가, 결국 호흡장애 등으로 사망에 이르는 무서운 질병입니다. 발병 원인조차 제대로 밝혀지지 않은 희귀병으로, 발병하면 평균적으로 3, 4년밖에 살 수 없다고 알려져 있습니다.

그러나 그는 이 병중에 '한국시의 고향의식 연구'라는 논문으로 문학박사 학위를 받았습니다. 두 팔을 거의 쓸 수 없게 되어 참고서적 등 자료들을 방바닥에 펼쳐놓고 두 발로 책장을 넘기며 볼 수밖에 없었습니다. 논문도 처음에는 오른손 검지와 중지를 사용해 작성했지만 나중에는 검지에까지 마비가 와 오직 중지 하나로 화상 키보드를 이용해 한 글자 한 글자 써나갔습니다. 남들은 10분이면 될 일을 족히 2,3시간은 걸려야 완성할 수 있었습니다. 힘겨운 상황에도 굴하지 않고 학업을 계속해나갈 수 있었던 것은 '생명이 있는 한 희망은 있다'는 강한 의지 때문이었습니다.

이 박사는 그동안 투병과 학업을 힘겹게 병행하면서도 같은 병을 앓는 이들에게 희망을 주고자 '한국 루게릭병 연구소(www.alsfree.org)'라는 인터넷 홈페이지를 개설, 활발하게 운영해 왔고, 낙천적인 성격만큼이나 하고 싶은 일도 많습니다. 에세이집 '생명이 있는 한 희망은 있다'와 시집을 발간했습니다. '루게릭병협회'와 함께 홍보 활동, 아울러 '중증장애인연금법' 제정 등 정부의 장애인 복지 정책 개선을 촉구하는 활동을 하고 있습니다. 또 마음 한 켠에 늘 그리움으로 남아 있는 교단과 제자들의 곁으로도 돌아가고 싶어 하고 있습니다.

그는 "열심히 투병 생활을 해서 반드시 건강을 회복하겠습니다. 루게릭병이 결코 불치병이 아니라는 것을 증명해서 같은 병을 앓고 있는 환우들에게 용기를 드리고 싶습니다."라고 말하면서 지금도 열심히 배우기, 글쓰기, 연구하기를 계속하고 있습니다.

나는 몇 년 전에 읽은 또 한편의 자서전을 소개하고 싶습니다. 하버드 대학에서 박사학위(2006년)를 받은 서진규 여사의 '나는 희망의 증거가 되고 싶다-가발공장에서 하버드까지'라는 책입니다. 저도 몇 년 전에 하버드 대학을 방문해본 적이 있습니다. 세계 학문의 심장부인 하버드에 대한 이야기는 다음에 기회가 있으면 얘기하도록 하겠습니다.

서진규 여사는 1948년 경남 동래에서 엿장수의 딸로 가난하게 태어났습니다. 그는 서울 풍문여고를 졸업한 뒤 가발공장 여공, 골프장 식당 종업원, 엑스트라 영화배우, 여행사 경리사원 등으로 일하며 고단한 젊은 시절을 보냈습니다. 당시 그녀의 이야기 일부를 옮겨보면 다음과 같습니다.

"1967년, 열아홉 살의 나는 사촌언니를 따라 종로에 있는 가발공장에 들어갔다. 공장 안에는 이미자의 〈동백아가씨〉가 흘러나오고 있었다. 어두컴컴한 공장에서 여공들은 저마다 사람모양을 한 나무통을 하나씩 앞에 두고 가발을 엮으며 노래를 부르고 있었다. 새로운 사람이 들어오는 바람에 잠시 멈췄던 노래가 다시 시작되었다. 나는 그 때 겨우 열아홉이었다. 열아홉 푸른 나이에 가발을 엮으며 '가는 세월'을 탓하고 있을 수는 없었다."

그는 희망 없는 삶을 살던 중 1971년 신문에 난 미국 가정집 식모 모집 광고를 보고 식모살이를 하기 위해 단돈 100달러를 쥐고 미국으로 건너갔습니다. 그러나 그 앞에 펼쳐진 것은 고난의 가시밭길뿐이었습니다.

미국에서 식당종업원 웨이트리스로 일하면서 주경야독을 하던 서 씨는 한국인 남자를 만나 결혼했으나 무능력한 남편이면서 폭력을 일삼는 남편 때문에 매 맞는 아내가 되고 맙니다. 다니던 대학을 포기하고, 아이를 한국 친정에 맡기고, 1976년 미육군에 사병으로 자원입대했습니다. 그러나 사병의 신분으로서는 차별의식과 권위주의에 물들어 있는 계급사회에서 능력을 인정받을 수 없어서 장교가 되었습니다. 한국근무를 지원하여 용산 미 8군 영내에 있는 메릴랜드 대학 분교에 등록했는데, 다섯 번째 등록한 대학이었습니다. 1996년 11월, 중령진급이냐, 하버드 박사과정이냐의 갈림길에서 하버드대학을 결정했습니다. 서 소령은 너무도 유능해서 군대는 계속 남아 있기를 권했고 그도 남아있고 싶었으나, 가슴속에서 새로운 도전을 시도하라는 소리가 들려왔습니다. 2006년 그녀는 마침내 하버드대학에서 박사학위를 취득했습니다.

이 책에는 이런 절망의 늪에서도 희망의 싹을 스스로 짓밟지 않은 그 도전정신이 생생히 담겨 있습니다. 그의 생활신조는 세상에서 가장 나쁜 것은 희망 없이 산다는 것이었습니다. 그런 어머니를 삶의 모델로 삼은 그녀의 딸 성아는 미국에서 고교졸업 때 2백50만 명의 학생 중 141명에게만 주어지는 대통령상을 수상한 뒤 하버드대학에 입학했습니다. 가정이 평탄치 않아서 공부하기도 힘들었을 텐데 어머니를 본받아 무척 열심히 살았던 것입니다.

그는 꿈은 이뤄지기 전까지 꿈꾸는 사람을 가혹하게 다룬다. 나는 수많은 나날을 희망을 찾아 헤맸다. 그럴 때마다 나는 「가능성의 증거」가 되고 싶었다고 말하고 있습니다. 실제 그녀는 지금 많은 한국인들에게 특히 여성들에게 희망이 되고 있습니다. 살다보면 뜻하지 않은 장애물에 넘어지고 주저앉기도 하는 게 사람의 삶이지만, 그것을 지탱해주는 것들이 있어 인간은 살아가는 행위를 계속해 나갈 수 있는 것입니다. 그녀를 지탱해준 것은 더 나아지기 위한 행동이었고, 궁극적으로 희망이란 단어였습니다. 역경과 불운을 겪게 되면 대부분의 사람들은 좌절과 원망을 쌓게 되지만, 소수의 사람은 희망으로 절망을 딛고 일어섭니다.

서진규 씨는 그야말로 가진 것도, 갖춘 것도 없는 극빈층에 속했습니다. 가난한 엿장수의 딸로 태어나 불행한 여건에 처했으나, 꿈을 만들고 희망을 실현하려는 노력을 멈추지 않았다는 게 남다른 점이라고 할 수 있습니다. 세상에서 가장 나쁜 것은 희망 없이 사는 것이라는 메시지를 그는 반복하여 전하고 있습니다.

그녀가 남긴 다음의 말을 다함께 음미해 봅시다.

The worst thing in the world is to live without opportunity or hope.

I want to help others who are trapped by social prejudice or their own lack of self-determination, as I once was.

"세상에서 가장 나쁜 것은 기회와 희망 없이 산다는 것입니다. 예전에 내가 겪었던 것처럼, 사회적 편견에서 벗어나지 못하거나, 스스로 자신의 길을 찾지 못하고 있는 그런 사람들을 나는 도와주고 싶습니다."

(2010.)

한국의 큰 별, 최정숙 여사

　스승, 선생님은 제자들을 올곧게 교육하기 위하여 여러 가지로 애쓰시는 분들이다. 선생님들은 제자들을 어떻게 하면 골고루 사랑하고, 또 공부를 효과적으로 가르칠 수 있을까 하고 밤낮으로 걱정을 많이 하고 계시다. 가끔 엄하게 다루기도 하지만 그것은 "사랑의 매"라는 말이 있듯이 우리 학생들의 장래를 걱정하는 또 다른 표현인 것이다. 만약 선생님이 아니라면 학생의 장래도 신경 쓸 필요가 없으니까 무관심하게 될 것이다. 우리는 이러한 선생님들의 깊은 뜻과 마음을 다시 한 번 헤아려 보아야 한다.

　오늘 특별한 스승을 함께 생각해 보았으면 한다. 제주사회의 큰 등불이었으며 시대를 앞서간 제주여성 최정숙 스승님이 바로 그 분이다.

　올해 고려대학교가 의과대학 개교 70주년을 맞아 '고려대학교 의과대학 개교 70주년기념특별전시회'에 이 대학 2회 졸업생인 최정숙 제주도 초대교육감의 숭고한 삶을 고려대학교 동문들의 표상으로 전시했다. 교육감의 숭고한 삶이 그의 모교인 고려대학교 후배들에 의해 재조명되었고, 고대 의대 70주년을 맞춰 고대교우회보가 최정숙 교우의 삶을 특집으로 다뤘다. 특별전시전을 개최하여 그의 유물도 전시했다.

　최정숙 선생님은 독립운동가이자 여성운동가, 교육자이면서도 의사,

그리고 제주1호 여성교장이자 초대 교육감으로 제주사회의 큰 등불이었다. 제주사회 각 분야에선 그의 손길이 안 미친 곳이 없을 정도로 역사 속 마디마디에 뚜렷한 흔적을 남긴 그였지만, 워낙 드러내는 것을 마다하는 그의 성품 탓이었는지 사후 31년이 되는 올해서야 대학 후배들에 의해 그의 모교에서 반추되고 있다.

준비위원장인 이준상 교수는 고대 의대 70년 역사자료를 수집하던 중 최정숙 교육감을 찾아내고는 "반짝이는 보물을 찾았다"고 표현할 정도로 대선배인 최 교육감의 생애에 놀라움과 존경을 금치 못했다. 최정숙 교육감은 고대 의대 전신인 경성여자의학전문학교에 1939년 37살 늦깎이에 입학, 1944년에 졸업했다. 그의 생애를 간단히 살펴보도록 하자.

● 수도자 꿈꾸다가 독립운동가로

최정숙은 1902년생이다. 대한제국 광무 6년에 태어나 일제강점기에 성장했다면, 여성이 신학문을 공부한다는 자체가 쉽지 않았던 시절이다. 그런데 법조인을 제주도 초대 법원장이던 아버지 최원순 씨, 어머니 박효원 씨 사이 6남매 가운데 맏딸로 태어난 그는 9살에 제주 신성여학교에 입학, 샬트르 성 바오로수녀회 수도자들에게서 교육을 받고 1913년에 세례를 받는다. 세례를 받기에 앞서 미사 참례와 기도생활에 열심했던 그는 세례를 받으면서 자신의 일생을 주님께 바치기로 약속한다.

이듬해 신성여학교를 졸업한 그는 서울 진명여자고등보통학교를 거쳐 경성관립여자고등보통학교 사범과에 들어갔다. 2년간 교육과정을 마칠 무렵에 3·1운동이 일어났다. 18살이던 그도 교문을 나서 대한독립만세를 외치며 걷고 걸었다. 당시 79명에 이르는 소년결사대를 이끌고 학생시위를 주도했다. 미국영사관 주변에서 독립 만세를 외치면서 시위했다. 그렇게 조선총독부로 향하던 중 진고개(현 충무로)에서 일본 관헌에 잡혀 남산 정무총감부로 끌려가 주동자를 캐내려는 일본 헌병의 무자비한 고문과 매질을 감수해야 했다. 1919년 11월 6일 경성지방법원에서 보안법 위반으로 징역 6월 집행유예 3년이 확정되기까지 서대문형무소에서 8개월 간 옥고를 치렀다. 유관순 열사와 함께 갇혀있던 그는 진명여고 교사들의 노력으로 석방됐다.

최정숙은 수녀회에 입회하려던 꿈을 접어야 했다. 광복을 위해 나선 애국의 길이었지만, 사상범으로 실형을 선고받아 수녀회에 들어갈 수 없게 됐다. 수도의 길은 막혔으나 그는 실망하지 않았다. 동정녀로서 일생을 주님께 몸 바치기로 한 결심은 흔들리지 않았기 때문이었다.

● 여성 계몽운동에 이어 애덕의 길로

감옥에서 시달린 최정숙은 고향 제주로 돌아오자마자 여성 계몽에 앞장서기로 했다. 명신학교를 설립했다. 200여 명을 헤아리는 학생들을 가르치느라 노심초사하던 그는 그만 자리에 눕고 말았다. 건강을 잃은 그가 서울에서 치료를 받는 동안 명신학교는 일제 간섭으로 제주공립보통학교에 흡수 통합되고 만다.

목포 사립학교 소화학원에서 교사로 재직하다가 「조국의 산하」라는 노래를 가르쳤다는 이유로 다시 체포돼 형무소에 수감됐다. 얼마 뒤 풀려나온 그는 다시 상경, 1939년 38살 늦깎이로 경성여자의과전문학교에 입학해 의학 공부를 하게 됐다. 그에 앞서 1938년은 최정숙에게 잊지 못할 한 해였다. 수도자로서 삶에 대한 꿈을 잃은 채 살아야 했던 그가 재속 프란치스코회 회원으로서 새 삶을 살게 된 것이다.

1943년 9월 경성의전을 1회로 졸업, 의사 면허를 받은 그는 성모병원에서 일하다가 이듬해 고향에 정화의원을 개업, 극빈 환자들을 주로 보살폈다. 또 일제 탄압과 운영난으로 문을 닫았던 제주 유일 여성교육기관인 신성여학교 재개교에도 혼신을 기울였다. 이 학교가 다시 문을 열자 무보수 교원으로 일하던 그는 정식 중학교로 설립 인가가 나자 무보수 교장을 지냈으며, 1953년 신성여자고등학교를 신설해 초대 교장으로도 일했다.

● 의사로서도, 교육자로서도 가난했던 삶

6·25전쟁 중에는 제주도로 몰려든 피란민에게 구호 손길을 펴느라 그는 여념이 없었다. 서울 소신학교(성신중학교)와 대신학교가 제주로 옮겨오자 같은 재속 프란치스코회 회원인 노기남 대주교와 함께 신성여중에 피란 신학교를 개설하고 뒷바라지했다. 또 제주로 피란을 온 샬트르 성 바오로 수녀회원들도 보살폈다.

몰려든 피란민들에게 구호물자를 나눠주고, 병을 치료하고, 간호하는 법을 가르치느라 그는 늘 파김치가 되곤 했다. 특히 개업의였음에도 그는 재속 프란치스코회 회원으로서 피란민을 포함 극빈자들을 주로 치료, 재정적 어려움이 매우 컸다.

그럼에도 그는 12살 영세 때 봉헌한 첫 마음을 잃지 않았다. 당시 비망록을 보면 그의 내면을 엿볼 수 있다.

"항상 천주께 감사하자. 천주 사업을 위해 몸 바친 이상 내 개인 문제로 고민하지 말자. 성경에도 있지 않은가. 재물을 세상에 쌓아두는 것보다 하늘에 쌓아두는 것이 영원히 없어지지 않는다는 것을!"

그는 의사로서도 가난했고, 교육자로서도 가난했다. 그래도 그는 오직 예수 그리스도만으로 풍요로웠다. 재속 프란치스코회 입회 서약은 그에게 소유 없이 사는 가난에 대한 풍요로움을 늘 일깨웠다. 이 같은 피란민과 빈민 구호 여정이 교황청에 알려져 그는 1955년 교황청에서 한국인으로는 네 번째로 십자훈장(교육·사회·의료 사업 부문)을 받았다.

1960년 신성여중·고 교장직을 끝으로 퇴직하고 신앙생활에 전념하던 그는 대한적십자사 제주도지사 부지사장으로 활동하다가 1964년 교육자치제가 시행되면서 제주도 초대 교육감에 선출됐다. 전국 최초 여성 교육감이었다. 재직 중 도농간 학력 차를 극복하고자 대정여중·고, 한림여중·실업고 등을 설립했으며, 제주교육대학을 설립하기도 했다.

열정적이었지만 조용했고 업적 또한 많았지만 겸손했던 그는 제주교구, 나아가 한국천주교회에 빛나는 모범이 됐다. 보이지 않는 사랑으로 참된 재속 프란치스코회 회원의 여정을 걸어간 그는 1977년 2월 하느님 품에 안겼다.

● 나와 최정숙 선생님

우리 가족과 최 선생님과는 오랜 시간 가까이 지내왔었다. 여러 가지로 어려운 시절에 선생님은 많은 도움을 주었고 특히 정신적 신앙적으로 항상 큰 기둥으로서의 역할을 해 오고 있었다. 아주 어려서부터 선생님 댁을 자주 드나들었고 세배도 빼놓지 않고 다녔다. 지금도 세배를 갔을 때 밀감이나 사탕을 한두 알씩 주셨던 모습을 기억하고 있다.

그런데 내가 고등학교에 입학하게 되었을 때, 우리 집이 갑자기 집이 없어지고, 여러 가지 어려움에 처하게 되었을 때 선생님께서는 나를 집에 데리고 살겠다고 하셨다. 그래서 고등학교 3년 동안 선생님 댁에서 살게 되었다. 작지만 고풍의 한옥에는 널찍한 정원이 있었고, 각종 진귀한 꽃들이 많이 심어져 있었다. 어느날 서울에서 선생님 친구가 보내주었다던 꽃모종을 함께 심었는데 나중에 그 꽃이 목련이라는 것을 알게 되었다. 지금은 흔한 꽃이지만 그 때는 아마 제주도에서 처음으로 심은 것이라고 생각된다.

집에는 선생님과 나와 밥해주는 할머니 셋이 살았다. 선생님은 나에게 장학금도 마련해 주기도 하였다. 어쨌든 힘든 시기에 편히 공부할 수 있게 도와주신 선생님을 어떻게 잊을 수 있겠는가? 나는 군대에 갔을 때 TV를 통해 선생님이 돌아가셨음을 알게 되었다. 그후 나는 가능하면 그분의 묘소 벌초를 해드리곤 했다. 현재의 나는 많은 부분이 최정숙 선생님의 도움의 결과라고 생각하고 있다.

교사는 일정한 자격을 갖추고 학생들을 가르치는 사람으로서 학교라는 울타리 속에서 교육과정을 준수하며 학생들에게 전달하는 역할의 주요 목표이다. 선생은 학예가 뛰어난 사람으로 학생들을 가르치는 수준이 한 단계 높은 위치에 있는 사람이다. 스승은 학생들뿐만 아니라 모든 이들의 인생을 인도할 수 있는 자격을 갖춘 사람으로서 학교를 벗어난 모든 삶의 현장에서 가르침을 줄 수 있는 분이다. 교사, 선생은 티칭(teaching)을 하지만 스승은 타칭(touching)을 하는 예술적인 가르침을 하는 사람이다.

과거에 교육 현장에서는 선생님이란 단어보다 스승님이란 말을 많이 했다. 스승님의 그림자도 밟지 않는 것이 예의라는 말이 있듯이 스승님은 학생들을 보살피고 진심 어린 가르침을 주시는 분으로 여겨왔다. 스승님의 말씀은 항상 가슴으로 받아 들였고 잘못된 길을 가는 학생들을 부모님과 같은 마음으로 학생들을 지도해주셨다.

　우리는 선생님들을 더욱 존경하고, 선생님의 깊은 사랑과 뜻을 받들어 열심히 공부하고 튼튼한 몸을 길러 착하고 슬기로운 사람이 되도록 노력해야 한다. 이것이 우리 선생님들의 은혜에 보답하는 길이 되는 것이다.

(2012.)

Essays for the Young

Why does your temperature rise when you're sick?

The world is full of wonders and questions. Universe, nature, humankind and our spirit are surprising world themselves. We call the persons great men who attacked problems at the grass-roots. Thanks to their efforts and services, our civilization has been prosperous. Something they have in common is they always have questions about everything. For example; How much does the earth weigh? What keeps the heart beating? How can a diamond be cut? Why do people sometimes fall out of love? And so forth.

Now lets' think over one question ; Why does your temperature rise when you're sick? I've found the answer in a book.

The first thing your doctor, or even your mother, will do when you don't feel well is take your temperature with a thermometer. They are trying to find out whether you have 'fever'.

Your body has an average temperature of 98.6 degrees Fahrenheit when it is healthy. Disease makes this temperature rise, and we call this higher temperature 'fever.' While every disease doesn't cause fever, so many of them do that fever is almost a sign that your body is sick in some way.

Your doctor or nurse usually takes your temperature at least twice a day and puts it on a chart, showing how your fever goes up and down. This chart can often tell the doctor exactly which disease you have, because different disease have different patterns or temperature curves.

The strange thing is that we still don't have what fever really is. But we do know that fever actually helps us fight off sickness. Here's why : Fever makes the vital processes and organs in the body work faster. The body produces more hormones, enzymes, and blood cells. The hormones and enzymes, which are useful chemicals in our body, work harder. Our blood cells destroy harmful germs better. Our blood circulates faster, we breathe faster, and thus get rid of wastes and poisons in our system better. So fevers help us fight off sickness.

But the body can't afford to have a fever too long or too often. When you have a fever for 24 hours, you destroy protein in your body. And since protein is necessary for life, fever is an expensive way to fight off disease.

I wish everyone of you found out a solution for one question and contribute to the development of human civilization.

(2010.)

Dreams should be benefit for human beings

Do you think a blind man can drive a car? So far I either thought it was impossible like you.

But in January 29, 2011, a blind man named Riccobono drived a car successfully at Daytona International Speedway in the States of America. It was the first public car show driven by a blind man in human history.

As part of the ongoing Blind Driver Challenge , a blind man drove a Ford Escape Hybrid SUV on 1.5 miles of the famed course during the three-day Rolex 24 race extravaganza.

At a top speed of 27 mph, he steered through a set of obstacles that included barrels and cardboard boxes randomly thrown from the back of a van. He then passed the moving van. Assisting the driver was high-tech hardware developed by Hokies, past and present.

The driver ⁻ Mark Riccobono, an executive with the

National Federation of the Blind (NFB) -- did perfectly. His trek complete, he parked the vehicle at track's end and within minutes embraced and kissed his wife. The trek made international news: CNN, "Wired," Fox News, and more.

The 10-minute trip caps years of research engineering work by teams of College of Engineering students, led by Dennis Hong , director of Virginia Tech's Robotics and Mechanisms Laboratory and associate professor of mechanical engineering.

"As Mark arrived safely at the finish line, hugging his wife with tears in his eyes, I couldn't help but also cry," Hong said. "I asked Mark if he could give me a ride back to my hotel. He is blind, but I knew he could see the big smile on my face."

Having the freedom to drive an automobile has long been a dream of blind people. It's among the first things they are told they never can do. But in 2004, the National Federation of the Blind - a nonprofit advocacy group based in Baltimore - put forth the Blind Driver Challenge: Create non-visual interface technology that one day could allow a blind person to safely and reliably drive an automobile.

Dr. Dennis Hong made the blind person's dream come true.

Who is Dr. Dennis Hong? He is a Korean. His Korean name

is Hongweonseo. Long story short, he was born in California near Los Angeles, moved to South Korea with his family when he was 3 years old, and stayed Korea until my 3rd year in Korea University. He still have friends here and consider Korea home. When he moved back to the States, he transferred to the University of Wisconsin–Madison.

Dr. Hong received his BS degree in Mechanical Engineering from the University of Wisconsin–Madison (1994), his MS and Ph.D. degrees in Mechanical Engineering from Purdue University (1999, 2002).

Later he became a professor of Virginia Tech University. Virginia Tech was the only university and research institution to take up the call, inventing a car for the blind. Work began in earnest in 2006. Within three years, he and undergraduate engineering students made it.

Riccobono was one of the first blind people to drive a car. At the time, he said, "This is sort of our going to the moon project."

Riccobono himself said his driving the Daytona track was a historic moment for blind people all over –– there are an estimated 1.3 million legally blind people just in the United States – but that the short, quiet drive he took with his family was a personal life highlight.

Last year Dr. Dennis Hong won the big prize, Application

of the Year Award.

I watched a one hour documentary about Dennis Hong and his robotics work at RoMeLa: Robotics and Mechanisms Laboratory at Virginia Tech. That was aired on KBS1, June 4th 2011, Age of Global Success, Embracing the World. Episode 1: Dennis Hong, Designing his own dreams

As you have heard, there's no dream which cannot be realized by human desire and efforts I guess.

I wish all of you have some dreams and try to do your bgest to realize. But the dreams should be benefit for human lives, especially for handicapped people.

(2011.)

Forgive and forget

I'm so happy to see all of you look so healthy and smiling.
It is December. December is the twelfth and last month of
the year. Also it is the season of Santa Claus. A few days
ago I read a poem. The title is MID–DECEMBER by Gerald
England.

A full moon shines
over the morning frost;
the lanes are full of late–fallen leaves;
walking across the mulch
is almost as tricky
as treading over ice.
In town the carol–singers are in
crowding the shopping–mall,
while a group of muffled musicians
play by the outside market.
This year but two robins

on the early christmas cards;

the squirrel still runs along the fence

skirting our newly-erected shed.

보름달은 아침 안개 위로 빛나고, 오솔길은 늦은 낙엽으로 가득 찼구나.

낙엽 위를 걷자니 얼음 위를 걷는 것만큼 조심스럽다.

시내에선 캐럴 가수들이 쇼핑 몰에서 북적거리고

머플러 두른 악사들은 상점 밖에서 연주하네

올해도 이른 성탄 카드 속의 울새 두 마리와 다람쥐 한 마리만 헛간 울타리를 지나가네

In December we usually look back the past with reflection and look forward the new year with anticipation.

Today let me tell you a piece of talks on 'Forgive and Forget'

There are few greater pleasures in life than to forgive someone who has done you wrong. Indeed, to forgive someone who knows he has harmed you is also a kind of sweet revenge, as we learn from the proverb : "The noblest revenge is forgive." An Arab proverb says : "Pardon is the choicest flower of victory". That is one should be merciful to one's enemies when they are defeated. Africans, too, express the same paradoxical thought : "He that forgives gains the victory."

Famous English critic Alexander Pope, in his Essay on Criticism, wrote : "To err is human ; to forgive, divine."

We may forgive some great wrong that has been done to us, but should we always obey the old saying that says "Forgive and forget?" Is it always wise to forget injustice and cruelty and in humanity?

I think the people of Hiroshima and Nagasaki have forgiven the Americans for the terrible destruction their atomic bombs caused, but how can they ever forget? Also how can we forgive and forget Japanese invasion and colonial rule over our country?

But in our heart we always feel a need to forgive others, to "Let bygones be bygones."

It is the last season of the year, If you have someone or something in mind that caused you harm and hurt, I suggest you to forgive and forget them for your happy life and bright future.

(2011.)

Let's have a dream today!

When I studied at Florida State University, I dropped by Atlanta a few times. Atlanta city is in Georgia State and is the backdrop of the famous movie, 'Gone with the Wind.'

This film starred Hollywood Clark Gable and Vivien Leigh, and was based on the (1936) novel 'Gone with the Wind' written by Margaret Mitchell. In Atlanta, there are two famous places to visit. One is the CNN broadcasting service office, and the other is the Martin Luther King Museum. I visited both of these places when I was in Atlanta, Georgia. However, the Martin Luther King Museum is very shabby, and kind of wretched. The museum exhibit includes some photos, some pieces of mail, books, tapes, and so on. I actually visited the museum twice; not only to view Martin Luther King's remains, but also to feel his spirit and thoughts.

Martin Luther King, Jr. (January 15, 1929 – April 4, 1968) was an American clergyman, activist, and prominent leader in the African American civil rights movement. He is best known for being an iconic figure in the advancement of civil rights in the United States and around the world, and for using the non-violent teachings of Mahatma Gandhi. King is often presented as a heroic leader in the history of modern American liberalism.

In March of 1963, in Washington, Baptist Minister King delivered his "I have a dream" speech. There, he expanded American values to include the vision of a colour blind society, and established his reputation as one of the greatest orators in American history.

In 1964, King became the youngest person to receive the Nobel Peace Prize for his work to end racial segregation and racial discrimination through civil disobedience, and other nonviolent means. On the evening of April 4, 1968, while standing on the balcony of his motel room in Memphis, Tennessee, where he was to lead a protest march in sympathy with striking garbage workers of that city, he was assassinated.

Let me introduce some of his speech, 'I have a dream.' "I have a dream that one day this nation will rise up and live out the true meaning of its creed. We hold these truths to be self-evident; that all men are created equal. I have a dream that one day on the red hills of Georgia, the songs of former slaves and the sons of former slave owners will be able to sit down together at a table of brotherhood. I have a dream that one day even the state of Mississippi, a desert state, sweltering with the heat of injustice and oppression, will be transformed into an oasis of freedom and justice. I have a dream that my four children will one day live in a nation where they will not be judged by the colour of their skin but by the content of their character. I have a dream today. I have a dream that one day the state of Alabama will be transformed into a situation where little black boys and black girls will be able to join hands with little white boys and white girls, and walk together as sisters and brothers. I have a dream today."

Do you want to apply that speech into a Korean context? I believe all of you have your won dreams and you're trying to do your best to realize them. If you have a dream to climb 'Sarabong' or 'Sammaebong Oreum', you can do it. If you have a plan to climb Mt. Halla, you can do it too. If you aim to conquer Mt. Everest, you can do it someday I believe. If you set your mind to a dream and a goal, you can accomplish it. Therefore, the first thing you have to do is have a high and valuable dream, and try to do your best to get it. If you go out of your house without any goal or dream, you will be a homeless person, I know.

For you, your country, and the world, make and hold a valuable dream, and continue to lead your life diligently.

(2011.)